YVES VIOLLIER

Yves Viollier est né en Vendée en 1946. Il écrit très jeune des poèmes ; ses premiers romans le font remarquer par Robert Laffont qui publie en 1988 la trilogie *Jeanne la Polonaise*. C'est avec ses romans vendéens *Les pêches de vigne* et *Les saisons de Vendée* qu'il fait son entrée au sein de l'École de Brive. Il a obtenu, entre autres, le Grand Prix catholique de Littérature pour *L'orgueil de la tribu* ; le Prix du Roman Populaire pour *Les sœurs Robin* (dont France 2 a tiré un téléfilm avec Line Renaud) ; le prix Charles-Exbrayat pour *Les lilas de mer*.
Yves Viollier est aussi le fondateur du prix Terre de France, remis à la foire de Brive.
Critique littéraire à *La Vie*, il a récemment publié *Aide-toi et le ciel...* (2009) et *Délivre-moi* (2010) aux éditions Robert Laffont.
Il vit à La Roche-sur-Yon.

LA CHANSON
DE MOLLY MALONE

DU MÊME AUTEUR
CHEZ POCKET

LES PÊCHES DE VIGNE
LES SAISONS DE VENDÉE
LA MALVOISINE
LES LILAS DE MER
LES SŒURS ROBIN
L'ORGUEIL DE LA TRIBU
LA FLÈCHE ROUGE
ELLE VOULAIT TOUCHER LE CIEL
LA MER
LA ROUTE DE GLACE

YVES VIOLLIER

LA CHANSON DE MOLLY MALONE

ROBERT LAFFONT

Le papier de cet ouvrage est composé de fibres naturelles, renouvelables, recyclables et fabriquées à partir de bois provenant de forêts plantées et cultivées durablement pour la fabrication du papier.

Le Code de la propriété intellectuelle n'autorisant, aux termes des paragraphes 2 et 3 de l'article L. 122-5, d'une part, que les « copies ou reproductions strictement réservées à l'usage privé du copiste et non destinées à une utilisation collective » et, d'autre part, sous réserve du nom de l'auteur et de la source, que les « analyses et les courtes citations justifiées par le caractère critique, polémique, pédagogique, scientifique ou d'information », toute représentation ou reproduction intégrale ou partielle, faite sans le consentement de l'auteur ou de ses ayants droit ou ayants cause, est illicite (article L. 122-4). Cette représentation ou reproduction, par quelque procédé que ce soit, constituerait donc une contrefaçon sanctionnée par les articles L. 335-2 et suivants du Code de la propriété intellectuelle.

© 2006, Éditions Robert Laffont, S.A., Paris.
ISBN : 978-2-266-17269-1

*Aux élèves de troisième D,
collège du Puy-Chabot,
année 2004-2005*

« Nous sommes les abeilles de l'Invisible. Nous butinons éperdument le miel du visible, pour l'accumuler dans la grande ruche d'or de l'Invisible. »

RAINER MARIA RILKE

Le Gois

1.

Chaque jour la main du Tout-Puissant s'étend sur les flots, les ouvre et découvre le passage, le gué, le Gois, long d'un peu plus de quatre kilomètres, qui relie le continent à l'île. Les autos se pressent sur le terre-plein qui domine la mer. Les voyageurs guettent le moment où la vague abandonne son lit.

On dirait qu'elle hésite. Elle brasse ses eaux claires sous le ciel bleu.

Et puis elle devient grise. C'est qu'elle a commencé à racler ses vases. Les balises-refuges qu'on distinguait à peine allongent leurs piliers.

Les premiers pavés de la voie émergent, ruisselants. Les voyageurs s'interrogent et démarrent leurs moteurs. Ils avancent lentement leurs roues dans la mer. Ils cahotent dans les flaques des ornières.

Le flot, docile, s'éloigne. Il montre à nu l'intimité de ses vastes étendues de vase et de sable brun. La file des véhicules entrants s'allonge et croise celle des véhicules sortants. L'île n'est plus vraiment une île.

Et chaque jour, ou presque, à marée descendante, même par mauvais temps, les garçons du Relais du Gois voient arriver le même homme sur sa bicyclette entre les voitures.

— Le voilà ! disent-ils.

Ils ont l'habitude de commenter avec ironie le défilé des shorts et des maillots de bain qui passent devant les fenêtres de leur restaurant en été, mais il n'y a pas de moquerie quand ils parlent du vieux monsieur à bicyclette. Ils s'interrogent.

— Qu'est-ce qu'il vient faire ici, tout le temps ? Il aime le Gois, mais quand même ! Enfin, aujourd'hui, il sera aux premières loges pour la course...

Ils connaissent son nom, Olivier Gallagaire. Ils savent qui il est, qu'il habite au bourg, qu'il a une histoire dans le pays. C'est la fin d'une matinée de dimanche. Son pantalon de serge bleue, sa chemise de toile à larges carreaux, comme en portent les ostréiculteurs sur leur parc ou les pêcheurs au carrelet, les étonnent. Car il est un beau vieil homme aux traits réguliers comme on n'en croise pas tous les jours, avec de la noblesse dans l'allure, les cheveux blancs en brosse courte, le menton carré. Ses yeux bleus semblent regarder à travers les choses.

— On dirait qu'il a un rendez-vous, et qu'à chaque fois personne ne vient...

D'un petit signe de la tête, il salue les garçons en veste blanche là-haut derrière leur vitre. Il appuie son vélo et fixe l'antivol à la cabane de l'artiste qui peint, en face, des grenouilles et des poissons pour les touristes. Il entre dans l'atelier du peintre aux murs garnis de toiles.

La cabane vibre à cause de la porte ouverte. Les planches craquent, les toiles se soulèvent.

— Je vous laisse ma bécane.

— Ne vous inquiétez pas. Je l'aurai à l'œil, aujourd'hui surtout, avec la course.

— La course ? Quelle course ?

— Les Foulées du Gois. Le départ est donné à marée montante. Les athlètes s'élancent sur le Gois jusqu'à l'île et reviennent en courant dans la mer. Vous n'avez pas vu les calicots ? C'est pour ça qu'il y a déjà tant de monde.

Olivier Gallagaire hausse les épaules. Il sort en parlant tout seul. Il regarde la route, les barrières de protection sur les bas-côtés comme s'il les découvrait, les bâches blanches des stands, le car-podium, le fourgon bleu des gendarmes, la mer. Il y a tellement plus de ciel que de mer, et la pâleur de l'un rencontre la pâleur de l'autre.

Les mains dans les poches, il marche à longues enjambées sur le chemin du bord de la grève récemment renforcée par d'énormes blocs de rochers. Il prend de la distance avec les cris, les bruits des moteurs, les claquements de portières. Quand il se retrouve seul en compagnie des ronflements du vent, du râle des vagues, des piaillements des mouettes, qui naviguent d'une terre à l'autre, il enjambe un bloc, puis deux, s'assied face à la passe.

— Il doit trouver le temps long. Si encore il avait un livre !

La lumière blanche éblouit Olivier Gallagaire. La réverbération lui brûle les yeux. Une brume de chaleur s'élève de l'océan de sable. La fraîcheur et le vent de cette matinée distillent minute après minute la promesse de la chaleur à venir. Il ferme les paupières, hume l'odeur de sel et d'algues. Il cherche dans sa poche de chemise, en tire une casquette publicitaire à large visière ronde et des lunettes de soleil.

Son regard erre sur le passage, d'une balise à l'autre, jusqu'au château d'eau sur l'île, en face. Il accompagne des yeux les voitures qui se suivent, les pêcheurs à pied. La mer est loin déjà. Çà et là ses eaux prisonnières forment des lacs bleus. Le soleil y invente des images mouvantes, mirages, villes fantastiques, personnages fabuleux.

Il connaît tout ça aussi bien et, peut-être, mieux que

personne dans le pays. Il comprend qu'à la longue on peut s'en lasser et penser qu'il n'y a rien d'intéressant à voir. Si encore il faisait comme les autres, s'il était venu là pour la course, ou s'il s'occupait à pêcher ! Ou si on annonçait une tempête spectaculaire ! Mais le ciel est calme. Un plumetis de nuages se déploie dans le ciel inondé de soleil.

On croit qu'on a tout vu quand on a regardé ces étendues plates qui se livrent à ciel ouvert, sans arbre, sans rien à cacher, quand on a assisté une fois ou deux au spectacle de la marée montante ou descendante sur le Gois. C'est faux. On peut passer des heures à contempler les sables et les marais, et vivre avec eux, jour après jour, profiter des changements de la lumière sur leur chair nue. Tout d'un coup on se rend compte qu'on ne les connaît pas du tout et qu'on ne les connaîtra jamais. C'est comme prétendre toucher et embrasser ensemble l'espace et le temps.

C'est ce que pense Olivier Gallagaire. C'est pourquoi il revient au Gois pour s'en imprégner et, peut-être, y découvrir les secrets qui le concernent. Il n'est pas sûr. Il hésite. Toute sa vie il a fait comme ces voiliers posés devant lui sur le sable, il a louvoyé. Il veut croire qu'un jour, comme la mer se retire, les voiles du mystère auquel il se heurte finiront par s'écarter devant lui et qu'il verra sa vérité toute nue. Il espère seulement qu'il ne sera pas trop tard, parce qu'il n'est plus jeune. Il n'a plus beaucoup de temps. Il est venu prendre sa retraite à Beauvoir, et il a eu l'impression qu'il reliait les deux bouts de sa vie. La boucle était bouclée. Mais ce n'était pas vraiment ça. Il lui manquait des fils. Il attend.

Les nuages ondulent et se pressent en vaguelettes. Un morceau de bois flotté heurte les rochers, blanc comme un os. Une hirondelle de mer tangue au-dessus de l'eau.

Il est persuadé de se rappeler la première fois où il est venu sur le Gois.

Il s'appelait alors Oliver Gallagher. Il avait trois ou quatre ans.

Il n'avait pas commencé d'aller à l'école. Ils étaient venus s'installer dans une maison vide du Bossis où plus personne n'habitait. Ses parents avaient monté Oliver dans la petite remorque fixée à l'arrière de la bicyclette paternelle. Son père disait :

— *Mo bhicycle !*

Sa mère s'était assise sur le cadre entre les bras de son père et ils avaient parcouru ainsi à travers les marais les quelques kilomètres de chemin de terre en direction du Gois.

Il retrouve souvent ce souvenir, en rêve, depuis qu'il est de retour à Beauvoir. Il est dans la remorque. Les longues herbes jaunes du lin des marais, les roseaux, les lames des iris défilent à hauteur de ses yeux. La roue droite de la remorque frotte contre le garde-boue. Et c'est là que le rêve intervient. Il se rend compte soudain que celui qui se tient dans la petite remorque n'est plus lui enfant, mais lui adulte avec ses cheveux blancs, son pantalon de serge bleue, sa chemise à carreaux. La caisse est normalement trop petite pour qu'il y plie ses jambes. L'essieu bricolé par son père ne devrait pas résister à une charge aussi lourde. Il le sait. Pourtant tout lui semble en même temps absolument normal. Et il se sent merveilleusement heureux. Il irait au bout du monde emporté par les reins puissants de son père, qui se dandine devant lui sur la selle.

— Tu restes bien assis, Oliver, ne te lève pas, tu tomberais ! lui criait sa mère.

Obéissant, il se cramponnait aux montants de la remorque. Le frottement de la roue contre le garde-boue le berçait. Elle riait, là-bas, devant, entre les bras de son père, qui peinait à piloter bien droit leur équipage, ou qui faisait semblant. Elle criait.

Son rire et ses cris avaient la limpidité du cristal dans le silence des marais. Le fossé plein d'eau se rapprochait dangereusement.

— Hop ! Hop ! s'écriait le père.

Il braquait son guidon. La remorque cahotait. Ils retrouvaient le milieu du chemin.

Le Gois, alors, n'était pas aussi régulièrement pavé qu'aujourd'hui. Bridget, la mère d'Oliver, sauta du cadre à cause des ornières après les premiers mètres de descente sur la chaussée. Elle s'accrocha au montant de la remorque, sa main sur la main d'Oliver. Elle courut à côté de lui, jeune, souple, mince dans sa robe noire. Ses cheveux châtains débordaient de son foulard attaché sur sa nuque. Le père donna un coup de tête derrière lui et, avec du défi dans la voix :

— Ça va, derrière, Biddy ? Tu suis ?

— Ça va, Pat !

Patrick appuya plus fort sur les pédales. Bridget accéléra. Elle résista une centaine de mètres. Son souffle devint plus rapide. Une veine bleue se gonfla sur sa tempe. Et puis elle lâcha la main d'Oliver.

— Je te laisse Ollie, méfie-toi, je ne sais pas comment s'arrêtera le cheval emballé !

— Papa ! cria Oliver.

Patrick Gallagher pédala encore pendant une dizaine de mètres, par orgueil, pour affirmer sa victoire. Puis il freina brutalement, obliqua vers les cailloux et le sable du bas-côté du Gois. La remorque sauta sur des pierres grises de boue séchée, s'enfonça dans le sable vaseux où elle s'enlisa. Patrick se retourna en souriant.

— Je croyais que tu suivais, Biddy, il fallait me dire que j'allais trop vite !

Elle haussa les épaules.

— Tu triches, comme d'habitude !

Elle avait enlevé son foulard et essuyait la sueur sur son visage. Ses cheveux mouillés se collaient en accroche-cœurs noirs comme des plumes de corbeau sur son front. Patrick tendit la main vers elle, encore un peu essoufflée. Il effleura son épaule, sa gorge.

— Tu es un bon coureur de fond, tu le sais.

Le petit Oliver n'oublierait jamais l'éclat furtif du regard échangé par son père et sa mère. Une épaisse plaque de boue noire tartinait les souliers de son père.

— Dans quel état sont tes souliers !

— J'ai *goisé*, soupira-t-il. C'est ce qu'ils disent, ici, quand on s'est embourbé. Allez, hop ! il fait beau, on va y aller pieds nus. On se lavera les pieds quand on reviendra.

Oliver, debout dans la remorque, regardait ses parents se déchausser. Il commença de retirer ses chaussettes. Son père le souleva pour le déposer sur le sable mouillé, glissa à son bras l'anse d'un panier de fer grillagé de sa fabrication, en remit un à Bridget et, à Oliver, un tout petit, tout neuf, qui n'avait jamais servi. Son grillage était encore bleu, et le garçon le serra sur son cœur.

— Allez, on y va ? Il y a des plus courageux que nous, devant. On va ramasser leurs restes.

Un peu partout, en effet, des silhouettes inclinées grattaient le sable. Il y en avait loin, aussi loin que la mer. On aurait dit des fourmis.

— Il y en aura pour tout le monde, dit Bridget, rassurante. La prochaine fois, on viendra plus tôt !

Patrick était déjà à l'ouvrage.

— Regarde celle-là !

Il montrait à Oliver une grosse moule couleur ardoise.

— Donne-la-moi !

— Non. Tu rapporteras ce que tu as récolté. Tu dois chercher, Ollie, si tu veux mettre du fricot dans ton assiette !

Oliver ne le savait pas encore, mais ils étaient alors des sans-terre, les derniers des derniers, ceux qu'on appelait ici des ramasseurs de moules, qui trouvaient l'indispensable pour survivre dans ce que la mer abandonnait. Pourtant, en cet instant, il n'avait pas l'impression d'être un malheureux, parce qu'ils étaient en train de vivre l'un des moments les plus heureux de leur existence à tous les trois.

2.

Ils venaient d'emménager au Bossis qui était devenu, à l'époque, une ferme fantôme dont les pierres, à la frontière des anciens marais salants, finissaient de s'ébouler dans la vase. Ses parents avaient habité jusque-là une hutte en torchis qu'ils avaient construite, comme tous les crève-misère, après le coucher du soleil, au bord du chemin communal de Beauvoir. Ils l'avaient recouverte avec des roseaux. Et, le lendemain matin, ils étaient allés quérir un conseiller municipal qui avait constaté la réalité de la construction : il y avait un couple de miséreux de plus dans la commune. Ce type d'habitations en terre était appelé *bourrines*.

Et puis après presque quatre années dans cette construction de fortune, qui transpirait par les murs et le toit au point que l'eau ruisselait sous la table les jours de tempête – Oliver était né au milieu de tout ça une nuit de mars –, quelqu'un leur avait dit :

— Pourquoi n'iriez-vous pas vous installer au Bossis ? C'est une butte au milieu des marais. Il n'y a plus personne, mais il reste des murs. Vous qui n'êtes pas maladroits, vous pourriez rafistoler quelque chose. Vous seriez mieux que dans votre trou de bourrine. Le Bossis appartient au maire. Il ne pourra pas être contre, puisqu'il n'en fait plus rien.

Ils avaient donc assis Oliver dans la remorque et étaient allés voir la ferme abandonnée à l'extrémité des marais, un dimanche après-midi. Ils avaient tourné autour des murs bas, à hauteur d'homme, tâté les pierres qui s'éboulaient, estimé l'orientation des ouvertures, sud-nord, de profil contre les vents dominants et la mer. Ils étaient allés demander au maire la permission d'aménager ses ruines. Le maire avait hésité, comme si tout d'un coup ces pierres, ces restes de tuiles livrés au vent et aux herbes salées l'intéressaient. Il avait fixé son regard de notaire fatigué sur Patrick et Bridget.

— Qu'est-ce que vous voulez y faire ?

— Habiter la maison. Elle n'est pas perdue. Arranger le toit avec les bonnes tuiles de l'étable, renforcer les murs.

— Vous ne toucherez pas à la grange ?

— ... N... non...

Comme s'ils pouvaient nuire à ce que les tempêtes et les saisons s'appliquaient à anéantir ! Le maire hésita encore en laissant peser sur eux ses yeux alourdis de grosses poches.

— Bon, si vous voulez !

Il parut s'en vouloir de sa générosité. Il leva le doigt.

— J'accepte, à cause de votre petit. Mais pas de bêtises, hein ! Attention au braconnage ! Vous savez ce qui vous est déjà arrivé. J'en connais qui seraient trop contents d'en profiter pour vous chasser de la commune !

Patrick hocha la tête. Le maire n'était pas un mauvais homme, mais il avait à affronter une forte résistance à ses idées bourgeoises de progrès, et ces combats l'ennuyaient.

— Merci, monsieur le maire !

Pendant les mois qui suivirent, Patrick Gallagher consacra tout son temps disponible à remettre en état la longue maison de pierres grises à ras de marais. On ne le vit plus dans les cafés du bourg ou des hameaux. Les buveurs l'invitaient.

— Une autre fois, mon chantier m'attend.

Ils profitèrent des quelques jours de temps libre entre les foins et les moissons pour transporter leur mobilier dans la voiture à âne d'un voisin. Ils quittaient l'extrémité est de Beauvoir pour s'installer à l'ouest, au bout du bout des marais. Ils n'étaient séparés de la mer que par le bourrelet de la digue de terre, par-delà un chemin qui était noyé en hiver dans le polder du Dain, entre des bassins abandonnés d'eau saumâtre.

On disait qu'autrefois on vivait bien dans ces terres salées du bord de mer. La mort lente des marais salants au XIXe siècle en avait éloigné les habitants. Les œillets étaient retournés à la sauvagerie des eaux dormantes et des herbes salées. Les gens avaient émigré vers l'intérieur, au bourg ou dans les gros villages de la route de la Rive. On ne voyait la ferme la plus proche, le Pré-Bordeau, loin sur la route de l'Époids, que monté sur le pont qui enjambait l'étier du Bossis. La grande plaine du marais moutonnait tout autour avec ses carrés de prés entourés de fossés. Çà et là, sur une relevée de terre étroite, une ferme minuscule se dressait comme une oasis, avec ses bâtiments d'étable et de grange serrés contre la maison, son pailler et, pour les mieux pourvus, trois ou quatre peupliers en coupe-vent.

Patrick et Bridget étaient loin de tout, à deux kilomètres du gros village de l'Époids, à cinq kilomètres du bourg de Beauvoir. Leur seule compagnie était la mer dont les roulements indiquaient les mouvements des marées. Et les oiseaux qui cabotaient en criant le long des côtes.

Patrick avait interrogé Bridget :

— Tu n'auras pas peur, ici, toute seule, quand je serai parti ?

— Est-ce que j'ai eu peur jusque-là ?

Elle avait secoué la tête, déterminée.

— C'est la première fois depuis notre arrivée dans ce pays que nous sommes à l'abri derrière des murs de pierre, un toit de tuiles, presque à nous.

Elle élevait quelques canards qui nageaient dans l'étier. Elle espérait que les fermiers de l'Époids leur donneraient bientôt une vache « à croissance » que Bridget mènerait paître sur les talus de la digue et les chaussées. Et puis il y avait la mer généreuse qui laissait de nouveaux fruits sur le sable à chaque marée. Peut-être avaient-ils passé le cap le plus difficile. Les années pénibles de leur débarquement ici et la déception du mauvais accueil étaient derrière eux.

Surtout, Bridget avait l'impression d'avoir retrouvé l'homme qu'elle aimait. Elle ne lui voyait plus la mine défaite. Ses yeux verts comme les montagnes du Connacht n'étaient plus remplis des nuées noires qui l'enrageaient. Elle ne l'attendait plus en serrant son petit dans ses bras, le soir, tout agitée de tremblements rien qu'à l'entendre arriver en braillant *Le Chant du soldat*, l'hymne patriotique irlandais. Ces jours-là, il avait bu à rouler par terre, et dépensé plus qu'il n'avait gagné. Elle lui enlevait ses culottes et peinait à le traîner au lit en titubant comme si elle était ivre elle aussi, parce qu'elle ne voulait pas qu'il dorme comme un chien sous la table.

Patrick envisageait maintenant de retourner la bonne terre de la rive de l'étier et d'y semer des fèves. La liane d'un chèvrefeuille s'élevait contre le mur de la maison à partir d'un vieux pied d'aubépine et le parfum sucré de ses fleurs jaunes embaumait. Il félicita son épouse, un soir, en revenant de travailler chez les autres :

— Tu chantes, Biddy !

Oh ! c'était un cantique. Elle connaissait par cœur le livret de cantiques qu'elle avait si souvent répétés à l'église de Sligo. Elle rougit, et continua de chanter en lavant sa vaisselle sur le seuil du Bossis : *Marie, ma bonne mère...*

Oliver accompagnait sa mère qui ramassait les moules, les coques et les lavaillons sur le sable. Il se précipitait pour s'emparer avant elle des coquillages qu'elle lui montrait.

Il s'approcha de son père qui avait déjà garni de palourdes et de coques le fond de son panier. Patrick retournait le sable à la raclette comme la terre d'un jardin et il trouvait les coquillages à quelques centimètres de la surface. On aurait dit qu'il les sentait. Il enfonçait sa raclette et en récoltait un, deux, quelquefois trois.

Oliver essaya de l'imiter. Il avait, lui aussi, sa petite raclette. Il grattait partout, en vain.

— Comment tu fais, papa ?

— Regarde !

Son père scruta le sable, le retourna et en retira une coque à la coquille striée qu'il mit dans son panier.

— Tu as vu ?

— Oui !... Mais comment tu fais ?

Son père sourit.

— Je repère les petits trous dans le sable. Quand tu en vois, c'est qu'il y a un coquillage. C'est par là qu'il respire. Tu vois, là ?

Oliver gratta.

— Cherche plus profond, je suis sûr qu'il y est.

Oliver se redressa.

— Maman !

Il brandissait une palourde. Il continua de chercher un moment. Mais le sable limait les doigts. Il ne tarda pas à ralentir sa recherche frénétique et peu productive.

— Tu m'en donnes quelques-uns ? demanda-t-il à son père.

— Je t'ai déjà dit non.

Oliver se résigna à rejoindre sa mère qui continuait de récolter ce qui traînait en surface et remuait peu de sable. Elle regarda si Patrick la voyait et glissa bien vite une poignée de coquillages dans le panier d'Oliver.

— Chut, on ne le dira pas !

Oliver resta près de sa mère.

Et puis son père les interpella.

— Il faudra bientôt penser à faire demi-tour. La mer monte.

Ils n'avaient pas vu le temps passer. La ligne brillante, au soleil, de la mer qu'ils ne voyaient pas tout à l'heure était toute proche. Les pêcheurs qui les précédaient avaient déjà rebroussé chemin.

Mais, malgré son panier plein, Patrick insistait.

— C'est dommage, c'est maintenant qu'on en trouve !

— Viens, Pat, l'appela Bridget avec des regards vers la mer dont les eaux léchaient leurs pieds, elle monte à la vitesse d'un cheval au galop !

Oliver, effrayé, courut vers la route.

— Ne cours pas, cria Patrick. On va y arriver.

Mais la mer était à leurs trousses. Leur *bhicycle* se trouvait plus loin qu'ils ne pensaient. Les roues de la remorque baignaient lorsqu'ils arrivèrent. Ils y lancèrent leurs paniers. Oliver s'y assit vaille que vaille. Bridget avait déjà commencé de courir sur la route, la mer aux chevilles.

Patrick pédalait de toute sa force et n'avançait qu'au ralenti, dressé sur les pédales, freiné par l'eau. Heureusement la remontée du terre-plein du continent était proche.

— Vas-y, papa ! l'encourageait Oliver.

Son père grognait. Les pédales moulinaient dans l'eau. Enfin ils rejoignirent le sec.

— Bravo ! cria Bridget.

— Bravo, oui ! commenta un vieux pêcheur. Quelques minutes de plus et vous étiez pris !

— Tu aurais pu faire demi-tour plus tôt, Pat. Tu nous as donné la peur de notre vie !

— « Pat », grogna Patrick, c'est ainsi que les foutus Anglais appellent tous les Irlandais. On ne serait pas irlandais si on ne faisait pas tout avec excès !

Ils aidèrent Oliver à descendre de la remorque. Ses jambes, ses vêtements, sa figure étaient maculés de boue.

— On dirait un charbonnier !

La boue des paniers s'était ajoutée à la boue de la pêche.

Son père et sa mère prenaient conscience qu'ils venaient de l'échapper de justesse et ils riaient comme des enfants qui ont réussi un bon tour. Le gros pêcheur à la figure rouge, près d'eux, les regardait de travers.

La mer continuait de monter. La chaussée était recouverte de plus d'un mètre d'eau. Les cônes de pierre à la base des balises-secours ne se voyaient plus. Les vagues cognaient contre leurs pylônes de bois.

— Tu nous imagines appelant à l'aide là-haut dans le refuge, Ollie ?

— Papa ! supplia Oliver.

Sligo

3.

Patrick Gallagher avait appris le français au séminaire de Sligo qui l'avait recueilli, nourri, formé. Peut-être serait-il mort de toutes les maladies de la misère sans les pères qui s'étaient occupés de lui.

Il avait eu la chance d'être repéré par le curé de sa paroisse, et envoyé au petit séminaire diocésain, l'année précédant la grande sécheresse. Les autres enfants irlandais fréquentaient assidûment la *hedge school*, l'école des haies, l'école buissonnière.

La pluie s'était faite curieusement rare durant tout l'hiver. Et au printemps, quand les nuages avaient semblé se bousculer, leurs lourdes poches noires n'avaient versé que quelques gouttes insuffisantes sur la terre assoiffée. Les paysans avaient semé leurs pommes de terre dans une poussière qui volait comme le sable du désert. Leurs germes périrent sitôt sortis de terre. L'herbe des prairies jaunit et cessa de croître après la première pâture des animaux à Pâques. Les avoines, en herbe, n'arrivèrent pas à maturité.

L'Irlande devint méconnaissable, dépouillée de sa traditionnelle toison verte. Ses arbres perdirent leurs feuilles. Ses collines prirent des airs de désolation lunaire. Même les murets de pierre, au bord des champs, perdirent leurs mousses et leurs lichens.

Les troupeaux affamés meuglaient en courant sur les landes comme des cortèges funèbres. Les paysans coupaient des branches aux arbres pour les donner aux bêtes et épargner leurs maigres fourrages. Les chapelets noirs des bouses formaient des taches vers lesquelles les petits oiseaux se précipitaient pour y trouver des vers.

La lutte pour la survie devint féroce. Des bandes d'enfants affamés sortis des villes se répandirent dans les campagnes et s'attaquèrent à des moutons et même à des génisses. Le spectre de la grande famine revint planer. Les bateaux pour l'Amérique se remplirent de nouvelles cargaisons d'émigrants.

La pluie tomba, trop tard, en abondance au mois de septembre. La végétation, qui voulait rattraper son retard, crût trop vite et infesta de vers les troupeaux et les hommes. La mère et la sœur de Patrick, Molly, périrent cet automne-là.

Les processions, les neuvaines, les mains tendues au ciel avaient pourtant été plus nombreuses et plus priantes que jamais. Les prêtres avaient brandi la menace de la punition divine dans les innombrables églises et chapelles d'Irlande. « Faites pénitence ! Offrez vos souffrances en rémission de vos péchés ! Vous avez lassé la patience de Dieu, et Sa colère, maintenant, est grande. Vous avez fait la fête, vous vous êtes adonnés au vice, au whisky et à la *stout*. Dieu vous punit en vous privant de son plus précieux cadeau, Son eau pure. » Comme si l'alcool n'était pas un don de Dieu pour distraire les malheureux Irlandais de leurs chagrins.

La double enceinte du petit séminaire protégea Patrick Gallagher.

On ne pénétrait dans l'établissement qu'après avoir frappé au heurtoir du portail de bois aux piliers de granit garnis de tessons de bouteille. Une religieuse glissait sa cornette dans l'ouverture de la raquette, tirait les verrous.

L'allée conduisait à la cour d'honneur flanquée d'un côté par la petite chapelle, de l'autre par la statue de Notre-Dame du Sceptre. Le culte à Notre-Dame était grand au séminaire de Sligo depuis le miracle. Une nuit, le supérieur avait été réveillé par les flammes d'un incendie qui commençait à ravager son établissement. Le temps d'évacuer les élèves et d'appeler à l'aide, il n'y avait plus rien à faire. Dans un geste de désespoir, ou d'extrême espérance, il était allé chercher le précieux sceptre de la Vierge dans la chapelle et l'avait lancé au cœur du brasier. Les flammes s'étaient couchées, reculant devant le sceptre. Le séminaire était sauvé.

Les grilles de la seconde enceinte commençaient ensuite. Leurs lances de fer se dressaient devant la cour de récréation et les murs de l'austère façade victorienne au triple alignement de fenêtres. Le linteau de la porte centrale portait l'inscription en lettres dorées : *Ad majorem Dei gloriam.* Les cloches du carillon dans le clocheton à claire-voie rythmaient tous les quarts d'heure de la vie des pensionnaires.

Les grilles ne s'ouvraient que le dimanche pour la sortie en promenade des séminaristes, et les jours de très grande fête où ils animaient la messe solennelle à l'église de la paroisse. Les futurs clercs ne franchissaient jamais les enceintes sans un cantique à Notre-Dame et un pieux signe de croix devant la porte de la petite chapelle.

— Mes enfants, leur dit le supérieur le soir de la première rentrée de Patrick – il avait onze ans –, vous avez fait le meilleur choix. Vous vous trouvez au seuil de votre vie, qui se terminera par la mort. Après la mort viendra le jugement dernier. Vous auriez pu vous laisser entraîner, comme beaucoup, sur la pente des plaisirs faciles et des satisfactions illusoires. Mais vous avez compris que tout sera compté. Vous avez choisi la sécurité du sacrifice, le chemin montant du retirement du monde. Car il est écrit :

« Celui qui veut sauver sa vie la perdra ! » Des voix nombreuses s'élèveront et les tentations seront grandes encore pour vous faire croire qu'ailleurs coulent le lait et le miel. Méfiez-vous du Malin. Il a assez de vice pour prendre l'apparence de la vertu. Moi, je vous garantis que vous avez choisi la meilleure part. Quand vous approcherez de la maison du Père, Il s'avancera à votre rencontre et Il vous dira : « Venez à moi, les élus de mon cœur ! »

La sécurité, l'année suivante, ce fut l'assurance d'avoir quelque chose dans son assiette. Les échos des désordres et des désolations de la famine au-dehors franchissaient les remparts du séminaire comme la rumeur du vent et des vagues dans le port de Sligo les jours de tempête quand les pères demandaient aux pensionnaires de répéter après eux : « Que Dieu vienne en aide à ceux qui sont en mer ! »

Bien sûr, les enfants ne ménagèrent pas leurs prières ferventes pour toutes les victimes de la faim et de la sécheresse, car il n'y avait pas un séminariste qui n'eût un deuil dans sa famille. Mais ils ne manquèrent pas de pain. Le pain était peut-être un peu plus noir et rassis qu'à l'habitude – le père économe ne l'autorisait sur les tables qu'après quelques jours à la boulangerie pour éviter le gaspillage du pain tendre. Ils ne manquèrent pas de pommes de terre. Les diocèses voisins, moins frappés par la sécheresse, approvisionnèrent le séminaire.

« Vous avez choisi la sécurité du sacrifice ! » Les séminaristes se rappelaient les paroles prémonitoires du père supérieur, et celui-ci gagna en vénération auprès de ses pensionnaires.

Patrick Gallagher effectua des études qui se révélèrent satisfaisantes, sans être brillantes. Ses maîtres lui reprochaient un manque de tenue qui sied mal à un clerc et trop de spontanéité, parfois. Ils le trouvaient un peu rustre.

Les finesses du latin et de la scolastique avaient du mal à pénétrer sa cervelle rustique.

Il était autorisé, chaque année, à rejoindre la ferme familiale pour aider à rentrer les foins, et il se donnait sans retenue à ce travail. Il prenait le bus qui le laissait devant l'hôtel des Lacs à Pontoon et il faisait à pied les quelques miles qui le séparaient de sa maison. Il avait plaisir à se retrouver sur le chemin qui longeait le Lough Conn. Les prairies qui penchaient vers le lac étaient pleines d'odeurs d'herbe coupée. Des meules de foin étaient déjà partout dressées. Des oiseaux chantaient. Les cloches de Pontoon carillonnaient. Il avait une envie sauvage de courir à travers les collines, de se précipiter en criant dans l'eau noire du lac, de pêcher, de chasser. Il était devenu un grand gaillard hardi au front large, les cheveux bouclés, si blonds, si drus, presque blancs, qu'on aurait dit un mouton du Connacht, les bras interminables pourvus de larges battoirs inadaptés aux exercices du séminaire.

Quand il arrivait à la maison, il écourtait les salutations et revêtait les vieilles nippes tirées de l'armoire par sa mère. Il se fondait avec plaisir dans l'anonymat de la famille. Il retrouvait d'instinct le pas du paysan en route vers les champs la fourche sur l'épaule, et il guettait avec inquiétude, comme les autres, le premier nuage porteur de pluie.

Il aimait la sueur qui coule sur les paupières et brûle les yeux. Il s'amusait d'être la cible de ses frères.

— Eh ! l'abbé, tiendras-tu ton andain ? Tu fatigues à porter les fourchées !

Il s'acharnait à faire plus qu'eux et, le soir, éreinté, dans la chambre où il s'allongeait près d'eux, il sombrait dans le sommeil comme une masse. Il prenait goût à boire une ration raisonnable de whisky avec beaucoup d'eau fraîche après le travail. Son père et ses frères, qui l'accompagnaient, vidaient leur verre, cul sec, et tendaient la main, la voix vibrante, vers la bouteille de Powers.

Plus les jours passaient, plus il avait du mal à se lever le matin et à faire le tour du lac à pied jusqu'à l'église où l'attendait le curé à qui il servait la messe. Son cœur se serrait quand approchait l'heure du retour au séminaire. Le cuir tanné, la vieille casquette de tweed sur la tête, les mains et les muscles endurcis, il se demandait, vaguement troublé, si le costume qu'il avait choisi était à la mesure de ses larges épaules. Était-il fait pour être prêtre ? Ces quelques jours le remplissaient de nostalgie, de tout, du monde, du travail, des rires, du visage clair des filles.

Et puis il retrouvait la vie du séminaire, les rites et les rythmes, sa place à la chapelle et à l'étude, l'autorité bienveillante de son directeur de conscience. Il obligeait sa caboche rebelle à se plier aux longs apprentissages. Il s'agenouillait, pliait l'échine.

Il découvrit Bridget à la messe de Saint-Patrick à la paroisse. Il venait d'avoir dix-neuf ans. Elle faisait partie de la chorale. Il portait la soutane.

Une extase mystique l'envahit lorsqu'il la vit, parmi ses amies, sur les bancs de la chapelle de la Vierge, les paupières baissées, ses longs cheveux couverts d'un châle de dentelle blanche. Le bleu du vitrail auréolait d'une lumière céleste la peau de lait de son visage aux traits fins et légèrement douloureux. Il eut envie de la consoler. Il s'étonna de ne pas l'avoir précédemment remarquée. La bouche merveilleusement dessinée de la jeune fille s'ouvrit toute grande pour chanter la gloire de Dieu.

À l'extase spirituelle se joignirent de curieuses transformations physiques, tremblements, rougeurs, suées, tétanies des extrémités, qui ne s'interrompirent pas avec la fin de la cérémonie et la disparition de l'objet du ravissement. Il suffisait que Patrick pense à elle. Et il y pensait constamment.

Il ne savait rien d'elle. Il ne connaissait même pas son nom. Il se rappelait la soie de ses paupières sur ses prunelles bleues comme l'étole de la Vierge Marie. Il fut très vite persuadé de mieux la connaître que tous ses camarades et ses amis.

Il était autorisé à sortir avec quelques collègues pour s'occuper des enfants de la paroisse parce qu'il allait passer son examen de fin du petit séminaire. Il se démena pour découvrir qu'elle s'appelait Bridget O'Neill, qu'elle était la fille d'un marin de Sligo péri en mer, qu'elle n'avait pas connu sa mère et qu'elle vivait avec sa tante derrière le port dans une petite maison de pêcheur au linteau peint en vert. Il fut prêt à se dévouer corps et âme pour suppléer à tout ce qui lui manquait.

Il s'arrangea pour faire passer dans sa rue les enfants du catéchisme qu'il préparait à la communion. Il la croisa, la salua.

Il la retrouva pour décorer de branches de rhododendrons l'itinéraire de la procession de la Fête-Dieu. Ils travaillèrent ensemble à la construction de l'arc de triomphe avec sa banderole : *O Crux ave*. Elle réalisa en compagnie de sa tante un chemin de sciure et de pétales de roses rouges conduisant à l'autel près de leur maison et représentant un Sacré-Cœur sanglant arraché de la poitrine.

Le prêtre porta le saint sacrement sur ce chemin sous le dais. Les communiants et communiantes répandaient des poignées de fleurs. Patrick les approvisionnait en corbeilles. Les bannières des confréries suivaient. La chorale chantait. Bridget portait son châle de dentelle. La clochette tinta. La population de Sligo tout entière s'agenouilla dans la poussière lorsque le prêtre éleva l'ostensoir. Le soleil brillait sur les ornements couleur d'or. Une bienfaisante brise de mer montait des eaux du port.

Patrick avait rêvé d'être un jour celui qui élèverait l'hostie. Et maintenant, dans le silence et les têtes baissées, il regardait le châle blanc de Bridget.

Ses condisciples ne le reconnaissaient pas. Lui d'habitude si peu bavard, il les surprenait en parlant tout seul. Il bouillait, au bord de l'explosion, entre les murs du séminaire. Il n'eut pas la patience d'attendre l'examen pour lequel il avait tout sacrifié jusqu'à se priver de sommeil. Il fit un paquet de quelques affaires, un soir de juin – le temps était trop beau –, et escalada la grille de la cour. Il se dépouilla de sa soutane, la plia avec soin et la déposa au pied du mur d'enceinte. Elle était en bonne laine, presque neuve. Elle pouvait servir à quelqu'un d'autre.

Il se défroquait. Il en avait conscience. Il n'éprouvait aucun remords. Il avait parlé de Bridget à son directeur de conscience qui avait souri de son emballement et lui avait conseillé d'attendre le calme après la tempête.

Il courut jusqu'à la petite maison de pêcheur. Bridget n'était pas là. Elle était partie à une répétition de sa chorale à l'église. Il l'attendit sous le porche. Lorsqu'elle le découvrit, dans le noir, elle le suivit.

Elle aussi, depuis la Saint-Patrick, avait éprouvé la secousse d'extase mystique. Elle avait lu la folle ardeur dans les yeux verts à reflets dorés du séminariste et, malgré sa lutte pour lui résister, elle n'en avait pas eu la force.

Sa nature ne l'inclinait pas, pourtant, à l'aventure. Sa tante Lucy l'avait élevée dans le culte de sa mère trop vite disparue, puis de son père. Les cérémonies religieuses étaient toutes leurs fêtes. L'idée de détourner un ensoutané lui était un sacrilège. Son âme pure n'en avait pas même été effleurée. Pourtant, avec le recul, on pouvait se demander si sa ferveur ne l'avait pas prédestinée à cette rencontre explosive.

Elle douta d'abord de sa réalité, s'accusa de s'être monté la tête. Puis, comme Patrick Gallagher, dont elle connaissait le nom maintenant, fréquentait sa rue et appuyait ses yeux sur elle avec une éloquence virile, elle trembla. Elle était coupable. Elle reproduisait à sa manière la vieille malédiction, l'histoire de la pomme et de la tentation. Des insomnies et des tourments inexplicables la clouèrent au lit, des douleurs de dos, des brûlures de la gorge. Car, malgré tout, à mesure que le temps passait et qu'elle promettait au Bon Dieu de ne plus s'intéresser à lui, son cœur l'inclinait de plus en plus à s'en rapprocher.

Ils s'en allèrent dans la nuit tiède sur le chemin du bord de mer, franchirent le pont et descendirent vers le port, rejoignirent la plage où des pêcheurs avaient tiré leurs barques sur le sable. Un croissant de lune jaune palpitait dans la mer, soulevé par les vagues qui s'échouaient sur les graviers. On entendait un âne braire, loin dans la lande.

Ils ne se disaient rien, ne se touchaient pas. Marcher, pour l'instant, leur suffisait. Ils s'entendaient respirer et ils étaient ravis. Ils auraient marché ainsi jusqu'au bout du monde.

Et puis ils descendirent sur le sable, s'arrêtèrent auprès d'un hooker à la coque retournée. Bridget s'y assit sans savoir ce qu'elle faisait. La lune noyée était trop modeste. Mais on était en juin, la nuit était claire. Patrick s'assit à côté de Bridget.

Une bouffée de vent salé leur fouetta le visage. Le hooker sentait fort le goudron. Et tout de suite, après peut-être une seconde où ils reprirent leur souffle la bouche ouverte, ils tombèrent dans les bras l'un de l'autre en poussant des plaintes de délivrance par-dessus les grondements de la mer.

Patrick fut le plus entreprenant. Il posa ses grandes mains sur les longues cuisses de Bridget. Les frissons de la jeune fille, ses soupirs, ses petits cris, sa manière de ne lui opposer aucun refus furent des encouragements. L'amour devait prendre pour eux, éternellement, un entêtant parfum de carbonil. Et chaque fois qu'ils respireraient cette odeur, désormais, elle leur rappellerait les bonheurs et la folie de cette première nuit.

Ils rouvrirent les yeux et se découvrirent nus. Il n'était plus question pour Patrick de retourner au séminaire. D'ailleurs il n'en avait aucun désir. Ils étaient désormais aussi liés l'un à l'autre que les tenons et les mortaises du hooker sur lequel ils s'étaient étendus. La lune avait disparu dans la mer, mais la nuit de juin était toujours aussi chaude et claire. L'âne, au loin, continuait de braire, la mer de s'échouer sur le sable.

De son vivant, l'oncle rentrait sa barque dans un appentis de planches qui s'appuyait contre la petite maison de la tante Lucy. La barque y était toujours, avec ses filets, ses lignes et ses casiers, et Bridget proposa à Patrick ce refuge pour la nuit. Ils remontèrent lentement vers la maison, mains et bras liés, bloqués soudain par une montée de désir. C'était la faute de l'air de juin, trop vif et trop tiède, et de l'odeur de carbonil. Ils étaient repus sur le hooker et, après quelques pas, maintenant, ils étaient à nouveau dévorés de désir.

Lucy, inquiète du retard de sa nièce, avait fini par s'endormir la tête dans ses bras sur la table de la cuisine. Elle les entendit parce qu'ils n'étaient pas discrets et les trouva dans l'appentis.

— Qu'est-ce que vous faites ?

Question inutile. Le recul précipité de Bridget lorsque Lucy avait poussé la porte, le désordre de la tenue de sa nièce, la présence du séminariste en ce lieu à cette heure, la flamme dans les yeux des jeunes à la lumière de la lampe de la tante en disaient assez. Lucy avait déjà douté des bonnes intentions de cet abbé à la toison trop épaisse et frisée qui tournait autour d'elles. Elle avait trouvé bizarre qu'il la demandât à une heure où il aurait dû se trouver dans sa clôture.

— Mon Dieu ! Mon Dieu ! soupira-t-elle.

Et un grand frisson d'effroi lui parcourut tout le corps. Elle venait seulement de se rendre compte que Patrick était en costume civil.

— Comment allez-vous faire pour rentrer à cette heure dans votre séminaire ? glapit-elle.

Patrick secoua la tête, sa longue mèche de cheveux bouclés lui dégringolant sur les paupières comme à un mauvais garçon.

— Je ne retournerai pas au séminaire.

Il était encore dans l'émerveillement de ce qu'il venait de découvrir. Il aurait répondu de la même façon au pape. La flamme vacillante de la lampe de Lucy lui montrait le doux visage de Bridget aux pommettes rosies par l'amour, sa bouche, les profondeurs liquides de ses yeux.

— Vous ne mettrez pas les pieds chez nous ! cria la tante.

Elle empoigna le bras de sa nièce :

— Toi, file !

Elle ferma la porte, poussa le verrou, enferma Patrick dans l'appentis.

— Cette fille me rendra folle ! Tu trouves qu'on n'a pas assez de misères comme ça ! Tu veux qu'il nous arrive malheur ?

La porte de la maison claqua. La tante s'effondra sur sa chaise où elle fondit en larmes.

4.

Lucy mettait de la religion partout, même dans son sommeil. Ce qui était en train d'arriver à sa nièce était le pire. Elle venait de fauter avec un abbé ! Il n'était pas encore prêtre mais il portait la soutane. Il allait rentrer au grand séminaire à l'automne et recevoir la tonsure.

— Qu'est-ce que nous allons faire ? demanda-t-elle en s'adressant au crucifix accroché au mur.

Les pommettes rosies de sa nièce dans leur foulard en face de Lucy étaient insupportables comme le péché.

— Il aurait mieux valu que tu sois laide ! J'ai toujours pensé que tu étais trop belle !

— La beauté n'est pas un péché, ma tante !

La tante rougit. Une hideuse grimace lui déforma la bouche.

— Et ce que vous venez de faire n'en est pas un ? Un péché mortel ! Tu mourrais maintenant, tu irais en enfer, et lui aussi !

Bridget était debout devant elle, bras croisés, un sourire arrogant sur le visage. Elle baissa les yeux.

— Regarde-moi !

Bridget releva la tête.

— Qu'est-ce que vous savez de ce qu'on a fait, ma tante ?

— Traînée ! Tu vas commencer par te laver !

Bridget, obéissante, prit la cuvette émaillée et s'approcha de la marmite, dans la cheminée, où elles avaient toujours de l'eau à chauffer.

— À l'eau froide ! Ça te refroidira où ça te brûle !

Bridget versa l'eau du broc dans la cuvette. Elle tira sur elle les grandes portes du placard de l'évier comme elle en avait l'habitude pour la pudeur. La tante bougea les pieds, pivota l'échine, pour lui tourner ostensiblement le dos, avec un rictus de dégoût. Elle se retourna soudain.

— Tu saignes ?

Bridget regarda sa serviette.

— Un peu.

— Quelle horreur ! Tu n'en mourras pas !

Elle se leva, passa dans la chambre où elle ouvrit la porte de l'armoire, revint avec une serviette hygiénique.

— Tiens !

Elle attendit près du placard que sa nièce se soit rhabillée.

— Mon Dieu sauveur ! Je crois que tu es complètement inconsciente ! Tu es comme ta pauvre mère qui ne voyait pas plus loin que le bout de son nez. Elle a fait la bêtise de se marier avec ce marin, alors qu'à l'évidence il ne la rendrait pas heureuse.

Bridget essaya de supporter le regard froid de sa tante, son visage dur, fermé. Mais ce fut plus fort qu'elle. Elle sentit ses prunelles la picoter. Des larmes jaillirent de ses yeux.

— Ne pleurniche pas, maintenant ! Ça ne sert à rien de pleurer comme une Madeleine. C'est trop tard ! Où êtes-vous allés ?

Bridget ne répondit pas.

— Bon, ce n'est pas la peine de prolonger plus longtemps ce soir. Va te coucher. On verra demain.

— Et Patrick ? Vous n'allez pas le laisser enfermé dans l'appentis ?

— Il ferait beau voir qu'il bouge, ton Patrick ! Je suis déjà bonne de le garder. Parce que tu veux que je le mette dehors ?

Bridget secoua la tête.

— On réglera son affaire demain, à lui aussi.

Elles passèrent dans la seule chambre qu'elles partageaient.

— J'espère que vous n'avez pas commis l'irréparable ! soupira Lucy en enfilant sa chemise de nuit.

Bridget l'interrogea des yeux.

— Tu veux que je te fasse un dessin ? C'est comme ça que ces choses-là arrivent ! Il suffit d'une fois. Tous les hommes ont le mal dans la tête, même les prêtres. C'est à nous, les femmes, d'être assez réservées pour ne pas les tenter.

Avant de tourner la mollette de la lampe pour éteindre, la tante lui dit encore :

— N'oublie pas de réciter tes prières avant de t'endormir, même si tu es dans le péché. Tu en as besoin. Je ne sais pas si le bon Dieu voudra les entendre. Ce n'est pas sûr que tu mérites Son pardon.

Elles dormirent aussi mal l'une que l'autre. Elles s'entendirent se tourner dans leurs lits. Bridget ne pouvait s'empêcher de penser à Patrick, tout seul, dans l'appentis. Elle avait envie de le rejoindre. Elle se rappelait tout, le petit chemin sur le bord de la plage, le hooker, les caresses, le retour. Elle n'imaginait pas que ce serait aussi facile. Patrick était doux et fort, et beau comme un ange du paradis.

C'était peut-être vrai qu'elle était écervelée comme sa mère, elle devait avoir l'esprit limité. Car après le paradis il y avait l'apparition de la tante, les cris, les larmes. Elle l'accusait d'être une fille perdue. Elle n'avait peut-être pas tort. Le bon et le mal ne pouvaient-ils jamais aller l'un sans l'autre ?

Bridget avait chaud. La chaleur de cette nuit dans leur petite chambre la suffoquait. Elle aurait aimé pousser la fenêtre. Est-ce que Patrick dormait ? Avait-il trouvé un petit coin pour s'asseoir ou s'allonger ? Elle l'avait vu regarder vers le tas de filets de l'oncle pliés auprès de l'établi. Il avait dit qu'il ne retournerait pas au séminaire. Est-ce que c'était vrai ?

Sinon, elle serait une fille perdue.

La tante se leva, le lendemain matin, aux premiers coups de l'angélus. Elle vint vers le lit de sa nièce.

— Réveille-toi.

Bridget venait de s'endormir. Elle souleva la tête. La tante rabattait les volets. Des buées bleues montées de la mer glissaient dans les premières lueurs du jour. Bridget réalisa qu'en l'espace de cette nuit sa vie avait basculé. Du bon côté ? Son cœur se serra. Elle se redressa et posa les pieds par terre.

Lucy avait déjà rempli sa tasse de thé lorsqu'elle entra dans la cuisine.

— Dépêche-toi ! La messe va sonner. On va y aller. On ira trouver M. le curé. Tu lui raconteras ce qui s'est passé.

Bridget recula.

— Allez, assieds-toi, *omadhaun*, imbécile ! insista la tante. Ce n'est pas le moment de jouer la comédie. Il fallait réfléchir avant, ma petite fille !

Lucy avait l'air fatiguée, les traits tirés, les yeux secs, le visage plus fermé que la veille.

— Tu nous as déshonorées ! Je ne vais plus oser sortir dans la rue ! Malheur à celui par qui le scandale arrive !

— Je vous demande pardon, ma tante. Je n'ai pas agi pour faire le mal. Ç'a été plus fort que nous. J'ai résisté aussi longtemps que j'ai pu.

Elle espérait malgré tout, dans la somnolence du matin, que les vapeurs du thé adouciraient sa tante.

— Tu n'aurais pas cédé si tu avais résisté ! Tu vas te confesser pour soulager ta conscience. Tu demanderas pardon au bon Dieu. Allez, mange ! Regarde-toi. Tu es pâle comme les murs. Il est beau, l'amour, le lendemain matin !

Bridget sentait, en effet, par moments, la tête lui tourner. Elle s'assit, commença à boire son thé, pensa à Patrick dans l'appentis. Lucy dut lire dans ses pensées. Sa grimace lui déforma la bouche.

— Non, il ne s'est pas sauvé ! M. le curé viendra le chercher et le ramènera à son séminaire. Ils se débrouilleront avec lui.

La cloche de l'église se mit à carillonner la messe. La tante Lucy s'en fut achever de se préparer dans la chambre. Elle réapparut tout en noir avec son chapeau, son sac.

— Qu'est-ce que tu vas lui dire à M. le curé ? demanda-t-elle, un peu radoucie.

— Que Patrick et moi on s'aime.

— Tu es complètement folle ! Est-ce que tu crois que ton histoire d'amour l'intéresse ?

— Je ne veux pas aller voir M. le curé. Pas ce matin.

— Quand, alors ?

— Je ne sais pas.

La tante posa son sac sur la table.

— C'est maintenant qu'il peut arranger les choses.

Elle empoigna Bridget brutalement, comme dans l'appentis.

— Tu vas venir avec moi !

Bridget secoua la tête en résistant.

— Non.

— Tête de mule, c'est ton bien que je veux !

Elles luttèrent un moment. Mais Bridget n'était plus la

petite fille d'autrefois. À dix-neuf ans, elle était plus forte que sa tante.

— Bon, eh bien, je vais y aller toute seule !

Lucy, essoufflée, fixait sa nièce entre les lames de ses paupières rapprochées, les yeux féroces, et eut peur.

— Il y a des couvents, heureusement, en Irlande, tenus par des religieuses dévouées, où on empêche de nuire les Marie-couche-toi-là !

Bridget blêmit.

— Non, tante Lucy, non !
— Eh bien, viens trouver M. le curé avec moi !
— Non, tante Lucy !
— Laisse-moi passer !

Bridget s'était mise en travers de la porte. Elles se bousculèrent encore. Bridget bloquait la poignée. La tante lui cognait sur les doigts avec son sac.

— Patrick n'est pas ordonné. Il m'aime. Rien ne nous empêche de nous marier !
— Il t'a demandée en mariage ?
— Pas encore.
— Hier encore, il était en soutane. Il a seulement voulu coucher avec toi ! Range-toi !
— Och !
— Aïe !

Bridget céda. La tante passa.

— Tu peux aller lui ouvrir si tu veux ! Qu'il se sauve ! Ça m'est égal. Mais toi, n'essaie pas, on te rattrapera !

La cloche lançait ses derniers appels. La tante disparue derrière le muret de la cour, Bridget se précipita vers l'appentis. Elle tira le verrou, se jeta, haletante, dans les bras de Patrick. Ils se retrouvaient. Ils revivaient.

Ils restèrent soudés longtemps, s'embrassant, se serrant, gémissant, chargés de toute la misère du monde. À mesure qu'ils s'embrassaient, ils sentaient s'enflammer leur désir et la nécessité d'être ensemble leur semblait encore plus grande que la veille.

— Ne pleure pas, *mavourneen mean*, mon amour, ma chérie, la supplia Patrick.

Elle ne savait plus bien pourquoi elle pleurait, si c'était de désespoir ou de joie. Elle retrouvait l'exaltation de la fusion avec Patrick, leur communion quasi religieuse.

— Elle est partie à l'église, dit-elle. Elle veut m'enfermer dans un couvent !

— Tu n'iras pas dans une de ces horribles prisons. Es-tu d'accord pour te sauver avec moi ?

Elle frissonna. Elle regarda les cheveux de lin ébouriffés de Patrick, son large front carré, son teint de pêche, ses joues rougies par les pluies d'Irlande, ses yeux verts. Si elle l'avait accompagné la veille au soir, c'est qu'elle était prête à le suivre au bout du monde. Elle reprit son souffle en respirant fort. Elle pensa à l'Amérique. Il l'enferma à nouveau dans ses grands bras comme dans un étau.

— Biddy !

Et puis, parce qu'il avait lu dans ses pensées :

— Non, ce ne sera pas l'Amérique.

— Où ça, alors ?

— Je vais te dire... Est-ce que tu as de l'argent ?

— Un peu, presque rien.

— Moi, je n'en ai pas. Il nous en faut. Est-ce que ta tante en a ?

Bridget hésita, rougit. Allaient-ils devenir aussi des voleurs ? Mais Patrick la pressa :

— Nous en avons besoin, Biddy !

— Elle a de l'argent dans une boîte...

— On va le prendre.

Il avait pensé à tout. Il en avait eu le temps pendant la nuit. Il montra son minuscule balluchon.

— Prépare tes affaires, vite !

Il y avait urgence. Ce n'était plus l'heure de s'embrasser. Il entra derrière elle dans la maison. Des pots de porcelaine étaient alignés par ordre de grandeur sur le manteau de la cheminée. Bridget ouvrit celui où était marqué « poivre ». La tante y cachait la clé de son armoire.

Bridget hésita à l'enfoncer dans la serrure, mais le regard de Patrick lui en donna la force. Elle tendit le bras. La boîte de métal à thé, ronde, était au sommet de la pile de draps. Elle l'ouvrit sur la table.

La tante Lucy y enfermait ses trésors : des papiers, des lettres, un petit fer à friser les moustaches que Bridget n'avait jamais vu. Elle n'avait jamais commis ce sacrilège, mais depuis la veille elle n'en était plus à un près.

— Vierge Marie, ayez pitié de moi !

Il y avait surtout des billets d'une livre, plus que Bridget ne le pensait, en rouleaux serrés maintenus par des élastiques. Elle hésita encore.

— Tu veux être enfermée dans la prison des bonnes sœurs ?

Elle se décida, enfouit les rouleaux dans la poche de sa robe.

— Tous ?
— Tous.

Patrick tendit la main. Il y avait, au fond de la boîte, un autre trésor que la tante avait laissé voir à Bridget deux ou trois fois, sans lui permettre d'y toucher : un magnifique sautoir de pierres jaunes, une bague et des boucles d'oreille jaunes aussi, serties d'or.

« Si nous sommes dans le besoin un jour, affirmait-elle, sûre d'elle, nous aurons ça. Ces bijoux ont une grande valeur.

— Qu'est-ce que c'est ?
— De l'ambre. »

La tante les manipulait avec délicatesse, les élevait à son cou et à ses oreilles.

« Je ne les porte pas, pour ne pas les abîmer. »

L'oncle lui avait rapporté ces trésors d'une traversée dans la mer du Nord et la Baltique.

« J'y tiens comme à la prunelle de mes yeux », ajoutait-elle en les faisant disparaître dans leur petite bourse de velours bleu.

— Non ! gémit Bridget.

— Nous pouvons en avoir besoin !

Patrick enfouit la bourse au fond de la poche de Bridget. Elle en sentit le poids sur sa cuisse.

— Ferme la boîte et range-la. Prends tes affaires, vite !

Elle agissait comme un automate. Il prit le pain dans la cuisine, le boudin noir, lapa une tasse d'eau.

Il sortit dans la cour, se dissimula derrière le muret pour laisser passer un homme et sa voiture à âne. Heureusement, à cette heure matinale, il n'y avait pas grand monde dehors dans le village. Bridget se retourna vers l'intérieur de la maison de sa tante. C'était sa maison. C'était là qu'elle avait vécu. La pendule sonna la demie.

Patrick était dissimulé derrière le portillon de la cour. Elle était folle. Ils étaient fous. Il lui fit signe.

Elle ferma la porte. Ils s'élancèrent en courant dans la ruelle qui descendait vers le port. La flèche du clocher de l'église se dressait au-dessus des maisons. Les murs du séminaire bouclaient le quartier en haut.

Patrick stoppa soudain son élan. Il y avait une bicyclette contre le mur des Kirkwood.

— Nous sommes sauvés !

Bridget connaissait ce vélo rouge. Elle savait qu'il appartenait à William, l'aîné des fils Kirkwood. Il en était fier, ne se déplaçait jamais sans sa bécane, même pour aller au pub. C'était un luxe que beaucoup d'autres ne pouvaient se permettre. Il paradait sur sa selle, l'air de dire : « Vous m'avez vu ? Moi, je roule ! »

Patrick s'approcha prudemment de la bicyclette, lança un coup d'œil devant et derrière, se précipita sur le guidon.

— Vite ! Monte !

Il lui montrait le cadre du vélo. Elle n'avait jamais fait de bicyclette. Elle s'assit maladroitement entre les bras de Patrick. Il commença à pédaler en louvoyant, et puis de plus en plus droit en prenant de la vitesse.

— Ils peuvent déjà s'être lancés à ma recherche. Ils se sont aperçus de ma disparition au séminaire. Pour l'instant, personne ne s'occupe de toi.

Il pédalait de toutes ses forces. Le soleil lançait ses premiers rayons sur les toits. Des mouettes piaillaient. Du poisson salé était déjà étendu à sécher sur un mur de pierre. Ils baissèrent la tête pour dissimuler leurs visages en croisant deux hommes qui poussaient une charrette à bras chargée de lourdes planches.

Bridget connaissait ces hommes, les frères Ryan, charpentiers de Sligo. Mais pouvaient-ils imaginer derrière le jeune homme qui tenait une fille entre ses bras le séminariste en soutane des processions de la paroisse ? Ils ne s'attendaient pas non plus à trouver en amazone la dévote nièce de Lucy O'Neill, chanteuse à la chorale. L'un des frères leva cependant le nez, choqué par la tenue de cette dévergondée qui s'exhibait dans les bras d'un garçon à pareille heure.

La route montait pour s'éloigner de la mer. Patrick haletait. Bridget pensait : « Je suis lourde. On n'ira jamais loin comme ça ! »

Il lui dit :

— Ça va, on va y arriver !

Elle avait cru d'abord qu'ils prendraient le train, mais ils s'éloignaient de la gare. Ils évitèrent aussi la direction du lac. Où allaient-ils ? Patrick continuait de pédaler, sans presque parler, concentré sur le mouvement de ses jambes. Il était robuste, grand, large, gros muscles, gros os. Bridget avait la sensation que, lorsqu'il était lancé, rien ne pouvait l'arrêter. Le vélo de Kirkwood était solide. Elle entendait parfois le cuir et les ressorts de la selle se plaindre. Elle serrait le guidon, essayant de se faire aussi légère que possible.

Il pédala sans arrêt pendant toute la matinée. La brume de gaze blanche qui avait enveloppé les collines et la mer en même temps que le soleil montait n'était pas pour leur déplaire. Elle permettait de passer inaperçu. Ils continuaient de baisser la tête dès qu'ils apercevaient quelqu'un. De temps en temps, Patrick, à bout de souffle, lui demandait :

— Ça va ?

Elle ne répondait pas. Elle regardait derrière parce qu'elle avait peur.

Ils passèrent Ballysadare, Coolaney. La brume se leva, le soleil ruissela dans un ciel bleu à peine rayé de quelques traînées de craie. Patrick obliqua dans un sentier qui descendait vers la rivière.

— J'ai soif, dit-il.

Il abandonna le vélo, s'allongea à plat ventre et but à même la surface d'eau claire. Bridget l'imita, se releva. Il la regardait. Elle avait la bouche mouillée.

— J'ai faim, poursuivit Patrick.

Elle sortit le pain, le boudin noir. Ils n'étaient pas partis sans leurs couteaux. Ils firent quatre parts afin d'en garder pour plus tard. Ils mangèrent en contemplant les rides de la rivière.

Et puis, les paupières plissées à cause du soleil :

— Je suis sûr qu'ils cherchent ailleurs. Ils nous attendent à la gare. Ils croient que nous avons pris la direction de Dublin pour embarquer vers Liverpool. Nous allons piquer vers le sud ! Avant qu'ils viennent nous chercher de ce côté, nous serons loin !

Elle lui faisait confiance. C'était elle qui courait les plus grands risques. Si elle était prise, elle ne couperait pas désormais aux murs du couvent. Les sourcils blonds, presque blancs de Patrick formaient une ligne droite. Il lui tendit les lèvres. Ils repartirent.

— Je ne voyais rien derrière les murs de mon séminaire. Rien de rien ! lui cria-t-il soudain.

Ils filaient dans la solitude d'une succession de tourbières et de broussailles. L'eau affleurait en mares mangées de laîche pâle où le ciel se mirait. Et puis la route recommença de grimper.

— Je ne peux pas me mettre en danseuse. Tu tomberais.

Il transpirait.

Quelques rares voitures les croisèrent. Une vieille femme sortit sur le seuil de sa maison pour les regarder passer. Les paysans fanaient. L'air était plein d'odeurs d'herbe.

— Ils ne m'attendent pas pour faucher chez moi, puisque je dois passer mon examen !

Elle songea à la famille de Patrick, son père, ses frères, auprès desquels ils auraient peut-être pu naturellement trouver refuge.

— On ne passera pas très loin de la maison. On ne s'arrêtera pas. L'accueil serait pire que celui de ta tante. Ma mère vivrait, ça aurait tout changé. Mon père et mes frères ne me laisseraient pas entrer s'ils me voyaient arriver avec une fille. Ils seraient capables de te tuer.

Cette pensée les assombrit. Ils se turent.

Ils s'arrêtèrent au sommet d'une longue côte et Patrick se laissa tomber dans l'herbe du bas-côté. Bridget lui tendit le pain.

— Je ne sais pas si je vais arriver à manger, souffla-t-il, épuisé.

Et puis les forces lui revinrent après les premières bouchées.

— J'ai eu un professeur, dit-il, qui était aussi mon directeur de conscience, le père Benedict. Il nous a beaucoup parlé d'un pays, en France, la Vendée. Il n'y est jamais allé mais il la connaît aussi bien que le comté de Mayo. La Vendée est pour lui le pays de la liberté. Il nous a raconté les combats des Vendéens qui criaient aux bandits de la Révolution : « Rends-moi mon Dieu ! », leurs prêtres martyrs, et leur général Charette, qui disait : « Tant qu'une roue restera, la charrette roulera ! » Je te propose d'aller les voir, ces Vendéens. Ils nous accueilleront. Ils sont les soldats du Christ. C'est le meilleur moyen que nous avons d'échapper à ceux qui nous poursuivent. Ils ne penseront jamais à nous chercher là-bas. Nous fonderons un *teaghlach lan-ghaelach*, un foyer irlandais pur jus... Qu'en penses-tu ?

Elle ne savait pas quoi répondre. Tout cela allait si vite. Il avait tellement pédalé. Sa figure encore rougie par l'effort se découpait sur le ciel bleu. Ses yeux changeants avaient autant de nuances de vert que de jours dans l'année. Elle tendit la main, effleura sa joue où la barbe allumait des reflets dorés.

— Où est-ce ?
— Au sud de la Bretagne, au bord de la mer.
— Si c'est au bord de la mer, alors...

La présence de l'océan et de son air salé la rassurait. Elle avait toujours tremblé à l'idée d'émigrer un jour en Amérique et d'étouffer au milieu d'un continent immense.

— C'est le même océan qu'ici, plus au sud, s'excita Patrick. Il y pleut moins, les hivers sont moins froids. Le père Benedict nous a enseigné le français. Il l'a étudié au séminaire de Boulogne, où il était professeur d'anglais. Les séminaristes français apprenaient surtout l'irlandais sans le savoir ! Je sais dire... (Il chercha ses mots :)

« Bonjour, mademoiselle, je m'appelle Patrick Gallagher. Puis-je vous demander l'heure, s'il vous plaît ? »

Elle rit.

— Comment je ferai, moi, si je ne parle pas français ?

— Je t'apprendrai, *darling*. Tu veux qu'on commence tout de suite ?

Il avait fini de manger. Ses boucles tire-bouchonnaient sur son front. Les mots français de Patrick chassaient les nuages sombres dans les yeux bleus de Bridget. Ses prunelles scintillaient d'un même éclat que dans l'église en prière.

Elle se nicha de nouveau sur le cadre entre les bras de Patrick et ferma les paupières. Elle pensa qu'elle était montée dans une barque et qu'elle voguait vers les côtes françaises.

5.

Le soleil était rouge et bas lorsqu'ils firent halte devant la porte d'un pub dans un village. Bridget attendit Patrick près du vélo, dehors.

Elle tendit l'oreille au tintement des verres, aux éclats de voix. Elle marcha sur le trottoir de ce village minuscule. Patrick ne sortait pas. Elle se haussa pour regarder par la vitre, mais l'intérieur du pub était sombre.

Une bouffée de terreur l'envahit à l'idée qu'il pouvait l'abandonner ainsi dans un lieu inconnu. Elle prit conscience qu'elle n'avait plus que lui, qu'elle était complètement livrée à lui.

Il sortit enfin du bar, les yeux illuminés, ragaillardi. Elle se précipita. Il perçut sa panique, s'excusa, sourit, gêné.

Il avait commandé un rhum-cassis avec une demi-pinte de *stout*, et le patron avait remis ça.

Il parlait fort. Il déplia l'emballage du paquet qu'il tenait à la main et découvrit une large part de pudding appétissant.

— Tu vois que j'ai pensé à nous !

Il avait appris qu'ils se trouvaient à Turlough, non loin de la gare de Castlebar. Mais il était tard. Ils décidèrent d'attendre le lendemain.

Ils grimpèrent à pied, le vélo à la main, comme des promeneurs, vers une prairie bordée d'un muret de pierre à la sortie du village. Tout paraissait facile à Patrick, enflammé par ce qu'il avait bu. Il disait qu'ils avaient eu de la chance, que leur vélo aurait dû crever à rouler toute la journée à deux sur les épines et les pierres, qu'ils n'avaient rencontré personne pour les trahir et signaler leur présence à Castlebar. Il agitait les bras. Il désigna les meules de foin de l'enclos.

— Choisis celle que tu veux.

Ils descendirent boire et se laver à la rivière. Bridget enleva son foulard et défit sa coiffure. Pour la première fois, Patrick la vit enveloppée de ses longs cheveux châtains. Il s'approcha pour les toucher. Des rafales de vent, levées avec le soir, accompagnaient l'installation de la nuit.

Bridget avait choisi la meule à l'abri d'un frêne au bord du muret. Le vent qui courait dans son feuillage et agitait la cime de l'arbre cessa tout d'un coup, lorsque la nuit fut là, et le silence pesa.

Il n'y avait pas une lumière, sauf les étoiles suspendues autour du frêne. Un chien aboyait en bas.

— Je n'ai jamais dormi à la belle étoile.
— Moi non plus. Tu as peur ?
— Un peu.

Patrick resserra doucement son bras protecteur. Ils s'étaient creusé un trou dans la meule et s'étaient enfoncés bien à l'abri dans le tunnel. Ils avaient du foin au-dessus de la tête, sur les côtés, en dessous. Ils respiraient l'odeur poivrée de l'herbe chaude.

— Tu n'as pas froid ? demanda Patrick.
— J'ai chaud.

La meule était encore pleine de soleil. Le foin craquait. Bridget lui trouva des parfums de menthe. Elle ferma les yeux. Hier elle était encore une jeune fille sage et dévote. Elle n'avait pas d'autre horizon que Sligo. Elle n'avait pas de souci. Elle serra Patrick contre elle de toutes ses forces et poussa des petits cris pour encourager son amour qui n'en avait pas besoin.

— Est-ce que tu crois que je peux réciter le Notre-Père et le *Je vous salue Marie* ? demanda-t-elle après. Je l'ai toujours fait avant de m'endormir depuis que je suis toute petite.

— Pourquoi tu ne pourrais pas ?

— Si Dieu nous regarde... Crois-tu qu'Il peut nous précipiter en enfer ?

Il soupira.

— Tu connais le commandement, insista-t-elle : « Œuvre de chair accompliras dans le mariage seulement. »

— Je ne crois pas, finit-il par dire, que le bon Dieu soit aussi sévère que les prêtres d'Irlande.

Il lui prit la main.

— Si tu veux, je vais réciter avec toi.

Ils n'avaient pas fini de prononcer les paroles du *Je vous salue Marie*, quand il s'aperçut que Bridget ne priait plus. Elle s'était endormie. Elle le tenait toujours par la main. Il voulut la lâcher pour qu'ils ne se gênent pas, mais, dans son sommeil, ses doigts s'agrippèrent à lui.

Un battement d'ailes froissa les branches du frêne, suivi d'un ululement de hulotte. Patrick craignit que le cri ne réveille Bridget et ne l'effraie. Les chouettes portent malheur.

Il se souvint que le père Benedict leur avait dit que les Vendéens imitaient ce cri pour communiquer, la nuit. Un ululement répondit au loin à la hulotte du frêne.

Ils se réveillèrent dans la brume blanche du petit matin. Les meules, dans la prairie, ressemblaient à des petites vieilles au dos voûté. Ils ne parlaient pas. Ils ressentaient dans leurs dos, leurs bras, leurs jambes les douleurs de la journée pénible de la veille. Ils descendirent à la rivière.

Ils se regardaient, encore étonnés d'être ensemble à l'aube de ce nouveau jour. Des oiseaux agitaient l'eau et bavardaient, dissimulés par le brouillard.

Ils enfourchèrent la bicyclette en silence, lourds de fatigue. Ils tournèrent dans Castlebar et finirent par découvrir, à travers la brume, le réservoir d'eau et son gros tuyau qui pendait dans le flou comme une trompe d'éléphant, les rails, les barrières blanches de la gare, un banc sous des sapins fait de deux traverses de voie.

Ils abandonnèrent le vélo avec regret et prirent des billets avec l'argent de Lucy.

Ils se déplaçaient encore avec beaucoup de méfiance. Ils montèrent dans le train parmi les premiers en s'efforçant de ne pas se faire remarquer. L'animation de la gare devint de plus en plus grande à mesure que l'aiguille de la pendule approchait de l'heure du départ. Ils se détournèrent plusieurs fois à la vue d'une soutane, d'une robe de religieuse ou d'un uniforme de gendarme. Les prêtres et les bonnes sœurs, heureusement, ne montaient pas en voiture de troisième classe. Ils espérèrent un moment rester seuls dans leur compartiment mais une grosse femme poussa devant elle ses cinq enfants. Elle lança des regards courroucés à Bridget et à Patrick qui, à son avis, ne dégageaient pas assez la place.

Enfin la locomotive démarra. La grosse femme leur adressa un nouveau regard furieux parce que le nuage de fumée nauséabonde entrait par la vitre ouverte. La machine peinait à tirer son convoi. Elle s'époumonait et s'empanachait sans cesse de fumée noire. Elle avançait avec une lenteur qui ne déplaisait pas à Patrick et à Bridget, désormais convaincus d'être en sûreté. Ils étaient assis sur la banquette de bois, plus confortable que le cadre de la bicyclette et ils somnolaient en regardant défiler les prés, les collines, les lacs. Les enfants de la grosse femme se tenaient sages, bras et jambes croisés.

Leurs vêtements étaient raccommodés et leurs galoches ressemblaient à celles de Patrick et de Bridget quelques années plus tôt. Le plus petit avait des croûtes jaunes collées autour des paupières. Ils sortirent le reste de pudding et le coupèrent en dés qu'ils offrirent aux enfants.

— Qu'est-ce qu'on dit ? fit la mère, d'une voix grinçante.

— Merci, répondirent les enfants.

Leur troupeau descendit à la gare suivante. Les enfants s'éloignèrent en leur adressant des signes d'au revoir.

Ils changèrent de train à Limerick Junction au milieu de l'après-midi. Le temps s'assombrit. Des nuées noires rafraîchirent l'air.

La pluie crépita bientôt. Elle raya le paysage qui s'était aplani. Les prés semblaient plus vastes, les vaches plus nombreuses. Ils arrivaient dans le pays du beurre.

— On pourrait peut-être essayer de s'arrêter là ? suggéra Bridget. Au lieu de partir... Les gens ne nous connaissent pas. On ne serait pas loin de chez nous, mais assez...

— Ce n'est pas possible. L'Irlande est une île. Tout se sait. On nous posera des questions et on nous retrouvera.

Bridget hocha la tête, tourna ses yeux qui, malgré elle, s'emplirent soudain de larmes.

— Je ne veux pas que tu sois triste...

Patrick lui effleurait la main.

— Je ne suis pas triste, s'excusa-t-elle en s'essuyant les yeux avec ses doigts... C'est la fatigue.

— Est-ce que tu regrettes ?

Elle regarda les cheveux ébouriffés de Patrick, ses joues encore plus blondies par la barbe du troisième jour.

— Tu regrettes Sligo, ta tante ?

Elle secoua la tête.

— Je ne regrette rien.

— On va y arriver, tous les deux ! N'aie pas peur.

Il paraissait si sûr de lui. Elle ne doutait pas de lui.

Il pinçait, du bout des lèvres, une fine cigarette roulée avec du tabac acheté au pub de Limerick. Aucun des voyageurs autour d'eux n'aurait imaginé qu'il portait la soutane deux jours plus tôt. La fumée de la cigarette lui sortait par le nez. Elle lui piqua les yeux et il plissa les paupières avec un air voyou. Bridget se retint de rire. Sa robe d'indienne était froissée.

Il prit la cigarette entre le pouce et l'index et souffla la fumée avec élégance. Bridget se contint de pouffer dans ses doigts. Il saisit sa main sous les yeux des voyageurs.

— Ris, Biddy !

Ils se mirent à rire aux éclats en se regardant comme s'ils étaient seuls au monde. Il lui baisa cérémonieusement les doigts devant des regards outrés qui se détournèrent.

Est-ce qu'ils avaient des têtes de jeunes écervelés d'émigrants ? se demandait Bridget en même temps qu'elle riait. Est-ce que les gens qui partaient pouvaient être brûlants comme eux ? Ressemblaient-ils à ces milliers de gens qui embarquaient sur des bateaux-cercueils voguant vers l'Amérique ?

Ils trouvèrent une chambre à louer au Sextant Bar, badigeonné au rouge sang de bœuf. Son enseigne bleue se balançait à l'angle du deuxième grand pont sur la rivière Lee, dans le quartier des docks de Cork.

La chambre était toute petite, la paillasse n'avait pas d'épaisseur. Bridget y traqua les puces. Elle attrapait les petites bêtes bondissantes, la main leste.

— Donne-les-moi ! Donne-les-moi ! criait Patrick.

Il se brûlait les doigts en les posant sur le bout rouge de sa cigarette. Les puces grésillaient, leur petit nuage de fumée sentait la corne grillée. Ils s'aperçurent que leurs draps étaient les rideaux de la fenêtre qu'on avait mis dans leur lit. Une entêtante odeur d'oignon provenant des cuisines situées sous leur chambre imprégnait les murs.

Une nombreuse clientèle fréquentait la cantine du bar. Des bouffées de vapeurs grasses montaient entre les lattes du plancher. Elles atténuaient l'odeur des cabinets au fond de la cour où les gens attendaient leur tour aux heures de pointe.

Ils restèrent trois jours au Sextant. Patrick rongea son frein à tourner autour des bassins du port à la recherche de bateaux pour la France. Il avait imaginé un grouillement et une activité intenses puisque les paquebots d'émigrants partaient de Cork pour l'Amérique. En réalité, l'embarquement avait lieu à Cobh, plus en aval dans l'embouchure. Le trafic de Cork n'était guère plus impressionnant que celui de Sligo.

Patrick rentra épuisé, le deuxième soir, d'avoir traîné autour des docks. Il s'assit sur l'unique chaise de leur chambre, bras croisés, le menton sur la poitrine, sans un mot. Bridget attendit patiemment qu'il se repose et parle. Et puis, comme il ne bougeait pas, elle le secoua par les épaules.

— Tu as trouvé quelque chose, Patrick ?

Il ouvrit les yeux lentement, la dévisagea avec étonnement. Elle comprit qu'il avait bu, qu'à ce moment-là il ne la reconnaissait pas, et elle eut peur. Il baissa la tête et se rendormit. Elle le prit sous les bras, le souleva et, en gémissant, fit basculer ce grand corps inerte sur le lit, où elle s'allongea auprès de lui. Elle mit longtemps avant de s'endormir.

Le lendemain, il s'aperçut, honteux, qu'il avait beaucoup dépensé. Les marins s'étaient montrés très empressés lorsqu'ils l'avaient vu sortir les billets de la tante. Est-ce que ce qui leur restait suffirait à payer leur chambre et une hypothétique traversée ? Bridget l'avait suivi sur le port, le premier matin. Et puis, comme il s'était mis à pleuvoir, comme il faisait froid et qu'ils n'avaient pas de vêtements chauds pour se couvrir, elle avait voulu rentrer.

Elle n'était quasiment plus sortie, sauf pour faire la queue aux cabinets et rapporter de la cantine du Sextant les *beans on toast* de leur déjeuner.

Il pleuvait encore le matin de ce triste troisième jour. Les gens enjambaient, tête baissée, les flaques qui noyaient les pavés de l'arrière-cour des cabinets. Bridget était gelée et elle resta dans son lit. On se serait cru en automne.

Patrick revint, presque aussitôt sorti, éclairé par un large sourire.

— Ça y est, Biddy, lève-toi ! On est sauvés ! Il y a un bateau dans le port !

Il la prit dans son lit, la souleva, la serra presque nue contre ses vêtements mouillés et se mit à danser.

— On est sauvés ! On est sauvés !
— Arrête ! Tu mouilles ma chemise ! Tu vas me faire tomber !
— On va partir !
— Quand ?
— Demain.

Il avait retrouvé sa figure joviale, son bel optimisme débordant et sa fantaisie. Bridget se cramponnait à lui, hésitant à se réjouir trop vite. La tête lui tournait.

— Lâche-moi !

Il la laissa tomber sur le lit, où il tomba à son tour, bras en croix.

— Le bateau s'appelle la *Belle-Henriette*. C'est un beau nom.
— Oui.
— Il transporte du charbon de Liverpool en Vendée et s'est arrêté à Cork pour embarquer trois poneys.
— Trois poneys ?

Bridget se demanda s'il n'avait pas inventé une fable.

— J'ai vu le capitaine. Il ne m'a pas réclamé

beaucoup. Nous avons sympathisé. Regarde ce qu'il nous reste !

Il brandissait le rouleau de billets devant son nez.

— Vous avez sympathisé ?

Elle se rappelait ce que leur avaient coûté les sympathies de la veille.

— Tu ne me crois pas ? Tu ne me crois pas ?

Il fronça ses sourcils blonds, roula sur elle, la prit par les épaules et les poignets en faisant semblant de lutter. Il l'obligea à le fixer dans les yeux.

— Est-ce que tu me crois ?

Elle s'épanouit, radieuse.

— Je te crois, Pat.

Il bourra l'oreiller de coups de poing victorieux.

— J'en étais sûr. Ce n'était pas possible qu'on n'y arrive pas !

Bridget le regardait, reconnaissante, couchée sous lui. Elle retrouvait le Patrick qu'elle aimait et auquel elle croyait. Elle toucha la laine de ses cheveux mouillés de pluie.

— Je croyais que nous n'allions jamais partir ! dit-elle, les larmes aux yeux. Je croyais que nous allions rester dans cette ville, sous la pluie. Quand je t'ai vu, hier soir...

— Hier soir n'a pas existé. Nous allons être libres, Biddy !

— Nous allons être libres, Pat !

— Nous allons voir du pays. Nous chercherons en Vendée un endroit où nous nous trouverons bien.

Elle hocha la tête.

— Le bateau appareillera à midi.

Ils roulèrent d'un bout à l'autre du lit.

Ils entrèrent s'agenouiller dans l'église Saint-Patrick avant d'embarquer.

Le prêtre célébrait la messe. L'église était pleine. Ils

trouvèrent une petite place derrière un pilier près de la porte par où ils étaient entrés. On était le dimanche 29 juin 1933, fête des saints apôtres Pierre et Paul. Bridget avait mis son châle blanc d'église en dentelle.

Ils prélevèrent cinq shillings et deux pence dans leur réserve, qu'ils glissèrent dans la corbeille de la quête, et ils prièrent Pierre et Paul et la statue de saint Patrick avec sa crosse de veiller sur eux pendant la traversée. Ils étaient agenouillés sur les dalles dures près du pilier et enviaient cette foule assemblée de braves gens qui écoutaient le prêtre, s'agenouillaient, se relevaient avec la conscience tranquille des bien-pensants. Ils se faisaient aussi petits qu'ils le pouvaient. Ils respiraient l'odeur des corps et des vêtements mouillés de pluie auxquels se mêlaient les vapeurs d'encens. Leur famille était là. Ils ne la reverraient pas avant longtemps. Ils contemplaient les voûtes de l'église, les fleurs, les flammes des cierges.

La tentation vint à Patrick. Il se dit que, s'il le voulait, il était temps encore de refaire le chemin en arrière et de revenir comme le fils prodigue. Les professeurs au séminaire l'accueilleraient. Il ferait pénitence et il gravirait les marches qui conduisent à l'autel. Bridget écoutait les cantiques. Elle pensait à sa place vide au milieu de ses amies de la chorale et son cœur se serrait.

Ils chancelaient au moment de sauter le dernier pas. Bridget songea aux grandes veillées d'Amérique organisées lorsque quelqu'un était sur le départ. Eux n'auraient pas droit à la fête et aux musiques. Quelqu'un se retourna et leur fit signe d'avancer. Il y avait de la place pour eux devant.

Ils sortirent, coururent. Ils se sauvaient encore, sous la pluie qui filait en gouttes fines et silencieuses. Patrick se mit à crier en courant dans la rue déserte derrière l'église. C'était sa manière de hurler au monde qu'ils partaient. Il portait leurs deux balluchons sous un bras, tirait Bridget de l'autre. Elle volait derrière lui. Elle avait du mal à le suivre.

Ils arrivèrent au port et s'arrêtèrent, essoufflés. La *Belle-Henriette* n'était pas le cargo dont Bridget avait rêvé. C'était une lourde barque de bois ventrue de dix-huit mètres de long, un borneur, tout juste bon au transport le long des côtes, de port en port, de borne en borne. Allaient-ils traverser la mer à bord de cette coquille de noix ?

Un homme aux larges épaules serrées dans une vareuse noire agita sa casquette à bord et les salua. Son sourire à moustache grise rassura Bridget. Il baragouinait un mauvais anglais compréhensible. Une boucle d'or ornait son oreille gauche.

— Nous étions sur le point de partir. Je croyais que vous aviez changé d'avis.

Il tendit la main à Bridget pour qu'elle enjambe le bord. Elle saisit ces gros doigts courts.

— On dirait que vous n'avez pas le pied marin, mademoiselle...

Il la regardait en riant.

— La *Belle-Henriette* n'est pas un transatlantique mais, rassurez-vous, la mer ne lui fait pas peur. N'est-ce pas ?

Il prenait à témoin ses matelots, qui n'étaient que deux, un jeune, un vieux, qui opinèrent, visiblement satisfaits d'accueillir cette jeunesse, et suivirent leur groupe pour une visite rapide du bateau. Les cales de la *Belle-Henriette* étaient remplies de charbon, sauf à l'avant : trois poneys à la robe grise battaient du sabot dans leurs stalles sous la cabine.

— On ne dirait pas des poneys, dit le capitaine en flattant l'étoile de leur chanfrein. Ils ont de bonnes têtes. Ils sont grands et bien membrés. On les croise chez nous avec des juments demi-sang qui donnent des poulains résistants. Les poneys irlandais sont recherchés. C'est un petit trafic que nous ajoutons à notre transport de charbon. Ce n'est pas grand-chose, mais ça nous permet de ne pas trop regarder au beurre pour manger avec les choux !

Les choux firent sourire les matelots. Le vieux ajouta, et Patrick traduisit aussitôt :

— Avec vous, nous ajouterons un peu de lard aux choux !

— Vous comprenez bien le français ! le félicita le capitaine.

Il les conduisit à la cabine où il montra l'étroite couchette en regrettant de ne pas leur offrir plus de place. Il insinua avec un petit sourire que le rapprochement n'était pas plus mal pour les amoureux. Comme Bridget gardait le visage fermé, le regard assombri par l'horizon bouché, il ajouta :

— Le vent est bon. Ne vous inquiétez pas. Vous verrez, le ciel se dégagera dès que nous serons en mer et nous aurons un temps magnifique !

Les matelots s'activèrent autour des cordages et des bittes d'amarrage. Le capitaine vérifia les jauges d'huile et de carburant du moteur, qui démarra en rugissant et remplit la cabine de vapeurs de gasoil. La *Belle-Henriette* se mit à vibrer. Insensiblement, elle commença de s'éloigner du quai de Cork.

Patrick s'affairait sur le pont, obéissant aux ordres des marins qui lui confiaient des cordages et déployaient les voiles safran. On aurait dit qu'il avait été matelot toute sa vie. Il y mettait tout son cœur et ne semblait pas se soucier des mouvements du bateau qui virait de bord pour sortir du bassin et gagner la passe.

Bridget se tenait debout auprès du capitaine et le regardait manœuvrer.

Ils rejoignirent le chenal de Great Island. Des bouées rouge et noir marquaient le passage. Des rochers dentelés couverts de mousse, d'un vert de vessie sous la pluie, défilaient ; des maisons en surplomb sur la falaise, un troupeau de vaches dans la prairie au ras de la mer. La cabine puait l'huile. Le vacarme du moteur obligeait à crier.

Bridget enviait Patrick sur le pont, énergique, vivant, occupé par la tâche qu'on lui avait confiée. Il devina qu'elle le regardait, tourna la tête, lui adressa un signe de la main. « Jésus, Marie, Joseph, supplia-t-elle, gardez-le-moi comme il est ! »

— Vous avez ce gaillard dans la peau ! lui cria le capitaine.

Elle sentit qu'elle rougissait.

Ils dépassèrent le phare blanc de Roche's Point sur son rocher.

Après, ce fut l'océan immense, l'ondulation sans limites des flots qui rejoignaient le ciel en une mouvante ligne noire à l'horizon.

Le capitaine coupa le moteur et le silence fit trembler Bridget bien plus que les vibrations du moteur. Les voiles claquèrent au près bon plein. La *Belle-Henriette* filait, ballottée par les ondulations de la houle. Une jambe de soleil perça la nue grise et balaya les flots qui se mirent à luire comme un dos de poisson.

— Je vous l'avais dit ! s'exclama le capitaine en montrant les moutons d'écume qui scintillaient dans la lumière.

Le rayon de soleil s'épanouit.

— N'est-ce pas, petite, que c'est beau ?

Le trou dans le ciel bleu s'ouvrait à l'immense, la lumière ruisselait. Dans la cale, les poneys donnaient du sabot contre leurs cloisons.

Bridget était née au bord de l'océan, mais elle n'était jamais montée sur un bateau. La mer lui faisait peur comme à sa tante, et à beaucoup de femmes. On lui avait tellement répété que son matelot de père ne lui avait rien apporté de bon. Du moins il lui avait donné le pied marin ; elle s'aperçut, en effet, qu'elle n'avait pas le mal de mer.

Le Bossis

6.

Quelquefois il lui semble que Marie a été auprès de lui depuis le début. Pourtant, tandis qu'il regarde la mer, Olivier sait bien que ce n'est pas vrai.

Il la revoit en robe blanche et c'est probablement son premier souvenir d'elle. Cela se situe à peu près à la même époque que la pêche aux coques sur le Gois.

Ils avaient un peu plus de six ans et il était bien placé pour savoir que la méchanceté n'attend pas. Passe encore que ses petits camarades de classe l'appellent l'*étranger* ou l'*Erlandais*. Mais il s'était déjà battu avec eux deux fois parce qu'ils s'étaient mis à tourner autour de lui en poussant des cris sauvages, à la manière, croyaient-ils, des Indiens, en l'appelant *Peau-Rouge*. Olivier avait en effet des cheveux d'une belle couleur de carotte et le visage grainé de taches de son. Il était rentré à la maison la figure et les membres couverts de griffures et de bleus. La sœur Marie-Marthe, l'institutrice de la classe des petits, avait décidé, par charité chrétienne, de l'appeler Olivier au lieu d'Oliver, et de franciser son nom en l'écrivant *Gallagaire*.

Elle avait donc organisé un cortège de mariage pour la fête de fin d'année de l'école et Marie en était la mariée. Marie était belle. Olivier la voit encore, parce qu'il n'avait d'yeux que pour elle.

Elle se tenait bien droite, avec son bouquet de fleurs

d'oranger, consciente de sa grâce. Elle promenait ses grands yeux noirs sur les gens et les choses avec un mélange de naturel et de fierté comme si elle avait déjà tout compris. Il a retrouvé, une autre fois, cet air de regarder le monde dans les yeux de la petite fille au visage ovale et pur du film *Jeux interdits*. Il en a été bouleversé.

Il aurait bien voulu, il se le rappelle, à la fête de l'école, être le marié du cortège qui paradait au bras de Marie en chapeau haut de forme, mais cette place n'était pas pour lui. Le fils du journalier coureur de vase était relégué beaucoup plus loin en queue du cortège. Sa mère n'aurait eu ni le temps ni les moyens, même si elle en avait eu le talent, de lui confectionner les beaux habits du marié ou des garçons d'honneur. Olivier ne se souvient même pas de la fillette à qui il donnait le bras. Ils chantaient, en défilant, la chanson de *La Noce à Suzy* qu'il n'a pas oubliée :

> *Ma Suzy, qu'elle est jolie !*
> *Elle s'est mis d' la poudre aux joues,*
> *D' la poudre aux joues...*

Marie était la seule camarade qui le considérait, croit-il, sans indifférence ni mépris et qui venait vers lui avec curiosité. Mais la vraie présence de Marie auprès de lui remonte, il le sait, aux lendemains de la tragédie. Il n'est pas sûr qu'il s'agisse d'un souvenir personnel. On lui a raconté. Tant d'autres images terribles se sont entrechoquées alors dans sa tête qu'il ne croit pas avoir enregistré lui-même ce qui se passait alentour.

Ils habitaient encore, bien sûr, dans la maison du Bossis. Marie est venue leur rendre visite avec sa mère. À cette époque-là, on ne craignait pas d'habituer les enfants à la compagnie des morts. Olivier se tenait, hébété, auprès du lit de son père sans tout à fait réaliser l'ampleur du désastre. Il était ailleurs. Il voyait sa mère et tous les gens s'intéresser à lui, et cela lui plaisait assez. Il savait qu'il avait besoin de dormir mais n'y arrivait pas. Il ne voulait pas être séparé de son père dont il tenait la main maintenant dure et froide comme un galet. Il devait pleurer, car c'est au moment où elle allait sortir que Marie s'est écriée, avec sa voix de la petite fille de *Jeux interdits* :

— Je ne veux pas qu'Olivier reste tout seul ! Je ne veux pas qu'il pleure ! Je veux qu'il vienne chez nous !

Les événements s'étaient enchaînés. Ils n'avaient pas pu arrêter les roues dentées du mécanisme qui devait les broyer. Ils ne s'étaient doutés de rien. Personne ne s'était douté de rien. Pas même les vieux qui ont prétendu, après, que Patrick aurait dû se méfier, que le vent quand il souffle du sud-est sur les marais n'annonce rien de bon. Mais après, c'est facile, on peut avancer tous les arguments qu'on veut.

Ils étaient donc sortis de la messe à l'église de Beauvoir, ce tragique dimanche 16 novembre 1940. Les *Oremus* du vieux curé, qui avait repris du service, avaient plus qu'à l'habitude traîné en longueur, c'est pourquoi Patrick n'emboîta pas le pas aux maraîchins vers les cafés. Il commença par rouler une cigarette sous les ormes de la place, le nez dressé vers le vent du sud-est qui avait fait grelotter les verres des vitraux dans leurs liens de plomb. Il avait dû songer à ces choses en récitant ses prières.

— Quand il soufflait comme ça chez nous, dit-il, une pincée de tabac entre pouce et index, il n'y avait rien pour arrêter mon père et Johnny, mon frère. Ils appelaient ce vent le vent des bécasses. Et c'était vrai que ces jours-là ils nous en ramenaient à coup sûr deux ou trois, quelquefois ils sont allés jusqu'à dix.

Il donna un coup de langue au papier à cigarette, le colla, retira les fétus de tabac qui dépassaient et les remit dans le paquet, glissa la cigarette à sa bouche et, en refermant le carton avant de le glisser dans sa poche :

— Est-ce que tu viendrais avec moi, petit ?

Le cœur d'Olivier sauta de joie. Les maraîchins avaient tous des canardières. Patrick ne chassait pas avant d'arriver en Vendée. Le séminaire n'entraînait pas à ce type d'exercice et même dissuadait de la recherche du plaisir à tuer des créatures de Dieu. Quand il avait découvert la passion des maraîchins pour la chasse, Patrick s'était rappelé son père. Il avait acheté, d'abord pour nourrir sa famille, le hammerless à chien d'un vieux braconnier aux jambes mortes qui ne chassait plus que dans sa tête, et il s'était efforcé de retrouver toutes les réflexions, les gestes, les attitudes de son père et de Johnny.

Son père était un sauvage, brutal, qui corrigeait ses fils à coups de ceinturon et ne prononçait pas quarante mots par jour. Avec la séparation, Patrick prenait en compte sa part d'héritage en regrettant de n'avoir pas davantage retenu.

Il sortit le briquet de sa poche et alluma sa cigarette.

— J'espère que tu ne parles pas sérieusement ? l'interrogea Bridget, la robe plaquée sur les jambes par le vent.

Il ne répondit pas. Il avait inhalé la fumée, la retenait dans ses poumons. Il l'expulsait par petites bouffées qui lui sortaient lentement du nez et de la bouche. Olivier lui enviait cette maîtrise, intrigué par le spectacle d'un plaisir si profond.

— Tu ne t'es pas sérieusement mis en tête d'emmener le petit avec toi ? insista-t-elle.

— Pourquoi ?

Elle haussa les épaules.

— Pourquoi quoi ?

Novembre 1940, c'était la guerre. Les Allemands avaient ordonné d'apporter toutes les armes de chasse dans les mairies en menaçant les récalcitrants de sanctions sévères. La moisson avait été dérisoire. Les maraîchins n'étaient pas du genre à se laisser désarmer et les pétoires avaient gagné le chemin des granges, des greniers, des paillasses. La guerre était, bien sûr, la grande affaire du moment. Elle était le sujet principal des conversations sur la place de l'église. Tous ces hommes et ces femmes dans leurs habits noirs, en chapeaux ronds à rubans de velours et coiffes de dentelles, avaient des fils, des frères mobilisés par la guerre. Beaucoup avaient été faits prisonniers et avaient pris le chemin des camps où ils souffraient de froid, de faim et enduraient les mauvais traitements. Et l'ennemi était là, le boche, le chleuh, le doryphore, le uhlan, le casque à pointe – Patrick disait le *Jerry* –, contre lequel les Français avaient déjà livré des guerres meurtrières. Il paradait avec son matériel et ses uniformes impeccables.

D'une certaine façon, la guerre arrangeait les affaires des Gallagher. L'Irlande n'était pas en guerre. Elle était restée hors du jeu à cause des prises de position des British, les ennemis héréditaires. Les bras robustes de Patrick, et ceux aussi de la courageuse Bridget, étaient donc providentiels, suppléant au manque de la jeunesse. Même s'ils demeuraient des « Erlandais » et si, quelquefois, la boisson échauffant les oreilles en fin de journée, des réflexions hargneuses échappaient. Les maraîchins, inquiets et souffrant de l'absence de leurs garçons, lançaient des regards jaloux vers Patrick et lui faisaient remarquer qu'il profitait des événements.

Ils se mirent en route vers la sortie du bourg, sans se parler. Patrick devant, à longues enjambées, Olivier derrière, trottinant pour se tenir à sa hauteur, Bridget plus loin, freinée par le vent qui continuait de s'en prendre aux pans de sa robe. Ils saluaient de la tête les bandes qui s'étaient formées d'hommes en marche vers les cabarets, tranquillement, les mains dans les poches, de femmes à coiffes et chapeaux, le panier au bras, en direction des magasins du bourg. Patrick serra la main d'un grand jeune valet de l'île Boisseau avec qui il avait labouré et, comme Bridget l'avait rejoint :

— Les *Jerries* ont autre chose à faire en ce moment que de s'occuper d'un chasseur de canards.

Patrick n'avait pas tort. On ne les voyait pas dans le marais. Ils traversaient les bourgs pour y placarder leurs affiches. Leurs camions et leurs motos filaient parfois sur le Gois. Olivier avait compris à quelques mots de son père qu'il ne lui avait pas franchement déplu que les boches administrent une raclée aux Anglais et les repoussent à la mer, vengeant un peu les souffrances qu'ils faisaient subir aux Irlandais depuis des siècles. Il savait qu'entre Patrick et Bridget ce n'était pas une vraie dispute. Cela n'arrivait pas entre eux. Ils ne se défiaient pas. C'était plutôt un jeu d'adultes qui s'observent avec, même, un frémissement amusé du visage pour savoir lequel des deux va céder. Il était l'enjeu de cette partie, et il espérait bien que cette fois son père gagnerait. À ce jeu-là, sa mère était forte, elle gagnait souvent. Pas toujours.

Ils avaient pris la route droite de l'Époids. La levée de terre, flanquée de fossés pleins d'eau bien entretenus, n'inondait quasiment jamais, même pendant les hivers les plus mouillés. Et celui qui venait promettait d'en être, si la pluie continuait. Les averses d'automne s'étaient succédé sans discontinuer et les terres du marais étaient saoules. Les étiers débordaient. Le marais était « blanc ». Les fermes étaient des îles sur leur remblai au milieu des prés inondés où les canards barbotaient.

Ils rejoignirent la cale du canal du Dain, à l'entrée de l'Époids, où les attendait leur yole. Olivier s'assit sur le banc à côté de sa mère. Son père prit la perche, la ningle, et les dégagea des autres yoles bord à bord dont ils connaissaient chaque propriétaire. Patrick avait profité du mauvais temps pour remettre leur barque à neuf. Il avait changé les planches à l'avant de cette yole abandonnée sous un frêne pendant plusieurs hivers, bourré les joints de filasse, badigeonné le fond de plusieurs couches de goudron. Elle ne prenait plus l'eau. Elle courait sur le Dain, levant son nez effilé, docile au moindre commandement du poignet de Patrick comme si elle se réjouissait de trotter à nouveau, obéissant à ses pensées.

Ils quittèrent le canal pour obliquer vers le Bossis avant le Pré-Bordeau. À partir de là, l'eau ne s'étalait plus en étangs successifs séparés par des chaussées de prairies vertes où paissaient des chevaux. Elle formait un vaste lac à perte de vue sur le polder du Dain, remué de vaguelettes d'où jaillissaient des étincelles aveuglantes de soleil.

Bridget parla quand ils accostèrent au Bossis.

— Tu es assez grand pour savoir ce que tu fais quand tu prends des risques, fit-elle, l'air pincé. Mais ce que je ne veux pas, c'est que tu en fasses courir à Ollie.

Elle semblait résolue et inquiète, et Olivier se demanda par la suite si elle n'avait pas senti ce qui allait se passer. Il crut alors, désolé, qu'il avait perdu.

Patrick aida Bridget à descendre.

— Est-ce que nous n'avons pas l'habitude de prendre des risques, Biddy ? fit-il tendrement. Ce n'est pas toujours facile. Mais nous nous en sommes tirés.

Bridget ne répondit pas. Olivier pensa alors qu'il avait gagné.

Il ne se trompait pas. Ils entrèrent à la maison. Sa mère s'agenouilla devant la cheminée pour relever le feu, tremper la soupe et la servir à Patrick qui s'était assis à la table. Le père d'Olivier cligna de l'œil :

— Assieds-toi !

Le cœur d'Olivier bondit à nouveau. Il s'assit en face de son père et, en souriant, il balança ses jambes sous le banc. Il ne savait pas qu'il aurait mieux valu qu'il ne gagne pas.

Son père sortit son hammerless aux longs canons démodés qui le faisaient ressembler à un tromblon et le dissimula sous la bâche dans la yole. Il vissa sur son crâne la casquette de tweed qui le suivait depuis Sligo. Il la portait légèrement sur le côté, bien rentrée sur le front, et ses cheveux clairs moussaient en auréole autour.

— Ne fais pas cette tête ! dit-il à Bridget qui nouait le cache-col d'Olivier sous son menton.

Il prit sa femme par les épaules dans le compas de son grand bras.

— Je n'aime pas que tu me forces la main, dit-elle. Tu as vu le vent qu'il fait ?

Il se tourna vers la porte.

— Eh bien alors, qu'il reste !

— P'pa !

Bridget haussa les épaules et repoussa le bras de son mari. Elle déploya la pèlerine de laine noire d'Olivier sur son dos, les accompagna jusqu'au bateau et leur tendit le morceau de pain et la poignée d'échalotes qu'elle avait enveloppés dans un linge pour leur quatre-heures.

— Je vais passer mon dimanche toute seule. N'attendez pas la nuit pour revenir.

— On en tue un, ou deux, et puis on rapplique, comme des bons chiens, à la niche ! N'est-ce pas, petit *tinker*, romanichel ?

Olivier hocha la tête et sourit.

Il aimait entendre le choc de l'eau contre la barque. Il respirait l'odeur de mouillé mêlée à celle du goudron. Le vent soufflait fort, en effet. Plus fort qu'au retour de la messe. Il sifflait aux oreilles. Il venait du sud-est : ils entendaient sonner les cloches de Beauvoir. Patrick, debout à l'arrière, luttait contre le vent. Olivier le sentait et il se faisait aussi petit qu'il le pouvait, en boule sur le banc, le béret enfoncé jusqu'aux oreilles, tirant sur sa pèlerine dont les pans auraient voulu claquer comme une voile. Il regardait la ningle s'enfoncer, suivait des yeux les perles d'eau qui couraient sur elle quand elle ressortait. Il lui tardait d'être assez grand et fort pour se tenir debout et conduire le bateau.

Ils remontèrent le cours d'un étier aux larges relevées de terre et, quand ils en sortirent, la vue fut de nouveau livrée à l'immense. Devant, derrière, à droite, le marais étendait ses eaux plates, limitées seulement à gauche par les bourrelets de la digue. Des lignes de tamaris dressaient çà et là leurs rideaux verts. Les îles des fermes flottaient, ballottées par les mâts de leurs peupliers aux branches nues. L'étendue d'eau reflétait la course des nuages dans son miroir infini.

— Les canards devraient être du côté du polder de la Grande-Prise, dit Patrick à voix basse comme si le vent pouvait les informer. Ils y sont toujours.

Du doigt il indiqua devant, sur la gauche en direction de la digue.

Il leva le nez.

— Qu'est-ce que c'est que ça ? On dirait que le vent tourne avec le soleil. Tout à l'heure il était sud-est, maintenant il est plein sud.

Olivier chercha le soleil ; les nuages blancs défilaient à vive allure et le cachaient. Il crut que son père s'inquiétait du vent seulement parce qu'il contrarierait sa chasse. Il avait du mal encore à démêler les routes du vent. Il connaissait le dominant, celui d'ouest qui amène la pluie et les tempêtes. Il avait l'impression qu'au Bossis il soufflait toujours dans cette direction.

Ils traversèrent le polder. Des cabanes de branches

avaient été édifiées sur des mottes, où les maraîchins cachaient leurs yoles pour guetter le gibier. Elles étaient vides. À cette saison, sans la guerre, elles auraient sans doute été occupées. Les jeunes chasseurs étaient dans les stalags. Leurs pères, rendus plus prudents avec l'âge, ne prenaient pas le risque de chasser, comme Patrick, en plein jour. Ils rejoignirent une ligne de vimes au treillis serré de chevelures jaunes à moins d'un mètre de hauteur.

— Attention ! Couche-toi ! cria Patrick.

Lui-même s'était agenouillé et la yole glissait sous les branches. Il demanda à Olivier de s'accrocher aux rameaux et de ne pas les lâcher. Il pointa son hammerless à travers les branches.

— Maintenant on ne bouge plus.

Ils restèrent immobiles à examiner le ciel. Olivier voyait la mobilité des prunelles paternelles à l'affût qui balayaient inlassablement d'un côté et de l'autre. Régulièrement, elles s'arrêtaient, les paupières frissonnaient, se rapprochaient : il avait repéré un vol, un trait noir dans le ciel, qui l'intéressait, qu'il suivait et puis abandonnait. Son balayage reprenait.

Une escadrille désordonnée de mouettes s'approcha d'eux en criant. Elles se laissèrent tomber à tour de rôle, à quelques mètres, sur l'eau de la prairie inondée où elles nagèrent en se querellant, insouciantes.

— C'est la preuve qu'on est bien cachés... Mon père, continua Patrick profitant des bavardages bruyants des mouettes, partait quelquefois chasser la canepetière en s'habillant avec le cotillon et le foulard de ma mère. Les canepetières sont méfiantes. Elles ne laissent pas un homme les approcher, même désarmé, une femme à la rigueur. Mon père cachait son fusil sous sa robe. Il était trop fier pour parler, quand il revenait avec une canepetière, mais nous les garçons on riait, on aurait dit qu'il portait le saint sacrement...

Olivier essayait d'imaginer ce grand-père qu'il ne connaissait pas revenant glorieusement avec une canepetière. Les mouettes s'éloignèrent. Le ciel était désespérément vide. Olivier sentait bouger sous lui les brins de vimes agités par le vent qu'il avait tirés sous ses fesses pour stabiliser la barque.

— C'est tout de même curieux. Le vent est en train de passer au sud-ouest !

Des rides creusèrent le front de Patrick.

— Crois-tu qu'il souffle plus fort ?

Olivier haussa les épaules. Des rafales prenaient en enfilade leur ligne de vimes qu'elles dépeignaient en sifflant. L'eau du marais se soulevait en vaguelettes qui cognaient contre le bois de la yole.

— La mer monte. Le vent chasse les oiseaux. Nous ne tuerons rien aujourd'hui. Nous allons rentrer.

Patrick examina le ciel, du côté de la mer, où des nuages plus noirs et plus compacts arrivaient à vive allure. Les rides apparurent et disparurent sur son front mobile comme la lumière du soleil entre les nuées.

— Il pourrait pleuvoir.

Il s'apprêtait à poser son fusil lorsque des oiseaux surgirent au ras de la digue. Ils étaient nombreux et formaient une large bande noire ondulante. Ils avançaient sous les nuages et le vent apportait la clameur de leurs cris. Patrick hésita. Et puis il prit en ligne de mire leur vol en V.

— Les voilà !

Olivier entendit leurs coin-coin. Leur multitude le réjouit, ils étaient au moins cent, peut-être deux cents.

Ils passaient à bonne hauteur, légèrement au large de la ligne d'arbres. Patrick se dressa pour épauler. Olivier regardait le visage rouge de blondin de son père incliné sur la crosse, ses sourcils arqués, ses lèvres pleines gonflées par la tension. Un premier coup partit, puis un deuxième. Un canard décrocha du vol et tomba en piqué. Un autre le suivit.

Patrick fouilla fébrilement dans ses poches pour y prendre des cartouches et recharger. Le vol à peine désorganisé vint curieusement cancaner plus près, juste au-dessus de leurs têtes, sans prendre garde au chasseur à découvert qui s'excitait sous lui. Les canards allongeaient leurs cous, déroulaient leurs ailes, en un cordon si serré qu'on ne distinguait pas d'espace entre eux.

Patrick tira encore. Un troisième et un quatrième canard glissèrent du ciel et tombèrent comme des pierres dans une gerbe d'eau.

Et puis ce fut le silence, ou ce qui lui ressemblait. Les oiseaux étaient partis. Le vent avait emporté leurs cris et l'écho de la dernière décharge. Le père et le fils se regardèrent. Le visage de Patrick, rouge de satisfaction, rayonnait. Il souleva sa casquette, passa les doigts dans ses cheveux. Olivier s'était levé, plus excité encore que son père, aussi fier que si c'était lui qui avait réussi ce magnifique tableau de chasse.

— Tu en as eu quatre, papa !

La pèlerine de sa mère était soudain trop encombrante. Il s'en débarrassa. Il lui semblait que l'extrémité des canons du fusil fumait encore.

— Allez, on va les ramasser. Tu as vu où ils sont tombés. Il ne faudrait pas qu'on les perde. Ta mère ne nous croirait pas.

Ils poussèrent la yole hors de l'abri. Olivier ramassa un colvert, puis une cane. Les vagues soulevées par le vent mouillèrent sa manche. Ils tournèrent un peu pour trouver les autres oiseaux. Le vent agitait la surface du marais comme une mer et empêchait de voir le gibier. Ils trouvèrent le troisième. Olivier insista.

— Tu en as eu quatre !

Patrick chercha encore. Il conduisait la barque avec

adresse, mesurant les impulsions, tâtant la terre avec sa perche comme avec un prolongement de la main.

— Il est là ! s'écria Olivier.

Et il montra la minuscule tache noire à la surface. Ils s'en approchèrent. Olivier brandit son trophée aux pattes et au bec dégoulinants. Mais l'œil de son père ne brillait plus. Il montra un nuage sinistre au ventre dangereusement plombé.

— Vite, il faut rentrer ! Tiens-toi bien !

Patrick n'attendit pas qu'Olivier soit assis. D'un violent coup de reins, il les propulsa. La yole fila.

Mais le nuage était déjà au-dessus d'eux. Les premières gouttes les heurtèrent, bientôt changées en glace qui les grêla. Patrick poussait de plus belle, se courbait, se redressait. Olivier avait repris sa pèlerine. Les vagues affleuraient au bord de la yole. Quelques-unes, plus hautes, mouraient à l'intérieur en éclaboussant les jambes. Leur choc à l'avant du bateau les ralentissait. Le vent avait encore forci. Il avait tourné maintenant plein ouest et apportait les rugissements de la mer.

La grêle redevint de la pluie, le plafond se releva. Ils crurent le pire passé. Et puis, alors que le soleil semblait vouloir revenir, Patrick tendit le doigt du côté de la digue.

— Qu'est-ce que c'est encore que ça ?

Ce premier nuage n'était que l'avant-garde d'un troupeau dense qui accourait maintenant et dont les bousculades produisaient des bourgeonnements noirs. Patrick poussa de plus belle. Le vent s'était mis à charrier des paquets d'écume, on aurait dit qu'il neigeait.

Des gouttes de pluie isolées s'y mêlaient, lourdes, larges, dures. Olivier tirait sur le lien de cuir de son béret pour le maintenir sur sa tête. La casquette de son père s'envola. Il tendit le bras pour l'attraper au vol. Elle lui échappa, ricocha sur l'eau et disparut.

— Ce n'est pas grave, elle était bonne à jeter !

Par la suite Olivier devait le prendre comme un défi de la tempête qui obligeait son père à l'affronter découvert.

— On devrait avoir quitté la Grande-Prise ! cria-t-il. Je n'aperçois ni le Pré-Bordeau, ni le Gaveau !

Soudain ils réalisèrent qu'ils n'allaient plus rien voir.

Une brume épaisse, grise, impénétrable, comme une montagne de granit noir, se dressait à la place de la digue. Elle était en marche et venait vers eux à vive allure. Olivier lut, pour la première fois, de la peur dans les yeux de son père qui fit instinctivement tourner sa yole pour fuir. Mais la montagne les rejoignait.

Il fit noir en plein jour. Ils furent pris dans un tourbillon. Olivier fut précipité vers Patrick qui le bloqua contre lui.

— Accroche-toi à moi ! Ne me lâche pas !

La barque s'était mise à tourner. Elle pivotait sur l'eau comme une hélice. Olivier serrait de toute ses forces, entre ses bras, les piliers des jambes de son père durs comme de la pierre.

Il lui sembla qu'ils tournoyèrent ainsi longtemps, que le vent les soulevait, qu'ils ne reposaient même plus sur l'eau. La pluie grasse mêlée d'écume le mouillait, lui collait à la peau. Et puis ils sentirent le dur sous eux. Ils venaient d'être posés quelque part. Patrick enjamba le bord de la barque, ou ce qu'il en restait, marcha en titubant, Olivier accroché à lui. Il tâtonna.

Ils avaient devant eux un mur, que les rafales criblaient en sifflant. Il en fit le tour, trouva la porte, secoua le loquet, ouvrit. Ils s'engouffrèrent à l'intérieur. Patrick s'appuya du dos et des épaules sur la porte pour la refermer.

— La canardière des Blanchard ! dit-il. Les murs sont bétonnés. Si elle ne résiste pas, rien ne résistera ! Pourvu que ta mère se soit mise à l'abri !

Olivier n'était pas convaincu, malgré tout, de la résistance de la canardière. On aurait dit qu'elle était mitraillée de pierres. Parfois les coups de bélier du vent étaient plus sourds et plus violents. Il semblait à Olivier que son père et lui étaient à l'intérieur d'une cloche où se balançait un battant invisible et monstrueux menaçant à chaque instant de les broyer.

Son père frotta son briquet. La flamme jaillit, aussitôt éteinte.

— Aide-moi à dresser la table !

Ils traînèrent dans le noir la lourde table paysanne, la hissèrent contre la porte étroite. Patrick battit de nouveau son briquet.

Il y avait une vieille armoire avec de la vaisselle et des couverts pour les repas de chasse. Patrick ne prit pas le temps de la débarrasser. Il la tira, la poussa, des assiettes se brisèrent, l'appuya aux pieds de la table pour la caler. Il alluma son briquet en protégeant la flamme avec sa main, vérifia son échafaudage.

Il s'approcha de la trappe de la meurtrière qui ouvrait sur le marais, heureusement fermée par des verrous. La planche était en bois de chêne, les charnières en acier. Il interrogea Olivier debout devant lui.

— Qu'est-ce que tu as dans les mains ?

Olivier tenait par le cou le dernier colvert qu'il n'avait pas lâché. Ses doigts s'étaient crispés autour de la gorge de l'oiseau. Il ouvrit la main. Le colvert tomba à terre et ne fut plus qu'un chiffon de plumes mouillées. Olivier se mit à pleurer. Son père éteignit, le souleva dans ses bras.

— Ollie ! N'aie pas peur, *red fox* !

Red fox, renard rouge, c'était le petit nom affectueux que sa mère employait quelquefois avec lui. Patrick ne l'avait pas pris ainsi depuis qu'il avait grandi, qu'il avait quitté l'école des filles de la sœur Marie-Marthe en juillet et allait à l'école des garçons.

Olivier laissa aller sa joue contre la joue encore mouillée de son père en serrant les bras autour de son cou. Les hurlements de la tempête qui continuait lui vrillaient le corps et le faisaient sursauter.

— Nous sommes à l'abri maintenant. Pense à ta maman qui est toute seule à la maison. Nous, nous n'avons qu'une chose à faire : attendre.

Il comprit aux plis du visage de son père contre sa joue qu'il s'obligeait à lui sourire.

Alors le sol trembla sous leurs pieds. Ils entendirent un grondement sourd qui roula vers eux, s'amplifia. Un choc brutal ébranla les murs de la canardière. Un second choc aussi violent lui succéda. La trappe de la meurtrière gémit. Les coups se succédèrent contre les murs par bordées.

— La mer ! cria Patrick. La digue a cédé !

Il enveloppa Olivier de ses bras.

Olivier, en tremblant, imagina la vague énorme qui se ruait par-dessus la digue.

Cette fois, c'était sûr, les murs assaillis, ébranlés pouvaient exploser d'un instant à l'autre. Les claques déferlaient, accompagnées de leur grondement furieux.

Mais les murs résistaient.

Patrick continuait de serrer contre lui son fils qui sursautait. Un bruit curieux, comme un rire discret, lui fit brandir son briquet.

— L'eau !

Elle avait commencé à entrer par l'interstice entre la planche et le parement de la meurtrière. Il en arrivait aussi par l'entrée et elle se répandait en serpentant sur le ciment de la canardière. Elle se mit à bouillonner comme un geyser par la jointure de la porte et il se précipita. Il mit la main sur la rainure. L'eau lui jaillit à la figure. Il ramassa le tapis de table qu'il avait jeté par terre. Il appela Olivier pour qu'il vienne tenir le briquet et essaya de faire un bourrelet tout de suite inondé. Il sortit son couteau et, avec la lame, enfonça la toile dans la fente.

— Là ! Là ! disait-il.

Mais son barrage était dérisoire.

— L'eau va monter.

Elle montait vite. Ils pataugeaient maintenant, de l'eau jusqu'aux chevilles. Il continuait avec son couteau.

— Le feu, on peut l'arrêter, mais l'eau...

Il était étonnamment calme. Il s'était affolé, tout à l'heure, sur la yole, et quand il avait vu l'eau jaillir, mais maintenant il semblait avoir retrouvé la complète possession de ses moyens. Il disait, en achevant de coincer la toile dans les trous autour de la serrure :

— Nous sommes tous les deux. Nous avons eu de la chance. Cette canardière était là pour nous. Est-ce que le Bossis a résisté ? Il n'est pas à l'intérieur du polder. Il est plus haut que la canardière.

Il souleva la flamme de son briquet.

— Voilà, c'est tout ce que nous pouvions faire ! Si la canardière est envahie, le port du Bec est noyé, le Bossis et l'Époids peuvent l'être.

Olivier avait de l'eau jusqu'à mi-mollets. Patrick le souleva dans ses bras, l'assit sur le cabinet bas à une porte et un tiroir sur lequel était posée une chouette empaillée qui tomba.

— On ne peut pas sortir. La mer a dû emporter la yole. Nous sommes comme Noé. Il faut attendre la marée basse. Ça ne va pas durer éternellement !

Il prit contre le mur son hammerless qu'il avait emporté en fuyant et le posa près d'Olivier.

— Tu es né sous le signe de l'eau. Elle entrait en ruisseau comme ça dans la bourrine, le jour de ta naissance. J'avais mis des planches pour circuler dans la maison. Les sabots de Bridget se heurtaient en flottant près de la porte. Ça ne plaisait pas à la bonne femme accoucheuse qui disait qu'elle croyait entendre quelqu'un claquer des dents. J'avais allumé le feu dans le chaudron parce que le foyer de la cheminée était noyé. Je voulais t'appeler Moïse parce que Moïse a été sauvé des eaux. Bridget préférait Oliver...

Il allumait et éteignait son briquet pour économiser la flamme jaune et fumante qui luisait dans la broussaille de ses cheveux collés sur son front.

— Mais on s'en sortira ! Nous sommes des Irlandais inoxydables. Si les Irlandais n'étaient pas inoxydables, il n'y en aurait plus un à la surface de la terre.

Il appuya sa large main sur la tête de son fils, cligna des yeux. Olivier, à ce moment-là, ne douta pas qu'il avait un père extraordinaire et qu'ils allaient s'en sortir.

Patrick lui demanda s'il y avait de la place pour deux, se hissa à son tour. Il vida ses sabots.

— Elle est glacée ! As-tu froid aux pieds ?
— Pas trop !

Les galoches d'Olivier étaient trempées. Leurs bas de culotte gouttaient. On aurait dit qu'au-dehors les éléments temporisaient. Il continua de parler, en regardant l'eau monter avec une rapidité inquiétante.

— C'est dommage, un beau tableau de chasse ! J'aurais dû comprendre. Ces canards fuyaient la tempête. Ils avaient plus de bon sens que moi... Mon père se moquait de ma mère qui compliquait tout. Il disait qu'elle pensait trop. J'ai pris du côté de ma mère. Bridget avait raison, je suis un foutu *omadhaun*, je n'aurais pas dû t'emmener avec moi...

Il alluma, considéra le lent tourbillon d'eau grise où se reflétait la flamme.

— Il me semble qu'elle ralentit...

Elle était à la moitié du cabinet. Il reprit, dans le noir :

— Mon père a réussi des tableaux de bécasses extraordinaires. Pour un paysan, il était le meilleur fusil du pays, meilleur que tous les chasseurs qui venaient le dimanche à Pontoon et dormaient à l'hôtel ; Johnny est devenu aussi bon que lui. Mon père avait un chien, un setter, qui s'appelait Cromwell. Il s'était trompé en l'appelant comme ça, parce qu'ils s'aimaient. Ils ne sortaient jamais l'un sans l'autre. Il se fâchait quelquefois contre lui et alors qu'est-ce qu'il lui passait ! Il le faisait, je crois, pour se rattraper... Ma mère faisait du pâté de bécasse. La bécasse est un muscle volant. Elle a de gros filets. Son pâté est délicieux... Le *busch* de Castlebar est le royaume de la bécasse. Elles émigrent de partout en Europe du Nord, se posent dans le pays de Galles ou dans les montagnes à l'est autour de Dublin. Mais la bécasse, délicate, a besoin de laver son long bec. Dès qu'il fait froid elles rappliquent dans les montagnes de Castlebar en hiver. Grâce au Gulf Stream, il ne neige pas chez nous. Il ne gèle jamais...

Son père n'avait jamais manifesté de nostalgie pour son pays. Chaque fois que l'Irlande venait sur le tapis, il grommelait : « Nous, on a fui pour échapper à notre histoire et parce qu'en Irlande il n'y a que des prières à manger ! » Et il éclatait de rire. Le sujet était clos. Il semblait souhaiter qu'Olivier oublie ses origines. Bridget partageait son avis. Elle hochait la tête.

Et voilà qu'en ce moment extraordinaire, tout d'un coup, il s'abandonnait. Il découvrait le secret de son cœur comme si le maelström s'était engouffré dans sa poitrine et y avait ouvert une brèche. Olivier y soupçonnait le commencement d'une faiblesse. Son père avait passé son bras autour de lui. Sa voix grave, de baryton, vibrait jusqu'à l'intérieur des cellules du jeune garçon.

— Quelquefois, très rarement, mon père a rapporté une grouse. Il n'y a pas de grouses en Vendée. C'est un oiseau magnifique de la taille d'un poulet. Il a le plumage brun-rouge tacheté de noir, des plumes blanches sur les pattes, jusqu'aux doigts. Le mâle porte des fraises rouges au-dessus de l'œil...

Patrick n'avait jamais autant parlé de son père.

L'eau avait maintenant atteint les pieds d'Olivier, et elle continuait de monter. Patrick s'en était aperçu puisque ses pieds à lui baignaient depuis longtemps dans les ténèbres, mais il n'avait rien dit. Olivier ne retint pas un cri lorsqu'elle rentra à nouveau dans ses galoches.

— Monte complètement sur le meuble, lui dit son père. Assieds-toi en ciseau. J'espère que le buffet est assez solide. Je vais en faire autant.

Ils se calèrent l'un contre l'autre.

— Tu n'as pas froid ? Il ne faudrait pas que tu prennes du mal. Ta mère ne me le pardonnerait pas.

Patrick fouilla dans sa poche. Olivier comprit qu'il sortait son paquet de tabac. Il devina les doigts qui s'affaireraient autour du papier, du tabac, dans le noir. Comment faisait-il pour y arriver sans voir ? Il envia l'adresse des mains de son père capables des ouvrages les plus méticuleux et des travaux de force. Patrick alluma le briquet, se pencha vers l'eau.

— Elle a ralenti, je te dis !

Mais elle montait toujours. Il approcha le visage et la cigarette de la flamme. Le miroir sombre de l'eau qui bougeait sous eux les refléta. Il avala la fumée et la garda longtemps dans ses poumons. Olivier aima respirer son odeur lorsqu'il l'expulsa. Elle repoussait les relents fades d'eau et de vase. Elle était chaude, agréable, poivrée.

— Papa, je voudrais bien fumer, moi aussi, comme toi...

Son père ne répondit pas. Le tison de sa cigarette scintilla dans le noir. Il chassa la fumée. Et puis il chercha dans sa poche. Ses doigts s'activèrent.

Le cœur d'Olivier battait. Il ne savait pas s'il allait savoir faire. Son père lui tendit une cigarette fine roulée pour lui.

— Tu ne le diras pas à Bridget. Ce sera un secret entre nous.

Olivier la porta à sa bouche. Elle avait un petit tortillon de papier à l'extrémité. Son père approcha la flamme de son briquet.

— Attention, n'aspire pas trop fort pour commencer ! N'avale pas. Ça te ferait tousser.

Il toussa, suffoqua, la gorge et la poitrine en feu.

— Tu vois. Ça n'est pas bon. C'est pour les grands qui ont la bouche et les poumons blindés. J'ai encore eu tort. J'ai fait ça parce que nous étions ensemble, tous les deux...

Olivier aspira avec plus de prudence la seconde fois. Il toussota. L'odeur de la cigarette était plus agréable que son goût. Il trouvait même son goût franchement détestable, violent, brutal. Comment son père pouvait-il aspirer ça en ayant l'air d'y trouver un plaisir si profond ? Olivier eut les larmes aux yeux. Il essaya de prendre une autre bouffée.

— Donne-la-moi, lui dit son père. Je la finirai.

Olivier hésita. Il rendit la cigarette, navré et reconnaissant à son père d'avoir partagé avec lui.

Patrick recommença à parler. De chasse, puis de pêche. Il raconta le *pool* où remontent les saumons. Il y pêchait avec ses frères en été, au mois d'août, après les moissons. Ils attendaient la pluie comme une bénédiction quand l'eau des rivières trop basse et trop chaude repoussait les saumons en mer. Il suffisait de deux ou trois jours et nuits de pluie ininterrompue pour que l'eau coure partout sur les montagnes, ruisselle dans les bruyères, suinte dans les tourbières gorgées comme des éponges. Et alors, les rivières devenues grosses, l'eau plus froide, les saumons devenaient mordeurs. Tous les Irlandais accouraient au rendez-vous. Patrick et ses frères lançaient leurs mouches. À chaque saumon qu'ils prenaient, ils récitaient la prière qui rendait grâce à la générosité du bon Dieu.

— C'est pourquoi, acheva-t-il, l'eau ne me fait pas

peur. Un Irlandais y est habitué. Il sait qu'elle peut monter brutalement et commettre des dégâts, tuer même. Au bout du compte, elle est source de bienfaits. Est-ce que tu es un vrai Irlandais, Ollie ?

— Oui, p'pa ... L'eau est montée sur le buffet. Elle mouille mes culottes !

— Mets-toi debout ! Quelle heure est-il ? C'est la marée. Sacristi ! Elle va bien finir par s'arrêter de monter !

Il alluma.

— Tu connais l'histoire de la bouteille à moitié vide. La canardière est encore à moitié sèche, dit-il en élevant la flamme de son briquet.

Ils s'était lui aussi mis debout sur le meuble. Il courbait la tête sous les planches de chanlatte sur lesquelles on avait coulé une dalle de ciment. Il tenait Olivier par la ceinture pour l'empêcher de tomber. Des objets flottaient à la surface de l'eau noire et mousseuse, un gobelet en fer-blanc, des fétus d'herbe des marais, un bout de bois, le canard d'Olivier.

Il éclaira le plafond de la canardière, au toit à une pente, presque plat. Ils ne se trouvaient pas dans la partie la plus haute. Il donna son briquet à Olivier, son tabac, lui dit de ne pas bouger. Il se laissa glisser dans l'eau.

— P'pa !

— Tu as raison, elle est glacée !

Olivier battit le briquet. Son père avait pâli, mais il lui souriait. Il avait de l'eau jusqu'à la taille.

— Éteins ! Tiens-toi au mur !

Il fit glisser le buffet, le tira, le déplaça vers l'encoignure la plus haute.

— Voilà, nous aurons plus de marge si elle s'avise de monter encore, dit-il en se hissant sur le buffet. Un jour, avec mes frères, nous courions dans les tourbières du Lough Conn et Johnny est tombé dans un trou où il s'est enfoncé jusqu'aux aisselles. Il était lourd. Heureusement nous étions trois. Sinon il n'en serait jamais sorti. Il se noyait. Il a goûté à la ceinture de mon père quand nous sommes rentrés.

Il se mit à trembler. Olivier en ressentait les secousses, incontrôlables, comme des décharges électriques. Il battit plusieurs fois, précipitamment, la molette du briquet, parvint enfin à allumer. Son père était pâle, les lèvres bleues. Il claquait des dents. Il essayait de tordre son pantalon plein d'eau.

— Éteins ! dit-il, la voix chevrotante. Je vais quitter mes culottes pour les essorer.

Il se déshabilla en continuant de grelotter, égoutta les culottes, les pans de sa longue chemise sans l'ôter, son tricot de laine.

— C'est bon, dit-il en remettant ses vêtements mouillés, je n'ai plus froid !

C'était vrai : il ne tremblait plus. Il se battit les épaules avec les mains pour se réchauffer.

— Écoute ! On dirait que ça ne souffle plus !

Le vent avait faibli, en effet. Parfois ses coups étaient si faibles qu'on aurait dit qu'il n'y en avait plus.

— Il fallait bien que ça s'arrête. Ça ne pouvait pas durer toujours !

— Mais l'eau continue de monter, papa !

— Elle va monter encore un peu. Elle descendra avec la marée.

Elle leur arrivait aux chevilles. Olivier avait de l'eau dans les galoches. Son père lui reprit le briquet, le tabac, roula une nouvelle cigarette et recommença à raconter son Irlande d'une voix de confidence, parce qu'il n'avait plus de raison de parler fort. Il dit qu'elle était un pays de lacs, de montagnes qui tombent tout droit dans la mer. Qu'il pouvait pleuvoir parfois huit jours de suite, sans arrêt. Les haies de rhododendrons fleurissaient et l'herbe devenait plus verte. La mélancolie du paysage était plus grande.

— Je veux que tu me promettes une chose, petit ! C'est que tu feras, un jour, le voyage à l'envers, et que tu iras voir ce foutu pays !

— Oui, papa, je te promets !

De temps en temps, un grand frisson le secouait, le parcourait, prouvant qu'il n'était pas aussi réchauffé qu'il voulait le faire croire. Il le laissait passer, et puis il recommençait à parler. L'eau montait toujours. Olivier en avait aux genoux.

— Et si elle monte jusqu'au plafond ?

— Elle ne montera pas jusqu'au plafond !

Il réfléchit.

— On sortira. On montera sur le toit. On ne va pas sortir maintenant. Il fait nuit. Qu'est-ce qu'on ferait dans le noir sur le toit ?

Il réfléchit encore.

— Tu sais ce qu'on va faire ? Tu vas monter sur mon dos...

— Mais papa, ta tête arrive jusqu'au plafond !

— Je me baisserai.

— Tu seras encore plus mouillé.

— Un peu plus, un peu moins... Allez, à cheval !

Il s'inclina, prit Olivier sur son dos, l'appuya au mur pour assurer l'équilibre.

— J'y gagne, dit-il, tu me tiens chaud aux épaules avec ta poitrine et ton ventre ! Garde bien tes bras autour de mon cou.

Il n'avait plus besoin de parler bien fort. Olivier appuyait l'oreille contre le cou de son père et captait sa voix en direct. Comment Patrick en vint-il à parler du goût des Irlandais pour le whisky et la Guinness ? Il ne parlait pas à Olivier. Il parlait pour parler, pour résister, se tenir éveillé, et continuer à vivre.

Olivier, qui s'endormait, l'entendit lui dire qu'en Irlande il y a toujours un ivrogne caché dans le placard.

Quand les hommes sortent du pub et s'alignent le long du mur pour uriner, un nuage de fumée s'élève autour d'eux. Il s'endormit tandis qu'il lui chantonnait, comme une berceuse, la chanson de Molly Malone :

> *In Dublin's fair city where the girls are so pretty*
> *I first set my eyes on sweet Molly Malone...*

Est-ce qu'il rêva que son père lui révélait un secret tandis que de violents tremblements le secouaient de nouveau sur ses épaules ?

Patrick lui apprit que Bridget et lui n'étaient pas venus d'Irlande sans rien.

Ils avaient dissimulé un trésor dans leur balluchon : un collier, un bracelet, des boucles d'oreilles, d'or et d'ambre. Patrick avait caché ce trésor dans le socle de la seconde balise-refuge du Gois. Les piliers de bois des balises sont enfoncés dans des pyramides de pierre. On avait embauché Patrick pour bricoler une remise en état des pyramides endommagées par les marées juste après la déclaration de la guerre. Et il avait caché leur trésor dans un nid de sable et de ciment derrière la troisième rangée de pierre scellée par des joints de mortier. Seuls Bridget et Olivier, maintenant, étaient au courant. Il faisait confiance à Olivier pour n'en parler à personne. Le trésor devait rester là et n'en être retiré qu'en cas de grande urgence.

7.

Bridget était déjà prisonnière du Bossis lorsque la vague était arrivée. Comment aurait-elle pu s'en échapper puisque Patrick et Olivier étaient partis avec la yole ?

Elle avait assisté, impuissante, au déferlement de la tempête. Elle était descendue plusieurs fois jusqu'à la cale guetter l'arrivée de ses hommes sur l'étier.

— Qu'est-ce qu'ils font ? Mais qu'est-ce qu'ils font ?

Chaque fois le vent hurlait de plus belle. Quelque chose, qui volait, lui heurta le front. Sans doute un débris de tuile, car une tuile entière vint frapper ses jambes. Ses cotillons amortirent le choc contre son genou. Le vent ronflait maintenant avec furie et on aurait dit un défilé incessant de *lorries GSR*, les camions de transport de Sligo, dans la petite rue de la tante Lucy. La tuile lui avait égratigné le front. Du sang coulait sur sa paupière. Il fallait qu'elle rentre. Le vent allait l'emporter. Elle sentit qu'elle perdait la tête. Elle ne savait plus si elle était au Bossis ou à Sligo.

Mais elle savait qu'elle attendait Patrick et Olivier, qui ne revenaient pas.

La pluie se mit à la fouetter avec des gouttes dures comme des grains de sable. Elle courut vers la porte de la maison en se demandant comment elle pourrait la refermer.

— Mon Dieu ! Jésus, Marie !

Et puis, comme elle allait rentrer, comme le vent poussait en même temps qu'elle tous ses chiens hurlants dans la maison, elle entendit la vague. Elle ne savait pas que c'était elle. Elle perçut un claquement sec, comme la déchirure qui accompagne la chute d'un éclair tout proche avant le grondement du tonnerre. Et la terre trembla sous ses sabots.

— Mon Dieu ! Protégez-les !

Elle referma la porte en s'aidant de son dos et vit l'eau de l'étier se soulever, submerger la cale et monter sur la butte du Bossis. Elle recula, horrifiée.

L'eau avait déjà commencé d'envahir la maison, où Bridget avait allumé la chandelle de résine pour économiser la lampe. Leurs quelques misérables meubles allaient être noyés par l'océan d'eau et de boue. Bridget essaya de transporter le coffre de leurs affaires, mais il était trop lourd. Elle appela Patrick à l'aide. Elle enleva tous les vêtements du coffre et les jeta sur la table. Elle avait déjà de l'eau jusqu'à mi-mollets.

En criant, en pleurant, elle escalada l'échelle qui montait au grenier.

Elle passa une nuit interminable à attendre, à écouter, à vérifier par la trappe du grenier avec sa chandelle à quelle hauteur l'eau était montée. À prier.

— Sainte Vierge ! Saint Patrick ! Refuge du pèlerin ! Ayez pitié ! Je vous salue, Marie, pleine de grâce...

Le vent avait arraché des tuiles et la pluie tombait par les gouttières.

Elle entendit plusieurs fois dans le tintement des gouttes sur les solives le ricanement de la tante Lucy qui lui disait :

— C'est bien fait ! Tu es punie ! Le bon Dieu vous a punis !

Elle crut reconnaître au loin des bruits de voix, comme un appel. Son cœur sauta. Mon Dieu, si c'étaient eux ! La violence du vent avait diminué. L'eau avait cessé de monter dans la maison. La mer allait descendre. Mon Dieu, qu'elle descende vite ! Elle désirait tellement entendre Patrick et Olivier qu'elle crut plusieurs fois reconnaître leurs voix parmi les miaulements du vent et se trompa.

Elle ne dormit pas de la nuit. Elle somnola quelques secondes assise sur le plancher, le dos au mur.

Le petit jour qui éclairait les trous du toit entre les tuiles la poussa à descendre les premiers barreaux de l'échelle. L'eau s'en était allée avec la marée. Restait un enduit de boue où elle enfonça jusqu'aux chevilles en marchant jusqu'à la porte.

La brume noyait les marais d'un voile pudique qui l'empêcha de voir plus loin que la cale. L'eau était haute encore, plus qu'à l'ordinaire. Elle affleurait au sommet de la butte.

Bridget erra dans la gadoue et les débris de tuile autour de la maison. Des frissons lui donnaient la chair de poule, lui parcourant le corps des pieds à la tête. Elle gémit, appela à l'aide. Le bruit de sa voix se perdit dans les brumes épaisses.

Alors elle prit, rageuse, la pelle et la raclette de Patrick dans la grange. Et elle repoussa la vase de sa maison, de toutes ses forces, nu-pieds, geignant, criant, les bras, les jambes, les reins brisés, chassant avec fureur dans la cour cette bouillasse qui voulait sans cesse revenir. Elle s'y acharna sans cesse. Elle creusa même une rigole au-dehors pour l'évacuer vers l'étier. Pendant son travail, elle n'avait pas le temps de languir ni de désespérer.

Une yole occupée par trois hommes sortit du brouillard au milieu de la matinée. Elle arrivait de Beauvoir par le Pré-Bordeau. Elle venait aux nouvelles et les hommes découvrirent Bridget à l'ouvrage, entièrement maculée de boue.

Elle avait grossièrement débarrassé la terre battue de sa maison de sa gangue. Elle s'effondra quand ils s'approchèrent, se mit à pleurer et à délirer en anglais. Ils réussirent à comprendre que Patrick et Olivier étaient partis en yole depuis la veille, qu'ils n'étaient pas revenus.

Le voisin du Pré-Bordeau resta avec elle et les autres repartirent pour organiser les recherches.

Ils repérèrent Patrick et Olivier, un peu après midi, allongés sur le toit de la canardière. La brume n'en finissait pas de s'élever des eaux. Olivier criait au secours d'une voix faible.

Le fils avait mis sa pèlerine sur les jambes de son père, auquel il avait retiré son pantalon. Patrick avait dû, en effet, marcher dans l'eau jusqu'à la taille, Olivier sur ses épaules, pour sortir de la canardière à marée descendante, au matin. Ils étaient montés sur le toit. Mais le froid de l'aube de novembre avait saisi Patrick. Et Olivier avait obéi à son père qui lui avait demandé en grelottant de lui ôter son pantalon glacé et de lui frotter les jambes.

L'enfant était gelé, le père dans un semi-coma. Il s'éveilla au bruit des voix puis se rendormit. Il voulut remettre ses hardes lorsqu'ils le descendirent dans la yole. L'un des hommes lui donna son manteau. Ses premières paroles furent, d'abord en anglais, puis en français :

— Qu'est devenu le Bossis ? Comment va ma femme ?

— On vous ramène au Bossis. La maison a perdu quelques tuiles, mais la tornade l'a épargnée. Votre femme va bien. L'eau est entrée par la porte et elle est ressortie.

— Il m'a porté sur le dos pendant toute la nuit ! dit Olivier en pleurant.

Quand ils arrivèrent au Bossis passablement décoiffé par la tempête, Bridget se précipita en criant :

— Ollie ! Pat !

Olivier courut dans la boue et se jeta dans les bras de sa mère. Les hommes soutenaient Patrick pour le maintenir debout. Sa grande carcasse les faisait chanceler. Ils l'aidèrent à s'avancer sur le chemin de planches posées sur la boue.

— Je te ramène ton fils vivant, Biddy !

— Et toi aussi ! fit-elle en le serrant convulsivement contre elle.

Il ne répondit pas.

Elle avait allumé un grand feu de bouses et de bois dans la cheminée. On lui avait proposé de les transporter ailleurs, loin du polder et de la mer, dans une maison plus au sec. Elle avait refusé. Elle voulait rester chez elle.

Ils allongèrent Patrick sur son lit. Elle le changea, le coucha. Elle tisonna le feu, accumula sur lui les couvertures et l'édredon. Il avait de nouveau sombré dans un sommeil profond.

Le voisin du Pré-Bordeau dit à Bridget :

— Vous devez avoir besoin de vous reposer, vous aussi.

— Après !

Elle s'obligeait à sourire puisqu'elle avait retrouvé son monde, mais elle tournait vers le lit des regards dévorés d'inquiétude. Elle puisa dans la marmite des louchées de soupe brûlante qu'elle servit à Olivier. Elle en lapa une assiettée debout et pria les hommes de s'en aller.

Ils lui promirent de revenir plus tard.

La tempête avait causé des dégâts considérables dans le pays, mais c'était un miracle qu'elle n'ait tué personne. De nombreux bateaux et canots avaient rompu leurs amarres dans le port du Bec et, poussés par le vent, avaient été drossés sur la chaussée du Dain. Les plus légers avaient passé par-dessus. Les digues avaient cédé sur plus de deux kilomètres et demi à partir du Gois. Deux mille hectares de polders étaient submergés.

Un agriculteur des Champs avait perdu tout son bétail et avait eu la vie sauve parce qu'il était parti sitôt la rupture des digues avec sa femme et ses six enfants. On découvrait partout des cadavres d'animaux dans les étiers. Les quatorze bovins du polder de la Grande-Prise avaient fui avant l'arrivée de la vague et on les avait retrouvés sur la terre ferme, deux kilomètres plus loin, aux abords de la Croix-Rouge.

On ne comptait pas les toitures endommagées à Bouin, Beauvoir, La Barre-de-Monts. Le clocher de Beauvoir était dépouillé de toutes ses ardoises sur la face exposée au suroît. Des bourrines s'étaient effondrées comme des châteaux de cartes.

Le brouillard dissimulait l'ampleur du désastre et de la désolation. Il recouvrait les bonnes terres brûlées par l'eau salée, les récoltes et les fourrages perdus, voilait discrètement les promesses de misère. Comme si les souffrances de la guerre et de l'Occupation ne suffisaient pas et qu'il fallait encore ajouter de la terreur à la terreur.

L'eau avait laissé des traces sur les murs du Bossis à une hauteur de un mètre dix.

Patrick se réveilla au milieu de l'après-midi et dit :
— J'ai froid.
Bridget fit chauffer des briques et les disposa autour de lui dans son lit. La maison, bien sûr, était encore humide.
— J'ai l'impression d'avoir le froid à l'intérieur du corps, ajouta Patrick en claquant des dents.
Et puis il se mit à rire :
— Ça y est, je me réchauffe !
Il devint brûlant. Bridget mouilla des serviettes à essuyer l'eau qui lui ruisselait sur le visage et le corps.

— Je l'ai pompée dans les marais, articula Patrick. Il faut qu'elle s'en aille !

Il commença à délirer lorsque la nuit fut tombée. Il était de retour à Pontoon. Il chassait la bécasse dans le *busch*. Il appelait le chien :

— Cromwell ! Cromwell !

Ils auraient eu besoin d'un médecin, mais ils étaient tout seuls sur leur île du Bossis au milieu des eaux. Olivier était couché en face, dans le lit de l'autre côté de la cheminée.

Patrick reprit ses esprits un peu avant l'aube. Bridget avait entretenu le feu toute la nuit.

— Biddy ! Biddy ! Je ne m'en sors pas de toute cette eau glacée et de ce brouillard.

Elle se demanda s'il rêvait toujours. Il sortit le bras et sa main brûlante lui agrippa le poignet.

— Je ne regrette rien, tu entends, rien.

Elle retint un sanglot.

— Je voudrais réciter les prières des mourants, mais je n'y arrive pas. Prends le livre, s'il te plaît.

Elle secoua la tête. Il serra son poignet.

— Ça ne me fera pas mourir ! Prends le livre.

Il parlait de son livre de séminariste qu'il avait emporté dans son balluchon. Elle alluma la chandelle et commença à lire à son chevet.

Il mourut au milieu de la soirée. Le vieux médecin, Sauvaget, qui vint trop tard, dit que c'était probablement un cas de ce qu'on appelait la phtisie galopante. Il s'intéressa davantage à Olivier, redoutant qu'il ne soit contaminé.

Ce n'était peut-être pas la phtisie. Le froid et l'eau avaient eu raison de Patrick malgré sa forte constitution. À une autre époque, on l'aurait soigné et, probablement, guéri. Mais on était en novembre 1940. Le vieux Sauvaget lui-même était sorti de sa retraite pour remplacer son fils qui soignait ses camarades prisonniers dans un camp de Poméranie.

Olivier assista aux allées et venues autour du cadavre de son père mais il était encore sur ses épaules. Ils résistaient ensemble contre la montée des eaux.

Tous ces gens, ces bougies, ces prières, au bord du lit, c'était un mauvais rêve. Patrick allait se réveiller, chasser tout ce monde et lui demander, comme sur le toit de la canardière : « Où est passé mon paquet de tabac ? »

Le menuisier de Beauvoir vint avec son mètre et ses tournevis.

Et puis Olivier monta dans la yole auprès du cercueil et de sa mère à qui on avait donné des vêtements noirs. Il était en noir lui aussi. Il avait essayé une veste, un peu longue, mais il allait grandir.

Le temps était toujours triste. La brume ne s'était pas levée sur les marais. Le soleil n'arrivait pas à percer sa trame aux mailles serrées. Les bruits étaient étouffés. L'eau soupirait. La perche heurtait le bois. Deux ou trois barques accompagnaient le cortège funèbre. Les cloches, dans la brume, appelaient à l'enterrement.

Olivier toucha le bras de sa mère près de lui sur le banc.

— Tu connais la chanson de Molly Malone ?

Bridget ne répondit pas. Le vent remuait son long voile noir. Ses yeux bleus étaient gris de larmes.

— Papa l'a chantée dans la canardière.

Olivier fredonna. Sa mère voulut l'arrêter.

Crying cockles and mussels, alive, alive-o !

L'homme à la ningle et les autres dans les bateaux écoutaient en silence. Des femmes s'étaient mises à pleurer. Bridget lui mit la main sur la bouche.

— Pourquoi tu ne veux pas que je chante ? Pourquoi tu m'empêches de chanter la chanson de papa ?

Le soir même il souffrit de ce qu'on appela une « poussée de fièvre ». Il se mit à grelotter au retour de Beauvoir. La fièvre monta. Bridget, folle d'inquiétude, crut qu'il était atteint de la maladie de son père. Sauvaget, de retour, la rassura. La fièvre d'Olivier était une réaction violente au choc de la tempête. Elle passerait comme elle était venue. Il fallait que l'enfant reste au chaud, bien soigné. Il avait besoin d'être protégé. Cela pouvait durer et se renouveler aussi longtemps que les traumatismes ne seraient pas évacués.

La connaissance de l'âme humaine du vieux praticien était au moins égale à sa science. Il avait mis le doigt sur la blessure profonde d'Olivier. Il n'imaginait sans doute pas alors les souffrances que l'enfant allait endurer pendant toutes les années à venir.

La Motte

8.

Aussi loin qu'il remonte dans ces années qui ont suivi et qui furent celles de l'Occupation, Olivier a l'impression d'avoir toujours été malade, toujours entre deux fièvres, deux angines, deux sirops, deux fumigations. Bridget était toujours après lui, chien de garde vigilant, avec des tricots, des bonnets, du lait de poule.

— Couvre-toi ! Fais attention ! Ne prends pas froid !

Les rares photos de l'époque le représentent gringalet, souffreteux, les traits chiffonnés, la mèche de cheveux sur le front, une écharpe de laine autour du cou. Et Marie est à côté de lui.

Marie qui a obtenu ce qu'elle voulait. Les « poussées de fièvre » ont certainement accéléré leur départ du Bossis. Bridget et Olivier ont déménagé quelques jours après le premier de l'an et sont venus habiter chez elle.

Chez elle, c'était le logis de La Motte, autour duquel le bourg de Beauvoir s'était construit. Les érudits locaux font remonter les origines du site à l'époque féodale, et même romaine. Il ne reste de cette époque que la colline à laquelle le logis doit son nom, surmontée en plein milieu du bourg d'un bosquet de chênes verts plus que centenaires, dont les tempêtes ont décapité les plus beaux spécimens. Les pierres qui ont accueilli Henri de Navarre ont été livrées par Louis XIV pour la consolidation des routes.

Quelques-unes ont servi à la construction de l'actuel logis de La Motte, une modeste construction de pierre grise flanquée d'une tour ronde dont les fenêtres à meneaux laissent supposer qu'elle remonte aux commencements. Les bâtiments de la ferme et des communs s'élèvent de part et d'autre, en U, derrière la cour d'honneur.

Les ancêtres Blanchard de Marie, une dynastie de notaires, ont construit le logis au XIXe siècle et ajouté des prés de marais aux champs de bocage pour faire de son grand-père, décédé à la veille de la guerre, l'un des plus gros propriétaires de la région.

Ses maraîchins appelaient le vieux « M. Pète-Sec ». Il pensait comme Barrès, qui écrivait : « Que les pauvres aient le sentiment de leur impuissance, voilà la première condition de la paix sociale ! » Il estimait de son devoir de corriger le penchant naturel des maraîchins à l'amusement et à la paresse, et il se voulait juste, mais inflexible.

Patrick et Bridget étaient venus à Beauvoir sur son invitation. Ils l'avaient rencontré dans un cabaret à la foire de Challans où ils accompagnaient le capitaine de la *Belle-Henriette* pour la vente des poneys irlandais. Le vieux Blanchard avait appris qu'ils étaient des émigrés irlandais catholiques et leur avait proposé sur-le-champ du travail chez lui. Ils avaient habité quatre mois dans un réduit des communs attenant à l'écurie de la jument du maître. Patrick s'était révélé d'emblée un travailleur solide et honnête, Bridget une ménagère obéissante et silencieuse puisqu'elle ne connaissait pas le français. Leur situation se détériora quand les premiers symptômes évidents de sa grossesse se manifestèrent.

M. Pète-Sec, en personne, frappa à la porte de leur chambre un matin avant le jour, alors que Patrick se préparait à sortir pour seller la jument du maître.

— Voilà ce que je vous dois. Vous prenez vos affaires et vous partez !

— Mais pourquoi ?
— « Œuvre de chair accompliras dans le mariage seulement. » Les Irlandais connaissent le commandement ? Ta femme est enceinte, l'Irlandais ?
— Je ne sais pas. Peut-être...
Patrick et Bridget avaient trop attendu pour demander le mariage au curé de Beauvoir.
— Je ne veux pas de vous chez moi. Allez-vous-en !
Ils s'étaient ainsi trouvés à la rue, sans travail, comme des mendiants, au commencement de l'hiver, et avaient construit leur bourrine sur le terrain communal. Pète-Sec était mort un soir de juin 1939 en descendant de jument.

Son fils, Jean, avait à peine eu le temps de lui succéder. Capturé dans les Ardennes, il était maintenant retenu dans une forteresse de Prusse-Orientale.

La mère de Marie, Anne, était donc la maîtresse de La Motte. Les domestiques chuchotaient que l'absence de Jean ne changeait pas grand-chose à l'affaire, puisqu'elle commandait déjà avant. On la voyait circuler partout dans la Delahaye noire qu'elle pilotait souvent elle-même. Elle aimait le sport, jouait encore au tennis à son âge, et les paysans s'étonnaient qu'elle puisse trouver du plaisir à courir pendant une heure après une balle.

Elle avait assisté à l'expulsion des Gallagher de leur réduit et avait eu honte de voir partir cette femme enceinte et son mari sans savoir quel toit pourrait les abriter le soir.

— Ils étaient comme Marie et Joseph, et ils n'avaient même pas d'âne pour asseoir la future mère !

Ainsi elle n'avait pas eu de mal à partager l'avis de Marie. Elle était même persuadée que, si on n'avait pas chassé les Gallagher du réduit, Patrick ne serait pas mort. Elle se sentait donc un peu responsable de son décès. Et elle avait proposé à Bridget de venir habiter le pavillon à l'entrée du parc.

Olivier se souvient de Marie jouant à deux balles contre le mur de brique du pavillon.

Ce devait être un jeudi. Il n'y avait pas d'école. Elle porte un manteau à martingale, un bonnet de fourrure qui doit être du lapin. Il fait froid. Ses mains sont prisonnières de gants de laine bleue de la couleur de son manteau. Et pourtant les balles fusent de ses doigts avec adresse. Elle se balance légèrement au rythme des lancers. Elle murmure une comptine qui les accompagne. Son sourire éclaire ses joues rougies par le vent.

La fête de l'école où elle était en robe de mariée et où ils chantaient *La Noce à Suzy* a eu lieu six mois plus tôt, au mois de juin. Ils ont six ans et demi. Ils sont du même âge. Elle feint d'être absorbée par son jeu et de ne pas tenir compte de sa présence. Mais il comprend qu'elle n'attend qu'une chose : qu'il vienne vers elle.

Il hésite. Il préférerait qu'elle ne soit pas là. Son premier mouvement est de faire comme s'il ne l'avait pas vue. Il est sur le point de lui tourner le dos et de la laisser à son jeu de balles. Et puis il lance :

— Tu ne viens pas nous aider ?

Elle s'arrête, met ses deux balles dans ses poches, lui sourit. Ses yeux rayonnent. Ils vont vers la charrette du déménagement.

Olivier n'était jamais venu dans le parc du logis. Il avait longé son haut mur au bord de la route en allant à la messe et à l'école. On lui avait dit que ses parents en avaient été chassés lorsqu'ils attendaient sa naissance. Les grands de l'école assuraient qu'en automne des cèpes énormes poussaient sous les chênes. Ils auraient bien voulu escalader le mur et en faire la razzia, la nuit, mais les chiens qu'on lâchait, le soir, les en empêchaient.

Marie sortait par là tous les jours pour aller à l'école, à pied quand il faisait beau, dans la Delahaye lorsqu'il pleuvait.

Le pavillon était un gros cube de brique à étage, aux parements de portes et de fenêtres en granit gris, dissimulé derrière les lauriers, tout près de la grille.

— C'est comme un château, en plus petit, commenta Marie.

Elle l'accompagna dans l'escalier et ils débouchèrent sur le palier des deux chambres.

— Ma nounou habitait ici, dit-elle. Elle dormait dans cette chambre. Elle est partie chez ses enfants dans la Garonne parce qu'ils ont besoin d'elle, à cause de la guerre. Tu dormiras où ?

Il haussa les épaules.

— Je ne sais pas.

Il imaginait mal ne plus dormir dans la même chambre que sa mère. Bridget était venue dormir avec lui depuis l'enterrement et il ne se voyait pas, tout seul, dans cette grande pièce froide au plafond élevé. Des araignées couraient sur les murs passés à la chaux. Olivier en écrasa une.

— Elles ne te font pas peur ?

Il prit son air hautain.

— C'est elles qui ont peur de moi !

Marie alla à la fenêtre.

— On voit le clocher ! Tu entends ? Une tourterelle. Il y en a plein dans les lauriers.

Elle avait enlevé son bonnet et déboutonné le col de son manteau. Elle était un peu plus grande que lui, mince, vive.

— Ça te plaît ?

Il saisit mal, d'abord, la question. Et puis ses yeux bleus s'assombrirent et il grimaça.

— Si j'ai accepté de venir, c'est pour faire plaisir à ma mère ! Au Bossis, on avait la mer !

Le menton de Marie trembla. Il s'en voulait de la brutalité de sa réponse. Marie n'avait rien dit de mal. Ses questions l'énervaient, et ses airs de tout savoir. Ils restèrent un moment comme ça, sans se parler. Marie le regardait et ses prunelles noires brillaient étrangement. Olivier sentait une vague de souffrance l'envahir et lui brûler à son tour les yeux.

Marie se décida. Elle enfonça ses gants et son bonnet par-dessus les balles dans les poches de son manteau.

— Il faut que je m'en aille. Ma mère ne sait pas où je suis.

Olivier se retrouva seul, malheureux.

Il dormit très mal cette première nuit-là. Il fut à nouveau visité par ses cauchemars. Jusqu'au bout, il espéra que Bridget attendrait un peu et laisserait passer quelques jours avant qu'ils s'isolent chacun dans sa chambre.

— Tu comprends, insista-t-elle quand elle eut pris la lampe pour monter se coucher, après, ce sera encore plus difficile.

Elle vint le border dans son lit. Elle ouvrit la fenêtre pour vérifier la fermeture des contrevents.

— Les crochets sont solides.

Ils n'avaient l'électricité qu'en bas. Olivier regardait aller et venir sa mère, la lampe à la main, dans la robe noire à laquelle il ne s'était pas encore habitué. Elle avait le visage gris, ne mangeait pas. Elle avait beaucoup maigri depuis un mois. L'ombre dans le creux de ses joues vacillait avec la flamme de la lampe.

— Ça ira ? Tu seras un homme ?

Elle n'essayait même pas de sourire. Ils voulaient tous qu'il soit un homme. Il hocha la tête sur l'oreiller et lui lança encore un regard qui suppliait. Elle avait apporté un tabouret dans le couloir où elle posa la lampe.

— Je laisse les portes ouvertes, comme ça nous serons éclairés tous les deux.

Il entendit ses pas sur le plancher, le froissement de ses vêtements qu'elle posait sur une chaise, puis le frémissement de la paillasse qu'elle préparait. Elle revint, en chemise.

— Bonne nuit, Ollie.

Il ne répondit pas. Elle éteignit. Il l'entendit soupirer quand elle fut couchée. Il crut qu'elle pleurait et eut envie de se lever. C'était la première fois qu'elle se couchait dans le lit où Patrick était mort.

Le silence de la chambre de Bridget amena le noir effrayant, absolu. Des ombres bougeaient. Olivier ne savait pas à quoi raccrocher son regard. Il entendit les chiens aboyer dans le parc et, curieusement, cela le rassura. Il ferma les yeux.

Il flottait à la dérive sur une barque dont on aurait perdu la ningle. Il vit son père, sursauta à un craquement de la charpente, tendit l'oreille à la plainte des volets sous la pression du vent. Au Bossis, il y avait toujours un œil de braise, rassurant, sous la cendre de la cheminée.

Il eut froid, rentra la tête sous les couvertures, et les images de la tempête revinrent.

Il se retrouvait sur les épaules de Patrick. Ils sortaient de la canardière dans le petit jour brumeux et mauve. Patrick marchait dans l'eau jusqu'à la ceinture et luttait pour l'élever au-dessus du courant. Olivier serrait les joues où la barbe avait poussé. Les éclaboussures étaient glacées.

Son père grognait en l'emportant. Il glissa dans la boue en s'approchant du toit.

— Accroche-toi au bord ! cria-t-il. Vas-y ! Monte !

Olivier rampa sur le toit. Son père s'y reprit à plusieurs fois, à bout, le visage aussi gris que le jour qui se levait, les traits tirés, les yeux sans éclat au fond des orbites. Il s'affala enfin sur la plate-forme de ciment, ferma les yeux, bras et bouche ouverts. Il avait dû tenir toute la nuit, debout sur le buffet, avec lui sur les épaules. Ses vêtements étaient pleins d'eau qui coulait en ruisseau autour de lui.

— Papa !

Patrick ouvrit les yeux. Sa mâchoire tremblait. Olivier enleva sa pèlerine pour en couvrir son père.

— Il faudrait me quitter mon pantalon. Je vais attraper la crève. Je n'en ai pas la force...

Olivier défit le bouton de ceinture du pantalon. Il tira en gémissant sur les tuyaux des jambes qui collaient à la peau, tordit la toile mouillée autant qu'il le pouvait avec ses mains trop petites. Son père avait encore fermé les yeux et son menton tremblait. Olivier s'accroupit et se mit à frotter, de toute sa force, en pleurant, avec la pèlerine, les mollets, les cuisses, le ventre de son père.

— Papa ! Papa ! Réchauffe-toi !

La pèlerine était trop petite. Il tirait sur la laine avec maladresse pour la remettre sur les jambes si blanches que la pudeur le retenait de les regarder. Il se mit à crier :

— Au secours ! Au secours !

Il se réveilla.

Est-ce que c'était sa faute ? Est-ce que son père qui l'avait porté sur ses épaules était mort à cause de lui ? Il avait mal au ventre. Il avait chaud. Il resta longtemps à écouter la nuit, le cœur battant, en sueur. Le souffle régulier de sa mère endormie dans la chambre d'à côté l'apaisa.

Il se rappela, le cœur serré, les paroles de son père sur le cabinet. Elles lui revenaient au mot près. La nuit redonnait à sa voix grave une présence et une force troublantes. Comme son père était bavard ! Olivier regrettait de ne pas avoir davantage posé de questions. L'histoire du trésor caché le taraudait. Il avait dit de l'or et de l'ambre. Qu'est-ce que c'était, de l'ambre ? Est-ce que son père commençait à délirer ? Olivier s'en voulait de s'être endormi. Il eut envie de la cigarette qu'il n'avait pas été capable de fumer. Il lui semblait que maintenant il pourrait.

Olivier rêvait qu'il avait la cigarette à la bouche et qu'il tirait dessus avec une facilité déconcertante. La fumée ne lui piquait ni la gorge ni les yeux. Elle lui sortait par la bouche et par le nez comme d'une cheminée. Il était à nouveau confortablement installé sur les épaules paternelles. Il n'y avait aucun danger, le marais était à sec. Marie trottait à côté d'eux, et les défiait :

— Êtes-vous capables de courir aussi vite que moi ?

Ils s'élançaient à sa poursuite. Ils couraient derrière Marie. Ils bondissaient au-dessus des fossés. Et soudain Olivier s'apercevait qu'il avait perdu sa monture. Son père n'était plus là. Il était seul au milieu de l'eau. Ses pieds s'enfonçaient. Il hurlait.

Sa mère se pencha sur lui, passa sa main fraîche sur son front.

— Je suis là, Ollie, mon petit. N'aie pas peur.
— J'étais avec papa et il n'était plus là...
— Chut, dors.
— J'étais dans l'eau...
— Tu vois bien qu'il n'y a pas d'eau. Tu es dans ton lit.

Elle soupira, ouvrit le lit. Il sentit la chaleur de sa mère, se blottit contre elle.

Le lendemain, il fit une nouvelle poussée de fièvre.

9.

Comment s'y prenait Bridget pour le soigner si bien ? Car elle travaillait à La Motte. Elle enfilait le grand doublier de toile grise et coiffait le bonnet blanc de servante pour rejoindre Jeanne Roy, la cuisinière, qui régnait sur le logis comme sur sa propriété. Elle cuisait le pain, brassait le beurre. Elle avait enregistré très vite les mots du quotidien, français et patois, nécessaires à son travail, les traits toujours tirés par le chagrin et les inquiétudes de l'avenir.

Elle faisait la navette du logis au pavillon et apportait à manger à Olivier, courant toujours. Elle disait :

— J'ai eu juste le temps de faire un saut et de te donner un bisou, un *kiss*.

Elle lui avait préparé du porridge pour son petit déjeuner afin de le remplumer.

Elle avait pris le pli d'aller à la messe, le matin. La cloche sonnait à six heures un quart. Elle se levait sans bruit. L'église était toute proche.

Olivier lui avait demandé, un matin, alors qu'elle en revenait et se penchait au bord de son lit, lui apportant le froid du dehors :

— Pourquoi tu vas à la messe ?

Elle avait réfléchi, ouvrant grands ses yeux bleus.

— Peut-être parce que j'y allais souvent, comme ça, lorsque j'étais à Sligo : nous habitions près de l'église...

Et puis elle rougit comme une jeune fille.

— Je n'ai pas rendez-vous qu'avec le bon Dieu. Je retrouve aussi ton papa. Je lui parle.

Il crut qu'elle perdait la tête.

— Tu lui parles ?

— Et il me parle...

— Pourquoi à l'église ? Il ne te parle pas à la maison ?

— Si, il me parle à la maison. Mais à l'église je suis plus tranquille, je ne suis pas dérangée par mon travail, il n'y a pas de bruit...

Elle s'assit au bord de son lit et c'est à ce moment-là qu'elle lui raconta que la première fois qu'ils s'étaient vus, Patrick et elle, c'était dans l'église de Sligo, devant la statue de la Sainte Vierge.

Olivier hocha la tête. Il se jeta dans les bras de sa mère qui parlait avec son père qui n'était pas là. Il aurait bien aimé pouvoir faire comme elle. Il était sûr que les paroles de Patrick lui auraient fait du bien. Il décida de la suivre un matin. Il se lèverait sans qu'elle s'en aperçoive. Il se glisserait dans l'ombre de l'église glacée. Il n'y aurait que le prêtre allant et venant à la flamme vacillante des cierges devant son enfant de chœur. Il s'approcherait de la vieille colonne où elle se tiendrait et il l'entendrait parler anglais avec son père. Il se mêlerait doucement à leur conversation. Il se fit plusieurs fois cette promesse. Il ne la tint jamais.

— Je n'y vais pas toute seule, lui chuchota Bridget en le serrant très fort. J'emmène avec moi mon Ollie qui dort. Patrick me demande de tes nouvelles...

Mais il n'a pas toujours été malade, il a été un petit garçon presque comme les autres. Il a réussi à suivre une scolarité à peu près normale. Il savait compter en français, en anglais, *one, two, three*, et en irlandais, *a haon, a do, a tri*. Il a même fini l'année scolaire avec, deux fois, la médaille de sa division. Il a été le premier au catéchisme, et donc le premier à sa communion, pour la plus grande fierté de Bridget.

Il a joué avec Marie. Il a couru avec elle dans le grand corridor qui longeait l'arrière du logis. Ils ont gravi l'escalier en colimaçon de la tour en se tenant par la main. Soixante-cinq ans plus tard, Olivier Gallagaire entend encore les martèlements de leurs galoches et leurs halètements de plus en plus bruyants à mesure qu'ils montaient.

Ils sont allés ensemble à la cime du grand chêne vert de La Motte. C'est lui qui y a entraîné la fillette. Si Bridget l'avait su ! Il a choisi le tronc du chêne le plus gros, le plus élancé. C'était facile avec les branches basses offertes comme les barreaux d'une échelle.

Il a appelé Marie.

— Tu peux venir. Ce n'est pas haut. Tu peux garder tes souliers.

Il avait quitté ses galoches pour escalader nu-pieds. Titus, le chien de Marie, les accompagnait et aboyait en bas.

Quand Marie est arrivée près de lui, Olivier a continué, il a saisi la grosse branche qui s'allongeait au-dessus. Il s'est hissé. Il a tendu la main à Marie.

— Viens !
— Non !

Titus aboyait encore.

— Enlève tes souliers. Ce sera plus facile.

Elle a délacé ses chaussures, qu'elle a lancées auprès de Titus, enlevé ses longues chaussettes de laine.

— Maman ! soupira-t-elle en le rejoignant.

Ils étaient haut déjà. Ils avaient dépassé la moitié de l'arbre, mais ils étaient encore dans l'ombre des frondaisons du bois.

Les branches supérieures, plus souples, fléchissaient sous leur poids.

Il monta encore. Il n'était pas lourd. Marie était agile, une liane. Elle gémissait, mais elle le suivait.

— Ça y est ! murmura-t-il soudain, comme si on pouvait l'entendre. Oh ! là ! là ! le soleil !

Marie arrivait.

— La mer ! Je vois la mer !

Elle ferma les yeux, huma la brise qui coulait parmi les feuilles.

— Je sens les crevettes et les étoiles de mer !

Il l'imita, respira l'air iodé, reconnut l'odeur des varechs. Il rouvrit les yeux. Elle le regardait.

— J'aime la couleur de tes cheveux ! dit-elle.

Il se demanda si elle ne se moquait pas. C'était la première fois qu'on le complimentait pour sa tignasse rousse.

— Petit cheval bai rouge !

Le cœur d'Olivier bougea dans sa poitrine. Marie rejeta la tête en arrière et, les yeux dans l'aveuglement du soleil, elle cria :

— Le ciel ! Le ciel !

Alors Olivier :

— Le soleil ! Le soleil !

Ils regardèrent vers les quatre horizons, virent la route du Gois, le marais, le bocage, et puis elle dit :

— Tu vas descendre le premier, puisque tu es monté devant.

— Si tu veux.

— Mais tu n'auras pas le droit de lever la tête !

Il haussa les épaules.

— Et si tu m'appelles ?

— Je ne t'appellerai pas.

Elle tint parole. Mais, en descendant, les yeux d'Olivier ne purent éviter l'éclair des jambes blanches de Marie sous sa robe.

C'est dans la tour du logis que Marie écrivait à son père. Anne Blanchard exigeait que sa fille lui écrive tous les jeudis. Plutôt qu'écrire, Marie préférait dessiner et elle griffonnait des dessins inspirés des albums de Benjamin Rabier ou de *Zozo* qu'elle avait reçus en cadeau. Et c'est à l'occasion d'une maladie qu'Olivier s'est décidé à l'imiter.

Ce n'était pas un phlegmon. C'était en 1942. Il souffrait de furonculose. Le mal avait commencé par un furoncle banal dans le cou qui s'était propagé. Olivier semblait sur le point de guérir quand un deuxième furoncle était apparu à côté du premier, puis d'autres dans le dos, sur le bras, la fesse.

Le docteur Sauvaget avait soupiré, ramenant ses lunettes sans bords sur le nez pour examiner les boutons :

— Il a le sang corrompu, ce petit.
— Qu'y faire ?
— Lui nettoyer le sang !

Il avait haussé les épaules.

— Même si j'en avais les moyens, je ne suis pas sûr que ce serait suffisant.

C'était la guerre. Les médicaments étaient rares. Le meilleur traitement pour les furoncles fut l'herbe de pas-d'âne, que Bridget allait ramasser dans les champs. Elle étalait les larges feuilles sur le furoncle. Le pas-d'âne accélérait le mûrissement du furoncle et tirait la mèche.

Au lieu d'écrire à son père dans la tour, Marie était venue tenir compagnie à Olivier dans sa chambre. Bridget avait transporté pour elle une petite table auprès de son lit et Olivier la regardait dessiner. Elle balançait ses jambes sous la table. Elle avait montré son dessin à Olivier.

— Qu'est-ce que tu en penses ?

Olivier dit à Bridget, le soir, quand elle se couchait :

— Marie envoie des lettres à son père. Moi, je n'ai personne à qui écrire !

Bridget ne répondit pas. Elle continua d'aller et venir

de l'autre côté de la cloison, déplaça la chaise où elle posait ses vêtements. Il entendit les froissements de la paillasse où elle s'allongeait, ceux du drap et de la couverture qu'elle tirait sur elle. Il était sûr qu'elle allait lui répondre, elle le faisait toujours. Elle éteignit.

— Tu pourrais écrire à ton grand-père, le père de Patrick. Il serait peut-être content que tu lui donnes des nouvelles.

— Comment ? Il ne recevra même pas mes lettres, à cause de la guerre !

— On les gardera et on les lui enverra après.

— Tu crois ?

— Oui. Allez, dors, maintenant. On en reparlera demain.

Olivier s'assit à la même table que Marie, le jeudi suivant. Il avait son porte-plume, sa bouteille d'encre, et il écrivit à son grand-père.

Cher grand-père John,

C'est moi, Oliver. Tu ne me connais pas. Papa t'a écrit quand je suis né, mais tu n'as pas répondu. J'aurai neuf ans le 14 mars. Je vais à l'école Saint-Philbert où je parle et j'écris le français. Mais je parle irlandais et anglais avec maman. J'espère que tu me comprendras. Je mesure un mètre vingt-huit. J'espère que tu vas bien et toute la famille. Je t'embrasse.

Ton petit-fils,
Oliver Gallagher

Il traduisit sa lettre à Marie qui l'envia de savoir écrire en anglais. Il lui proposa de le lui apprendre. Elle avait sorti de sa poche une poignée de noisettes qu'elle avait alignées sur la table et qu'ils mangeaient en écrivant.

Le jeudi suivant, il écrivit presque d'une traite les

phrases qu'il avait ruminées pendant la semaine et préparées avec Bridget :

Cher grand-père John,

Ici, les gens m'appellent Olivier. À cause de mes cheveux rouges, les copains d'école disent souvent Carotte. Papa m'a dit que, quand tu étais jeune, tu avais les cheveux comme ça, toi aussi. On a été à la chasse dans le marais et il y a eu la tempête. Papa m'a pris sur les épaules parce que l'eau montait. On est revenus. Il est tombé malade et on l'a conduit au cimetière. On habite le pavillon du logis, depuis, avec maman. J'espère que tu vas bien. Je t'écrirai toutes les semaines. Je t'embrasse.
Ton petit-fils, Oliver-Olivier

Il recommença le jeudi suivant.

Cher grand-père John,

Ici, c'est la guerre. Les Allemands sont en Vendée. Le père de Marie, mon amie qui est la fille du château, est prisonnier en Allemagne. Papa m'a dit qu'avec Johnny vous étiez les meilleurs fusils de Pontoon. Est-ce que tu m'emmèneras à la chasse avec toi, si je viens en Irlande ? Nous pourrions y aller quand nous serons libres. Maman croit que tu n'étais pas content quand je suis né. Elle dit, quand je me mets en colère, que je fais ma tête dure d'Irlandais. Est-ce que tu es fâché pour toujours ? Je t'embrasse.
Ton petit-fils, Oliver Gallagher

Il remettait les lettres à Bridget qui les rangeait dans le tiroir de la grande armoire de sa chambre. Elle avait acheté des enveloppes bleues à l'épicerie et Olivier s'appliquait à calligraphier l'adresse, en soignant les pleins et les déliés sur le papier où la plume accrochait.

Il écrivit en avril de l'année suivante, et ce fut la dernière lettre avant le phlegmon :

La mère de Marie ne trouve plus d'essence pour sa voiture, alors elle va rouler au bois. Tu imagines une auto où on allume le feu comme dans une cheminée avant de la mettre en route ? Le mécanicien de Beauvoir va installer un système. Marie va te le dessiner pour que tu voies.

Le phlegmon, plus précisément l'angine phlegmoneuse, selon les termes exacts du docteur Sauvaget, survint suite à une succession de petites choses et de méchancetés dont l'effet faillit être dramatique. Tout avait commencé à l'école où les grands avaient pris à partie Olivier et avaient insinué que la mère de Marie, Anne Blanchard, était peut-être une collabo puisqu'on l'avait vue chez les Allemands. Il l'avait rapporté à Marie. Elle s'était fâchée. Elle lui demanda :

— Tu le crois ?
— Non...
— Si, tu crois que ma mère est une collabo puisque tu le dis !

Elle était toute rouge, les larmes aux yeux.

— Tu sais ce que les gens disent de toi ?
— De moi ?
— Que c'est ta faute si ton père est mort !

Olivier sentit ses jambes se ramollir. Marie se mit à courir dans l'allée du logis. C'était la première fois qu'il y avait une vraie dispute entre eux. Elle se retourna, répéta, moqueuse :

— Non... Je ne crois pas...

— Ce n'est pas vrai ! cria Olivier, qui n'avait pas bougé.

Il resta là, tout seul. Marie disparut sous le dais des branches.

Une fois encore il se retrouvait sur les épaules de son père. Il entendait les hurlements du vent, le tonnerre des vagues contre la canardière.

Ses jambes tremblaient.

Il voyait l'eau monter. Il sentait les frissons de Patrick qu'il serrait entre ses bras.

Il avait son lance-pierres dans sa poche et, tandis que les sanglots l'étranglaient, il s'approcha des écuries où les hirondelles avaient fait leurs nids. Mme Blanchard exigeait qu'on prenne garde à ses hirondelles porte-bonheur. Olivier l'avait entendue expliquer à Jeanne Roy, qui se lamentait de leurs saletés, que leur retour chaque année après des milliers de kilomètres de voyage était la preuve de l'existence de Dieu. Il ramassa une pierre et visa le premier nid.

En digne héritier des Gallagher, il était adroit. Après le premier, il visa le second. Les fragiles boules de terre éclataient. Des coulures jaunes tachaient les pierres. Des petits corps nus tombaient. Une hirondelle affolée vint tourner en pépiant. La pierre la frappa en plein vol.

Il détruisit tous les nids de l'écurie. Il s'approchait de ceux de l'atelier lorsque Jean-Louis Fort, le fils des fermiers, alerté par les cris des hirondelles, se précipita. Il ceintura Olivier.

— Arrête ! Tu es fou ! Qu'est-ce qui te prend ?

Mme Blanchard saisit Olivier par l'oreille.

— Pourquoi tu as fait cela, petit sauvage ?

Bridget attrapa Olivier à son tour alors que, les dents serrées, le front buté, il refusait de répondre. Elle exigea qu'il prenne le balai, la pelle et qu'il nettoie les dégâts de ses bêtises. Comme il refusait toujours de parler et que

Marie, dont il espérait, en dépit de tout, le secours, demeurait invisible, il fut de nouveau entraîné par l'oreille au pavillon où Bridget l'enferma à clé.

La nuit suivante, il rêva qu'il se trouvait à nouveau sur le toit de la canardière.

Il frottait, autant qu'il le pouvait, les jambes de son père. Il sentait leurs tremblements sous ses doigts et souhaitait de toutes ses forces qu'ils cessent.

Ils s'arrêtèrent tout d'un coup. Il s'étala sur le toit, à bout de souffle.

— Est-ce que je te remets ton pantalon, papa ?

Son père leva la main et la laissa retomber.

— Non, ce serait pire.

Olivier l'enveloppa de sa pèlerine, le borda, s'assit auprès de lui. Il tirait machinalement sur son béret enfoncé jusqu'aux sourcils parce qu'il avait froid, lui aussi. Il chercha dans la poche du pantalon de son père, en retira le paquet de tabac, le briquet. Ils n'avaient pas survécu au naufrage, cette fois. Le paquet de gris était en bouillie. Il frotta la mollette qui se grippa. La mèche était trempée. Il reprocha à son père :

— Pourquoi tu ne m'as pas donné ton paquet de tabac ?

Son père ne lui répondit pas.

— Pourquoi tu ne m'as pas donné ton paquet ?

Patrick dormait, épuisé, bouche ouverte. Olivier se leva, se tourna dans ce qu'il croyait être la direction du Bossis et se mit à crier :

— Au secours ! Au secours !

La mer avait rompu les digues et repris possession de son domaine. Elle ne s'était pas retirée avec le jusant. La digue avait même eu l'effet inverse de la retenir. Le toit de la canardière était la seule île au milieu d'un paysage lugubre d'eau boueuse où se bousculaient les nuées de la brume.

Et puis la brise leva un pan de brouillard et découvrit

un bateau échoué, couché sur le flanc, à la coque bleu et blanc avec un liston rouge. Des canards nageaient autour, ou plutôt ils flottaient. Ils dormaient, engourdis, serrés les uns contre les autres, voisinant avec les taches blanches des mouettes.

Olivier distinguait une tache brune et ronde, aux reflets acajou, au milieu des canards. Il se pencha pour mieux y voir à travers le brouillard qui continuait de s'effilocher. Il poussa un cri. Cette tache était un ventre, le ventre gonflé d'une bête noyée, une vache ou un cheval.

Il hurla :

— Au secours ! Au secours !

Le lendemain matin, il était malade. Il étouffait.

Bridget crut d'abord à une poussée de fièvre après ce qui s'était passé la veille. Elle était encore de mauvaise humeur. Olivier n'avait pas donné d'explications à sa colère.

Le soir, il avait encore plus de mal à respirer. Sauvaget se montra tout de suite très inquiet en découvrant une angine phlegmoneuse. Il sonna l'alerte au logis et exigea d'aller sur-le-champ avec la Delahaye chercher les médicaments à la pharmacie de Challans. Il demanda à la bonne sœur infirmière de faire à Olivier une piqûre de Propidon toutes les trois heures. Au premier signe d'aggravation il pratiquerait une trachéotomie.

Les injections étaient douloureuses, mais elles eurent l'effet espéré. Elles provoquèrent des abcès artificiels sur les cuisses d'Olivier qui drainèrent le mal et décongestionnèrent les voies respiratoires. Peu à peu il se remit à respirer normalement.

Bridget parla des hirondelles, quelques jours après, en soignant les jambes d'Olivier. Les énormes boursouflures fiévreuses des abcès aux contours violacés le faisaient encore cruellement souffrir. Elle lui demanda pourquoi il avait rapporté à son amie les méchancetés de la cour de récréation. Marie avait, bien sûr, tout raconté à sa mère. Bridget était assise au bord du lit d'Olivier.

— Tu comprends que Marie ait pu te répondre n'importe quoi au sujet de Patrick pour se défendre ?

Au nom de « Patrick », la gorge d'Olivier, qui avait été si douloureuse, se serra. Il avala sa salive. Bridget passa le bras derrière son oreiller. Il appuya le front contre son épaule en gémissant, étouffé par son chagrin trop grand.

— Écoute-moi, Ollie.

Il sanglota plus fort. Elle lui caressa la nuque, les joues. Il releva le front.

— Est-ce que tu crois que c'est moi qui ai tué papa ?

— Personne ne le croit, mon petit. C'est la tempête qui l'a tué. Il a fait ce que tout homme aurait fait. Il a pris son fils sur ses épaules. Tu n'es coupable de rien, Oliver. Ce n'est même pas la tempête qui l'a tué. C'est le froid.

— Mais... si je n'avais pas été là ?

— Si tu n'étais pas né, aussi, petit *crazy* ? Alors c'est moi qui suis coupable, parce que je t'ai mis au monde !

Elle l'embrassa, lui essuya les yeux, recommença de soigner doucement ses plaies.

— Mais sache aussi que si Mme Blanchard rencontre quelquefois les Allemands, c'est par obligation, ce n'est pas pour collaborer avec eux !

Cet après-midi-là, ou le lendemain, en tout cas un jeudi, Marie vint écrire sa lettre dans la chambre d'Olivier. Il lui avait demandé un crayon et un papier et, dans son lit, il écrivit :

Cher papa,

Où es-tu ? Que deviens-tu ? Que fais-tu ?

Il leva les yeux vers Marie, et lui montra ce qu'il avait écrit. Il y avait de la gêne entre eux, après ce qui s'était passé. Ils s'observaient sans rien dire. Elle hocha la tête.

— Oui, tu as raison !

Elle se détendit et retrouva son air complice d'avant.

— J'ai une boîte où je range mes images et mes timbres, ajouta-t-elle. Elle est en fer, grande, carrée, avec un couvercle. Si tu veux, je l'apporterai, et tu pourras y cacher tes lettres à ton père.

Il continua d'écrire.

Je viens d'être malade. Je suis encore dans mon lit. J'ai détruit au lance-pierres les nids d'hirondelles sur les murs des écuries. Il y avait des œufs et des petits. Je me suis mis en colère après une dispute avec Marie. Je ne sais pas pourquoi j'ai fait ça, papa. Moi aussi j'aime les hirondelles. La mère de Marie m'a dit que, si je recommençais, elle nous chasserait du pavillon. Elle m'a confisqué mon lance-pierres. Ce n'est pas difficile d'en fabriquer un autre. Est-ce que tu crois que si j'en fabriquais un autre je serais assez omadhaun *pour recommencer ? J'ai perdu la tête quand Marie m'a parlé de toi. Est-ce que tu pourrais m'aider à ne plus recommencer, s'il te plaît ?*

Marie lut sa lettre. Elle bougeait les lèvres en articulant chaque mot comme si elle lisait un billet de confession.

Le jeudi suivant, il écrivit encore :

Cher papa,

Je n'aime pas le cimetière où maman m'emmène pour te voir. Je préfère l'église où elle parle tout le temps avec toi. Je l'entends aussi, le soir, dans son lit, quand elle croit que je dors. Alors moi je t'écris. Je vais mieux, je suis guéri. Marie m'a montré l'entrée de la vieille citerne abandonnée construite autrefois par les Romains quand ils venaient manger des huîtres à Beauvoir. C'est là que nous avons caché ta boîte à lettres. Personne ne la trouvera...

Il continua ainsi d'écrire à son père en même temps qu'à son grand-père, sans que personne ne le sache, sauf Marie ; la boîte de métal se remplit au rythme du tiroir de la chambre de Bridget.

Il écrivit un jour, bien après, et il en était encore exalté :

Papa, j'ai vu une forteresse volante ! On battait les haricots dans la cour de la ferme des Fort. J'étais avec maman, Marie, et tout le monde, lorsqu'on a entendu les bombardements. Ce n'était pas la première fois. Les Américains bombardent Nantes et Saint-Nazaire avec leurs avions. Comme c'était en plein jour, je me suis sauvé et je suis monté dans l'arbre. J'étais juste arrivé, quand j'ai vu quelque chose d'énorme venir sur moi. J'ai entendu un grondement formidable comme la vague dans la canardière. J'ai cru que j'allais mourir. J'ai senti une odeur de fumée noire. Et j'ai vu passer à quelques mètres au-dessus de moi un avion extraordinaire. Un de ses moteurs brûlait et j'ai senti la chaleur des flammes. Il a continué à voler en direction de La Barre-de-Monts. J'ai essayé de le suivre des yeux, mais je n'ai pas pu. Je n'arrivais pas à respirer tellement il y avait de fumée. Même en bas, ils ont cessé de battre les haricots, et ils ont couru se cacher ! C'est un bombardier américain, une forteresse volante qui s'est écrasée, paraît-il, en bordure de la forêt de Saint-Jean-de-Monts...

10.

À la fin du mois de mai 1945, les prisonniers et les déportés ont commencé à rentrer. Quelques-uns sont arrivés, tout d'abord, et puis le flot a grossi. Ils ne poussaient pas des cris de victoire. Ils retournaient chez eux. On annonçait des retours tous les jours. Les Bâtard à la Malchaussée, Fradet à l'Époids, Péaud à Saint-Esprit. On les voyait le dimanche à la messe, les familles réunies autour des revenants.

Et puis il y avait ceux qui ne reviendraient pas.

Jusque-là la vie dans les foyers sans hommes était une banalité. Tout d'un coup le manque devenait plus criant, la solitude plus cuisante.

Marie est accourue au pavillon en annonçant, un matin de juin :

— Papa arrive ! Il est à Paris ! Il a téléphoné. Il sera à la gare. Nous irons le chercher demain. (Et sans reprendre son souffle :) Viendras-tu avec nous, Olivier ?

Il n'a pas réfléchi. Une promenade en voiture ne se refuse pas. Il a accepté.

Bridget s'est fâchée :

— Qu'est-ce que tu vas faire là-bas ? Ce n'est pas ta place ! M. Blanchard ne te connaît même pas. Laisse ces gens se retrouver ensemble !

— J'irai !

Il ne voulait pas le dire à sa mère, mais quelque chose d'autre l'attirait. Il avait fait le même rêve, plusieurs fois, depuis le retour des prisonniers. Il était quelque part, dans une petite ville qui ressemblait à Challans. Il était allé au cinéma avec Marie (cela ne leur était jamais arrivé). Ils sortaient de la salle, prenaient leurs bicyclettes pour rentrer. Ils étaient déjà presque adultes. Ils avaient quatre ou cinq ans de plus que maintenant. Un rassemblement de camions au milieu de la rue les arrêtait. Des hommes et des femmes agitaient des drapeaux.

— Ce sont les prisonniers ! Ils viennent d'arriver !

Olivier et Marie s'approchaient.

Bientôt elle se retrouvait en compagnie d'un grand soldat maigre en uniforme bleu qu'elle prenait par le bras et qu'elle lui présentait : son père. Olivier avait à peine le temps de le saluer, lorsqu'il entendait une voix l'appeler :

— Oliver ! Ollie !

Il se ruait à travers la foule, courait à perdre haleine. Cette voix, il l'aurait reconnue parmi toutes celles de la terre entière.

Les gens lui barraient le passage et l'empêchaient d'avancer. Il l'apercevait là-bas, en haut des marches, sous les colonnes du grand bâtiment officiel où l'on accueillait les prisonniers. Il était coiffé de sa casquette de tweed et le fixait de ses yeux verts.

Olivier commençait à escalader ces marches. Il n'en restait que quelques-unes. Son père lui souriait en tendant ses longs bras. Olivier croyait ne jamais les atteindre. Et puis, soudain, il y était précipité.

Il était redevenu un tout petit garçon. Il se lovait avec bonheur dans ce bon chaud.

La Delahaye a filé sur la route de Challans dans un grand soleil blond de mai. Mme Blanchard conduisait. Marie a dit à Olivier :

— Ça m'étonnerait que papa laisse le volant à maman, tout à l'heure. Sûrement, il voudra conduire !

La petite gare de Challans était noire d'hommes en costumes et chapeaux maraîchins et de femmes en grands cotillons et coiffes blanches. C'était jour de foire. On se serait cru un dimanche à la sortie de la messe. Des cages de volailles étaient entassées sur les quais. Des employés roulaient des chargements de canards. Des chevaux, des ânes, des camions, des autos stationnaient sur la place.

Ils attendirent devant les rails qui fuyaient en direction de Nantes, et puis ils entendirent le sifflet de la locomotive dont ils aperçurent la fumée.

Olivier ne s'était pas trompé, M. Jean Blanchard était grand, mais il était très maigre. Il flottait dans une veste et un pantalon civil. Il avait été très malade dans sa forteresse de Colditz. Il n'avait pas beaucoup de cheveux. Sa pâleur et son évidente faiblesse resserrèrent plus fort encore contre lui sa femme et sa fille. Leur trio resta soudé de longues minutes. Ils se parlaient peu, s'étreignaient. Marie pleurait. L'émotion rougissait les joues de Mme Blanchard.

Olivier se tenait à l'écart. D'autres prisonniers, descendus du même train, reproduisaient des scènes semblables. Il sursauta deux fois à un cri dans le brouhaha, croyant qu'on l'appelait.

Anne Blanchard se retourna, s'excusa.

— Viens, Olivier, viens...

Elle lui tendait sa main gantée de blanc. Elle le présenta à M. Jean qui lui serra la main sans trop écouter ce qu'on disait de lui. Il avait un long nez aquilin, les joues creuses. Il oublia la main d'Olivier qu'il lâcha sans s'en apercevoir.

Il voulut s'installer au volant de la Delahaye comme Marie l'avait prévu. Le soleil brillait. La mère et la fille prirent place auprès de lui à l'avant. Il appuya sa tête sur le volant un instant avant de démarrer. Le voyage depuis Colditz avait été long, dit-il, et la halte à Paris ne l'avait pas reposé.

Et puis il manipula le levier de vitesse. Marie et sa mère paraissaient s'émerveiller du moindre de ses mouvements. Ils quittèrent lentement la place de la gare, traversèrent les rues encombrées, longèrent les étals de foire sur les trottoirs. Il reprenait vie à mesure qu'ils s'éloignaient. Il n'était plus l'homme las et voûté de la descente du train. Il se mettait à parler. Tout l'intéressait : les arbres, les blés encore verts dans les champs, les maisons au bord de la route.

Mme Blanchard avait posé sa main gantée de blanc sur la jambe de son mari. Il ralentit aux premières maisons de Beauvoir.

— Je ne me rappelais pas qu'elles étaient si basses, que leurs toits étaient si roses.

Il salua le sabotier Deslandes, qui avait sorti son grand couteau et ses gouges et travaillait au bord de la route.

— Il devait être là quand je suis parti ! On dirait qu'il n'a pas bougé !

Marie et sa mère éclatèrent de rire. Le bonhomme les vit et il agita son outil, surpris, ravi, pour rendre la politesse. M. Jean pila devant la grille d'entrée du parc, chercha la première vitesse. Sa pomme d'Adam descendit et monta le long de son grand cou.

— Heureusement vos lettres m'arrivaient, et tes dessins, Marie...

Il regarda sa fille.

— ... même si je ne les ai pas toutes reçues... Comme tu as grandi !

Il chercha sa main.

Olivier ne resta que quelques instants parmi les exclamations, les cris, les rires de Jeanne Roy et des fermiers

Fort dont le fils était déjà rentré trois semaines plus tôt. Bridget était là, qui essayait de faire bonne figure. Il s'éloigna sans qu'on s'en aperçoive, tourna en rond, se dirigea vers le pavillon, revint sur ses pas. Il rasa les murs du logis pour écouter les conversations qui sortaient par les portes et les fenêtres ouvertes.

Et il se mit à courir.

— J'aurais voulu qu'il meure ! cria-t-il, en se sauvant.

Sa colère débordait de lui à mesure qu'il courait, comme un torrent. Il se précipita vers la cachette de leur boîte à lettres, qu'il sortit de la citerne.

— J'aurais voulu que ce soit toi qui reviennes !

La boîte collait de la terre noire sur sa chemise blanche du dimanche.

— Mais tu ne reviendras pas ! Je le sais !

Il s'élança sous les arbres du parc. Titus bondissait à ses trousses.

— Va-t'en ! Laisse-moi !

Titus crut qu'il jouait et accéléra de plus belle en aboyant. Olivier sortit du pavillon le vélo de son père. Il roula jusqu'à la grille en repoussant le chien du pied. Il était un peu après midi. Les gens étaient à table. La boîte était lourde sous son bras. Les pédales, difficiles à atteindre pour ses jambes trop courtes, l'obligeaient à se déhancher.

Il dépassa les dernières maisons de Beauvoir, sursauta parce qu'on bougeait derrière la haie. La tête de l'âne des Bitaud s'avança par-dessus la barrière. Il pédala de plus belle, les jambes douloureuses, le bras engourdi. Il freina en arrivant à l'écluse du Dain à l'entrée de l'Époids. Les yoles noires y étaient rangées côte à côte, les perches à l'intérieur.

Il se laissa tomber sur l'herbe. L'écluse était déserte. On allait le chercher pour le déjeuner. La marée était basse. La brise de l'océan lui rafraîchissait le visage. Les terres noyées étaient découvertes et la vase grise et mouillée réverbérait le soleil blanc comme le métal de sa boîte. Il cacha son vélo derrière les roseaux et les iris.

Il revoyait Bridget parmi ces gens venus accueillir le père de Marie. Elle l'avait regardé et il avait compris, à son regard au bord des larmes, qu'elle souffrait autant que lui.

— Tu ne reviendras pas ! gémit-il.

Et il donna un coup de pied dans la boîte, qui dégringola jusqu'au bord de la cale.

— Je les déteste ! Je les déteste tous !

Il sauta d'une barque dans l'autre. Titus attendait, sur son derrière, au bord de la route. Il se décida à descendre, la truffe au ras du sol.

— Dégage !

Titus gémit comme s'il partageait le chagrin d'Olivier qui le laissa sauter dans la barque à côté de lui.

Il avait choisi le bateau le plus en avant sur l'eau. Sa ningle était longue et lourde. Il poussa de toute sa force. Ils commencèrent à s'éloigner du bord.

Ils remontèrent sans trop d'efforts le large canal du Dain. Titus agitait lentement son panache. Les premières centaines de mètres étaient les plus risquées. On pouvait le voir de l'Époids et crier au voleur. Il longea la rive en se baissant et en évitant de laisser dépasser la perche.

Il resta malgré tout aux aguets quand la barque fila, plus loin. Il avait rejoint le grand marais. Les maisons et le clocher de Beauvoir formaient une ligne. Il n'y avait plus autour d'eux que l'étendue plate, qu'envahissaient les eaux à marée montante, les touffes des bosquets de vimes et de tamaris, les vols désordonnés des mouettes qui traversaient le ciel immense en poussant leurs cris idiots, et la lumière crayeuse du soleil qui faisait flamber la vase. Il n'était jamais revenu tout seul dans ces marais sauvages.

Il n'imaginait pas si long le parcours sur le Dain. À moins qu'il n'ait raté l'embranchement de l'étier. La ningle devenait de plus en plus lourde. Elle cognait contre le bordage. Des canetons surpris ramaient vers un rideau d'iris. Titus avait pris l'arrêt, prêt à bondir.

Il perdit soudain le contrôle de sa barque qui partit en crabe ; il essaya de corriger sa trajectoire. La yole tangua vers le milieu du canal. La ningle s'enfonça tout entière sans toucher le fond d'une fosse où il faillit plonger avec elle. Ils filèrent vers la rive qu'ils heurtèrent rudement. Il lâcha la perche. La barque partit lentement, à la dérive.

Son cœur battait très fort dans sa poitrine. Il n'était pas encore assez fort pour tout ça. Les muscles des bras lui faisaient mal. Sa chemise trempée de sueur le glaçait malgré la chaleur. Il prit la boîte à lettres dont le métal scintillait au soleil, en souleva le couvercle.

La yole avait dérivé et sa pointe s'était enfoncée dans un massif de roseaux. Titus le regardait, la tête inclinée, et ses yeux de velours semblaient comprendre.

Il avait inventé des adresses fantaisistes, proches de celle de son grand-père, qu'il avait écrites sur les enveloppes bleu-gris.

Patrick Gallagher
Castlebar
Comté de Mayo
Irlande

Il en avait même adressé quelques-unes au pavillon de La Motte à Beauvoir.

Il les décacheta en sanglotant, relut une à une toutes ces lettres écrites avec l'espoir que son père les lirait vraiment. Il les jetait les unes après les autres bouchonnées au fond de la barque. Il en garda cependant quatre ou cinq, qu'il glissa entre sa peau et sa chemise.

Marie avait ajouté çà et là un dessin. Il lui en voulait de s'être associée à cette mascarade.

Le ronronnement d'un moteur, au loin, l'incita à s'aplatir derrière les roseaux. Est-ce qu'on s'était lancé à sa recherche ? Il vit scintiller le fuselage d'un avion marqué d'une cocarde. L'avion longeait la côte et ne s'intéressait pas à lui.

Olivier prit les lettres à pleines poignées au fond de la barque et les entassa dans la boîte. Il hésita un instant et la lança au milieu du Dain en criant.

Elle flotta un moment, puis l'eau commença de la remplir.

Elle résista longtemps, s'inclina, tourna sur elle-même, prit de la gîte, se souleva, et coula tout doucement, son métal blanc continuant de luire à travers l'eau verte, jusqu'à ce qu'elle disparaisse complètement au plus profond de la fosse.

Olivier eut mal comme jamais lorsqu'il ne la vit plus. Il resta, prostré, au-dessus de l'eau redevenue lisse et noire. Il n'était plus sûr d'avoir eu raison d'agir comme ça. Il se rappelait l'enterrement de Patrick, quand on avait descendu le cercueil avec des cordes au fond de la fosse. Ce jour-là, il n'avait rien senti. Et maintenant la main qui lui tenait le cœur se refermait et serrait plus fort. Il porta les doigts à l'intérieur de sa chemise, palpa le papier des lettres qu'il avait gardées.

Des araignées d'eau sortaient des roseaux et couraient à la surface du Dain. Une poudre jaune de pollen glissait lentement avec le courant.

Il chercha le clocher de Beauvoir au loin, sur le bleu du ciel. Le temps avait passé, la mer avait monté. Le niveau du Dain s'était élevé. Olivier voyait bien désormais, là-bas, par la trouée dans la digue, le blond de la grève et les miroitements des moutonnements de l'océan.

Il s'aperçut qu'il était tout près de l'embranchement de l'étier qu'il cherchait. La ningle flottait à quelques mètres en aval. Il s'agrippa aux roseaux pour descendre vers elle et, en ramant avec ses mains, réussit à l'attraper.

Ils reprirent la remontée et obliquèrent dans l'étier de la canardière. Des haies de ronces et d'épines noires avaient poussé tout autour de l'îlot, dissimulant l'affût de chasse abandonné. Des rameaux de tamaris frissonnaient dans la brise de la marée montante. Olivier conduisit la barque sur l'ancienne cale, la tira autant qu'il put pour la dissimuler. Il avait faim. Il n'avait rien à manger.

Il se retourna. Il avait la sensation étrange de n'être pas seul.

L'îlot était pourtant désert. Les broussailles crépitaient au soleil. Il marcha dans l'odeur du fenouil que ses pas piétinaient. Des visiteurs avaient laissé la porte de la canardière entrebâillée. Un feu récent avait brûlé dans la cheminée. Des feuilles sèches avaient volé dans tous les coins. Mme Blanchard avait fait enlever les meubles et la vaisselle quand les Allemands s'étaient intéressés à la côte pour y construire les blockhaus. Des soldats avaient dû dormir dans la canardière. Du sommet de leur arbre, Olivier et Marie avaient essayé de voir l'endroit, mais il aurait fallu des jumelles.

Il s'approcha de l'angle de la pièce où son père avait poussé la commode, appuya sa main sur les pierres. Il fit tomber des saletés, toussa. Les meurtrières étaient restées fermées. Un rembourrage de toiles d'araignées poussiéreuses les tapissait.

Il sortit, s'ouvrit un passage dans le sentier qui sinuait autrefois autour de la canardière. Les orties, les ronces griffaient ses jambes nues. Il se retourna plusieurs fois, surpris par la même sensation de n'être pas tout seul. C'était curieux. Comme un souffle. Il n'y avait pourtant pas de vent. La brise de la marée était si légère que les feuilles minuscules des tamaris frémissaient à peine.

Il rejoignit le mince espace de gazon vert au ras de l'eau, où il s'assit le dos au mur de la canardière, face au polder, à l'ouest, à l'océan. Titus, qui avait bondi par-dessus les herbes dans les traces de ses pas, se coucha près de lui, la tête sur ses pattes, les paupières mobiles.

Le soleil avait entamé sa descente. Ses rayons se brisaient en biais sur le miroir d'eau. On ne s'inquiétait pas de sa disparition. Aucun mouvement particulier ne signalait qu'on s'était lancé à sa recherche, aucun bruit. Mais le souffle de la mer ne pouvait pas apporter les bruits du village.

Lentement le marais s'illumina d'une tremblante lueur rose. Des nuages pommelés s'épanouirent comme des fleurs dans le ciel pour fêter le retour de la guerre du soldat. L'air devint plus frais. Olivier perçut le ressac de la houle sur les galets. L'odeur des varechs lui rappela certains soirs au Bossis. Les renoncules d'eau épanouissaient devant lui leurs larges corolles comme là-bas entre les pierres de la cale. Il tendait alors à Bridget des bouquets de ces fleurs sauvages qu'elle plongeait dans un verre devant la statue de la Vierge de leur mois de Marie.

Le soleil descendit derrière la ligne sombre de l'île. Ses rayons se fixèrent au loin sur les tuiles des maisons et des cabanes du petit port du Bec qu'on ne distinguait pas auparavant. Un courant d'air plus vif lança dans le ciel les premiers voiles de la nuit, et Olivier frissonna. Il n'avait sur lui que sa chemise et rien ici ne pouvait servir à le couvrir.

Il croisa les bras et se tassa un peu plus sur lui-même, les bras serrés sur le ventre pour étouffer les appels de son estomac. Les derniers oiseaux se hâtaient vers leurs asiles de nuit. Des râles filaient à tire-d'aile au ras de l'eau. Leurs voix aiguës se répondaient d'une extrémité à l'autre du marais.

Ils entendirent, tout près, des froissements d'ailes, une succession de ploufs et de nasillements suggestifs. Titus se leva, les oreilles dressées. Olivier regretta de n'avoir même pas avec lui son lance-pierres. Le chien partit vers les fourrés. Olivier l'appela. Il ne voulait pas rester tout seul. Titus revint, et se frotta à lui comme pour le rassurer. Olivier le prit dans ses bras et le garda pour profiter de sa chaleur.

La nuit les enveloppa. Un lumignon rose éclaira longtemps le ciel sur la mer en se ternissant lentement.

Les souvenirs de la tempête déferlaient par flashes à mesure de la montée du noir. La casquette de son père s'envolait. Le tourbillon les soulevait et les emportait. Patrick avait parlé de ce trésor caché sous la balise-refuge du Gois. Olivier avait cherché dans le dictionnaire et il avait appris que l'ambre jaune était une résine fossile variant du jaune pâle au rouge hyacinthe. Il avait trouvé aussi une définition fabuleuse de l'ambre gris constitué des concrétions intestinales des cachalots. Est-ce que ce trésor existait vraiment ? Patrick avait dit que Bridget savait où il était. Olivier n'avait pas encore osé l'interroger. Son père était quelquefois si bavard qu'il était difficile de discerner la vérité du conte.

Quand il évoquait la grande famine, il disait que les Anglais avaient volé tous les cochons et que les Irlandais n'avaient plus à manger que des ballades ! Olivier avait demandé comment on pouvait se nourrir de ballades. Bridget avait dit qu'il racontait des bêtises, mais que c'était vrai que dans les villages et dans les rues de Dublin on alignait les petits corps maigres des enfants qui mouraient de faim et tombaient comme des mouches.

Il était intarissable quand il rentrait certains soirs de

travaux pénibles et de grande chaleur. Il ne supportait pas le vin qui lui montait tout de suite à la tête.

— Och ! Aïe ! s'écriait-il. Sac à tourbe ! La *stout* irlandaise ne saoule pas comme ça ! Est-ce qu'on est ivre après deux ou trois pintes de Guinness ?

Il avait des fourmis dans les jambes, ces soirs-là. L'envie de danser lui mettait en branle les pieds.

— Les Irlandais sont montés sur des ressorts, Ollie. Leurs pieds ne touchent plus terre quand ils dansent !...

Il se mettait à chanter en frappant du talon au rythme de la musique et il appelait Bridget :

— Viens, Biddy ! Il faut que nous apprenions la danse irlandaise à Ollie !

Il encourageait Olivier à frapper dans ses mains.

Un soir, il lui donna une cuiller pour frapper sur la table. Il se mit à chanter *When Irish eyes are smiling*, « Quand sourient les yeux de l'Irlande ». Il tira le bras de Bridget, qui aimait se faire prier. Elle boudait de le voir ivre. Mais quand il chanta *When Biddy eyes are smiling*, « Quand sourient les yeux de Biddy », elle sourit en effet et accepta de se lever.

Une fois debout, quand elle eut commencé à danser, plus rien ne put l'arrêter. Le bleu de ses yeux devint plus lumineux et plus pâle. Elle dansait comme si elle avait été toute seule. Ses pieds s'agitaient à un rythme endiablé. Sa tête et son buste étaient complètement immobiles. Sitôt la fin d'une chanson, ils en entonnaient une autre.

— Les Irlandais font parler leurs jambes, dit Patrick à Olivier, mais ils gardent secret ce qu'ils ont dans la tête.

C'est par un soir comme ça qu'Olivier apprit la chanson de Molly Malone.

À Beauvoir, personne ne se souciait de l'Irlande, à part peut-être, par politesse, Mme Blanchard, qui avait cherché des informations dans un livre qu'elle avait montré à Marie. Ils savaient à peine qu'il s'agissait d'une île, qu'ils confondaient avec l'Islande. Olivier aurait aimé que Bridget lui parle de son Irlande. Mais elle se fermait chaque fois qu'il abordait la question.

— Laisse ! On vit ici, maintenant. Si ton père avait vécu, peut-être que ç'aurait été différent. Ça ne sert à rien de rabâcher.

Elle n'oubliait pas son pays, pourtant. Elle gardait, fixée au mur de la cuisine, la carte routière de Patrick marquée à l'angle du *shamrock*, le trèfle irlandais. Elle avait enfoncé des épingles à tête sur les villes de Sligo, Pontoon et Cork.

Des bruits de voix, des clapotis sur l'eau tirèrent Olivier de sa rêverie. Il vit miroiter des lumières à la surface du marais. Titus voulut se lever.

— Ne bouge pas !

Le chien gémit. Olivier referma ses deux mains autour de sa gueule.

Deux barques s'avançaient. Les clapotis de leurs remous cognèrent contre l'îlot. Leurs occupants brandissaient des lampes-tempête. Olivier aurait entendu les voix de Bridget, de Marie ou de Mme Blanchard, il se serait montré. Il avait faim, froid. Il s'enfonça dans les broussailles et ne bougea pas.

Les barques passèrent à quelques mètres de son îlot. Il sentit la fumée de leurs lampes. Les balais pâles des tamaris surgirent de l'ombre.

— La canardière est là, dit celui qui tenait la ningle sur la première yole.

Olivier avait reconnu la voix de Jean-Louis.

— Tu crois qu'il peut être venu jusque-là ?

C'était M. Jean. Ils s'étaient immobilisés en face. Ils appelèrent :

— Olivier ! Olivier !

— Qu'est-ce qu'on fait ? On descend voir ?

— Autant chercher un galet au milieu de la mer ! dit

quelqu'un sur la seconde barque. Ce gamin a décidé qu'on ne le trouverait pas. On ferait mieux d'attendre le jour.

— Allez, demi-tour !
— Olivier ! appela de nouveau Jean-Louis dans la nuit.

Sa voix courut sur l'étendue des marais. Elle se heurta aux talus des chaussées et des digues qui la reprirent en multiples échos.

Olivier eut un déchirement au cœur. Les lumières brillèrent longtemps. Il les vit encore alors qu'elles avaient disparu. Et ce fut le silence.

La solitude lui parut plus grande. Il serra contre lui la boule chaude de Titus qui n'avait pas bougé d'une patte. Les étoiles grésillaient de lueurs aiguës. La face blême de la lune qui sautillait entre les rameaux d'épines ricanait et multipliait sa face ronde dans les miroirs mouvants du marais. Il avait encore trop présumé de ses forces. Il se retrouvait aussi démuni qu'autrefois sur le toit de la canardière, et il avait envie de crier : « Au secours ! Je suis là ! » Mais les yoles étaient parties.

Alors il décida de se mettre à l'abri dans la canardière et c'est là que ça s'est passé. Soixante ans après, il s'en souvient comme si c'était hier.

Il s'approchait lentement de l'entrée lorsqu'un souffle d'air puissant l'a poussé dans le dos. La porte s'est brutalement ouverte devant lui et est allée heurter le montant de pierre. Il s'est arrêté net, effrayé par ce qui se passait, puisque, jusque-là, il n'y avait pas de vent.

Il a laissé passer Titus, qui le suivait, la truffe au sol, et l'a laissé entrer dans la cabane. Il a attendu un instant au cas où le chien aboierait après avoir trouvé quelque chose. Mais non, rien. Il l'a suivi en retenant son souffle, le cœur battant la chamade, prêt à déguerpir.

Ses yeux se sont peu à peu habitués à la pénombre. Le chien s'était couché dans un coin, sur les feuilles. Olivier s'est approché. Il s'est allongé dos au mur contre Titus pour profiter de sa chaleur et du réconfort de sa présence. La paix lui est revenue doucement. Il était fatigué. Il n'en pouvait plus de lutter pour garder les yeux ouverts dans le noir.

Lorsqu'il allait s'assoupir, il a entendu, juste à côté, le même bruit qu'il avait fait en s'allongeant parmi les feuilles. Il a sursauté, la respiration arrêtée, le cœur battant à tout rompre.

Titus dormait toujours.

Et puis le souffle d'air à nouveau l'a frôlé. Ce n'était pas le vent, puisqu'il était à l'abri dans la cabane. Il a cru reconnaître l'odeur de tabac que fumait son père et il a été sûr que quelqu'un rôdait.

Il a retenu encore son souffle, et puis il a pris sur lui.

— Y a quelqu'un ?

Le chien s'est redressé et s'est mis à grogner. Olivier serrait son poil hérissé sur son dos.

Il a attendu encore un moment et alors il a vraiment reconnu son odeur, son odeur chaude, son tabac, sa sueur, son haleine. Il a demandé dans le noir :

— Papa ! C'est toi ?

Et puis il a crié :

— Tu es là, papa !

Titus fouettait ses jambes avec sa queue. Olivier en était sûr maintenant, c'était son père. Cette odeur qu'il aurait reconnue entre mille était la sienne. Il l'avait respirée toute une nuit sur ses épaules. Il en a eu le cœur tout brûlant. Il a essayé de contrôler sa respiration et il lui a dit :

— Papa, je sais que tu es là. Dis-moi quelque chose ! S'il te plaît, parle-moi. Dis-moi que tu seras toujours avec moi !

Il a senti une pression sur son épaule, comme une main qui se posait. Cette main a touché sa main. Il en a reconnu la tiédeur, l'ampleur de la paume. Était-ce possible ? Il a refermé ses doigts et il n'y avait rien. Et pourtant la sensation demeurait et le bonheur pour lequel il sentait sa poitrine trop petite.

— Je ne tuerai plus les hirondelles, papa ! Je ne serai plus malade ! Je ne me sauverai plus ! J'irai en Irlande. J'irai te voir là-bas, parce que tu y es aussi...

Il a tendu le bras pour toucher dans l'air cette odeur qu'il avait respirée tant de fois entre les bras de son père, la tête contre son cou. Il a pressé très fort contre sa poitrine Titus qui continuait de grogner.

— Tu le sens, toi aussi ? C'est papa ! Mon p'pa !

Il a répété pour le plaisir :

— Mon p'pa !

Il s'est efforcé de contrôler les spasmes de respiration haletante qui précèdent les larmes. Il s'est levé, les doigts encore ouverts pour recevoir et contenir sa présence. Il a fait quelques pas dans le noir. Et puis il n'a plus rien senti.

Titus a cessé de grogner. Olivier est allé jusqu'à la porte. La nuit, immobile, fourmillait d'étoiles. Le souffle s'était évanoui et l'odeur avec lui. Il a essayé de les retrouver, en vain. Mais le bonheur qui réchauffait son cœur était toujours bien là. Il a dit :

— Je n'ai pas rêvé. Tu es venu, papa. Merci.

Il s'est allongé, a pris Titus dans ses bras. Il est resté longtemps éveillé à épier à travers le noir, à sursauter au moindre bruit, à respirer toutes les odeurs, le cœur encore brûlant.

Il a fini par s'endormir.

Il est sûr qu'il n'a pas rêvé.

Machecoul

11.

Il n'a rien dit, quand il est rentré avec sa yole jusqu'à l'Époids, puis La Motte, transi de froid et de faim, le lendemain, à l'aube, dans les fumées du petit jour.

Il a poussé la porte du pavillon où sa mère, morte d'inquiétude, l'attendait. Il a enfermé sa taille entre ses bras, tremblant de froid et d'épuisement.

— J'étais avec papa, a-t-il murmuré en se serrant de toutes ses forces contre sa robe.

— Oui, Ollie.

Elle n'a pas eu la force de le disputer.

— Où étais-tu ?

— À la canardière, dans le marais. Je ne recommencerai plus

— Non, mon petit.

Son front s'est couvert de rides.

— Comme tu t'es mis ! J'espère que tu ne vas pas être malade !

Il a souri.

— Non, maman.

Il a cherché derrière lui Titus qui avait filé vers le logis.

Elle s'est empressée de lui sortir une chemise de laine, un tricot.

— Le café est chaud. Tu dois avoir faim.

— J'ai envie de dormir.

— C'est à cause du retour de M. Jean ?...
Olivier a haussé les épaules.
— C'est fini maintenant.

Le parfum du café et des tartines grillées donnait envie d'ouvrir son cœur. Il s'est blotti encore contre Bridget et il a gardé sa langue. Il aurait pu, pourtant, confier son secret à sa mère, qui parlait avec son père.

Il n'a pas été malade. Bridget en a été la première surprise. Elle a guetté le moindre signe pendant plusieurs jours. Il n'a d'ailleurs plus été malade à partir de cette nuit-là, comme s'il était guéri de la maladie de la mort de son père. Bridget continuait de le couver dans la crainte d'une rechute. Olivier, quant à lui, était toujours convaincu qu'il n'avait pas rêvé et encore aujourd'hui il lui arrive de se retrouver dans la peau du jeune garçon en culotte courte et chemisette blanche qui a eu rendez-vous avec son père et y a trouvé la paix.

Bien sûr, tout n'a pas toujours été facile, surtout pendant sa première année de pension à l'institution Saint-Joseph des frères de Machecoul. Le collège avait de grands toits d'ardoise et des fenêtres mansardées. Les ouvertures étaient garnies de grillage pour protéger les vitres des lancers de ballon. Le porche de la chapelle, trapue, sans grâce, fermait un côté de la cour. Olivier a pleuré tous les soirs dans son lit pendant le premier trimestre.

Il était pourtant content d'être collégien. C'étaient M. et Mme Blanchard qui lui payaient des études alors que tous ses camarades avaient déjà commencé à travailler avec leurs pères avant de quitter au plus vite l'école. Marie était partie pensionnaire à l'institution Jeanne-d'Arc de La Roche-sur-Yon

Le jour, il était un élève modèle. Ses professeurs le félicitaient pour son ardeur au travail et ses excellents résultats. Ses camarades l'appelaient encore Carotte, ou l'Irlandais, quelquefois l'Étranger.

La nuit, la solitude, l'arrachement à La Motte et à ceux qu'il aimait lui étaient insupportables et il fondait en larmes malgré lui.

Il n'arrivait pas à s'endormir dans le grand dortoir froid à l'odeur de punaises. Le plancher grinçait au passage du frère surveillant parmi l'alignement des lits de fer. Les froissements de sa soutane exhalaient des vapeurs de tabac à pipe. Et, quand il se retrouvait derrière les rideaux blancs de sa guérite, Olivier regardait bouger sa grande ombre à la lumière de la lampe de chevet. Ses voisins de lit se retournaient sur leurs sommiers aux ressorts fatigués qui ferraillaient. Leurs souffles devenaient plus bruyants à mesure qu'ils s'endormaient. Quelques ronflements s'élevaient, parfois des cris. Et Olivier restait là, les yeux grand ouverts, guettant avec angoisse le moment où le surveillant allait éteindre sa lampe.

Il entendait le clic de l'interrupteur. Alors les masses ténébreuses se précipitaient sur lui. Il s'enfonçait dans son lit. Bridget lui avait cousu un sac molletonné où il rentrait ses pieds et ses jambes au chaud. Le souvenir de la bonne chaleur maternelle suffisait à lui faire fondre le cœur.

Les images du passé affluaient : le Bossis, le pavillon, le parc, le marais, le souffle de la mer. Il sortait la tête du lit et épiait le noir du dortoir endormi. Les collégiens disposaient d'un pot de chambre de faïence blanche derrière la petite porte de leur table de nuit. Olivier se levait en frissonnant. Il s'efforçait d'empêcher son urine de tinter contre la faïence. Il savait que le lendemain matin il devrait aller vider, devant tout le monde, son pot de chambre dans les cabinets.

L'idée s'insinuait qu'il suffirait d'une autre fuite pour que son père se présente de nouveau à lui. Il s'approcha souvent de la fenêtre pour regarder la nuit. Le vent du nord, mordant, soufflait par les interstices de l'ouverture mal jointe. Allait-il avoir le courage de sortir, de s'évader dans la nuit froide ? Les vitres à bon marché de la fenêtre laissaient voir la lune et les étoiles déformées par les défauts du verre. Il s'enfouissait dans les draps et le sac molletonné en tremblant.

Il traversa trois fois le dortoir sur la pointe des pieds, les vêtements sur le bras, les souliers dans les mains. Il ouvrit la porte en sursautant à chaque craquement du pêne, aux gémissements des gonds. Le gouffre noir de l'escalier en colimaçon le fit reculer. Sur quels chemins allait-il errer ? Il ne connaissait même pas la route de Beauvoir. Est-ce qu'il voulait vraiment qu'on le chasse du collège ?

Le frère surveillant, un jeune frère dynamique aux cheveux en brosse qui jouait au ballon avec eux dans la cour, entendit un soir ses sanglots, plus bruyants qu'à l'habitude. Il s'inclina vers son traversin.

— Qu'as-tu ?
Olivier renifla.
— Je pense à la maison, à ma mère.

Il avait failli dire : « J'ai envie des bisous de ma maman ! »

— Dors ! Les vacances viendront vite et tu reverras ta mère.

Le frère directeur leur avait conseillé de passer leur chapelet autour de leur cou avant de se coucher afin de s'armer et de se défendre contre les tentations de leur *ennemi, le diable, qui rôde comme un lion cherchant quelqu'un à dévorer.*

Les premières vacances de Noël des pensionnaires furent pour Marie et lui une fête ininterrompue. Ils avaient douze ans. Ils découvraient, étonnés et ravis, que pendant leur absence rien n'avait changé. Ils s'enfermèrent dans la tour du logis avec Titus et leurs livres, coururent à leur arbre, pédalèrent en poussant des cris de liberté sur les chemins gelés du marais. Les vents du nord tenaient la corde pendant ces vacances d'hiver.

Ils reprirent leurs vieilles mitaines et leurs passe-montagnes. Des beautés qu'ils ne voyaient pas avant d'en avoir été privés les émerveillaient. Ils roulaient sur les aiguilles de glace de l'herbe, jusqu'au bord des canaux du marais blanc poudré de givre, et la fumée de leur haleine perlait autour des trous de leurs passe-montagnes. Le soleil froid lançait son or terni sur les bourrines misérables derrière leurs tamaris. Une maraîchine en sabots portait ses seaux, la tête enveloppée dans un grossier fichu de laine, courbant le dos sous un fléau.

— J'ai envie de la dessiner, dit Marie.

Ils roulèrent jusqu'au Gois. La mer grise était haute. Ils enlevèrent leurs passe-montagnes. Le souffle iodé fouetta leur visage. Olivier observa sans rien dire les balises en écoutant le grondement des vagues qui crachaient de l'écume contre le garde-fou de la plate-forme de secours. Il reprit son vélo et démarra en hurlant. Il avait grandi. Ses pieds joignaient facilement les pédales.

Marie avait eu du mal aussi dans son couvent de religieuses où les pensionnaires circulaient en patins à la queue leu leu sur les parquets cirés. Heureusement, une sœur au visage fin et blanc comme une hostie dans l'ovale de sa coiffe, mère Marie-des-Neiges, s'était intéressée à son don pour le dessin. Elle l'avait même encouragée en lui apportant de la peinture et de l'eau, et un rectangle de toile cirée pour protéger son pupitre. Elle lui avait obtenu l'autorisation de peindre pendant les études libres.

Leur deuxième départ fut plus douloureux que le premier car ils savaient ce qu'ils laissaient et où ils allaient. Olivier retrouva l'emploi du temps rythmé par les sonneries de la cloche et la solitude de son lit-cage.

Et puis il y eut la grouse. Chaque dimanche, les collégiens de Saint-Joseph formaient les rangs et se dirigeaient vers le Cormier, un petit bois de chênes et de châtaigniers au bord de la route de Saint-Étienne-de-Mer-Morte. Le dernier canal du marais en longeait la lisière. Et les garçons investissaient le ruisseau qui y dégringolait en se lançant dans des concours de barrages. Les plus industrieux arrivaient à y faire tourner un moulin actionné par une chute d'eau avant le coup de sifflet de la fin des jeux.

Olivier s'éloigna des cris, des pierres, des éclaboussures, pour aller couper des branches qui serviraient à fabriquer le moulin. Le petit Herbreteau, appelé le petit H, l'accompagnait. Ce garçon partageait avec lui le privilège d'être le plus petit de la classe et ils se retrouvaient souvent ensemble. Il avait de l'esprit, aimait plaisanter. C'était l'avant-veille de mardi gras. Le frère de surveillance avait exigé les pèlerines et les bérets à cause du temps incertain et le cortège noir des écoliers avait marché en sabots à travers les rues du bourg. Les nuées s'en étaient allées et la tiédeur du soleil, à l'abri du vent, donnait à la nature un avant-goût du printemps.

Un bosquet de noisetiers allongeait ses tiges droites et souples, idéales pour le moulin, de l'autre côté du canal, dans la prairie du marais. Elles tentaient si fort les deux garçons qu'ils s'aventurèrent, tête baissée en courant, sur la poutre jetée au-dessus de l'eau, hors des limites autorisées du bois.

— Si on se fait pincer, je dirai que c'est ta faute, dit le petit H, avec tes résultats on ne risque rien !

Les herbes des bords du canal étaient hautes. Elles ondoyaient au soleil. Les arbres du bois assourdissaient les cris des collégiens. Ils firent avec prudence le tour du bosquet pour choisir leurs bâtons.

— Les vipères pourraient sortir avec ce soleil, fit le petit H, craintif.

— Il n'y a pas de vipères dans ce marais.

Olivier ployait une tige de noisetier. Il avait ouvert son couteau lorsqu'il sursauta. À trois ou quatre mètres, au soleil, dans l'herbe haute et sèche de l'année précédente, un œil, deux yeux, le fixaient. Ils restèrent là, immobiles, figés, l'un regardant l'autre.

Le petit H coupait plus loin, de l'autre côté du bosquet. Olivier l'entendait s'activer. Les deux yeux le contemplaient, tour à tour, l'un puis l'autre. Ils étaient ronds, rouges, cerclés d'or, fixés sur une tête étroite, triangulaire, pourvue d'un bec court et puissant, surmontée d'une crête rouge.

Qu'est-ce que c'est ? On dirait une perdrix. C'est bien plus gros qu'une perdrix. C'est gros comme un poulet !

L'oiseau haussa la tête et, comme s'il était fier de se montrer, il se dressa, s'extirpa du nid d'herbe où il se chauffait au soleil. Il découvrit sa livrée brun-rouge rayée de noir. Il avança une patte, puis l'autre, vers le canal, et le cœur d'Olivier se mit à cogner dans sa poitrine. Il venait d'apercevoir les plumes blanches sur les pattes, descendant jusqu'aux doigts.

Ce n'est pas possible ! Une grouse !

Et il entendit son père : « Il n'y a pas de grouse en Vendée ! »

Mais c'en était une, sans aucun doute. Il entendait encore la voix de son père dans la canardière : « Le mâle porte des fraises rouges au-dessus de l'œil. » Ce n'était pas une crête, en effet, que l'oiseau avait sur sa tête, mais bien une protubérance curieuse comme une fraise.

— Une grouse ! murmura-t-il.

Son père lui avait dit aussi : « C'est un oiseau magnifique, de la grosseur d'un poulet. »

— Qu'est-ce que tu fais là, la grouse ? chuchota-t-il à l'oiseau magique.

Il porta la main à sa poitrine pour contenir les battements de son cœur.

La grouse ne semblait nullement effrayée. Elle se pavanait, lui montrait sa queue noire, sa poitrine tachée de blanc. Elle s'avança jusqu'au bord du canal en picorant. Elle but longuement, relevant sa tête orgueilleuse, parée de son panache rouge. Des perles d'eau tombèrent de son bec dans le miroir du canal immobile.

Elle fit quelques pas vers son nid et Olivier, épanouit ses ailes brunes, tourna la tête vers lui, ploya les pattes comme pour se coucher. Il entendit un caquètement sonore. L'air vibra. Elle avait décollé. Elle volait au ras des hautes herbes du bord où elle disparut.

Olivier hésita à la suivre et puis il s'avança vers la poutre, sur le canal où le petit H l'attendait.

— Qu'est-ce que tu faisais ? Je t'ai appelé. Tu n'as pas répondu. Qu'est-ce que tu as ?

— Rien.

— Tu as vu quelque chose ?

— Non... si... un oiseau.

— Un oiseau ? Il s'est envolé ?

— Oui.

Le petit H avait déjà commencé à tailler sa tige de noisetier pour le moulin. Ils rejoignirent les autres garçons au bord du ruisseau.

Quand ils montèrent au dortoir, après la prière du soir, Olivier s'enfonça bien vite entre ses draps, les pieds dans le sac molletonné.

Que faisait cette grouse, toute seule, dans le marais de Machecoul ? Est-ce qu'elle s'était échappée d'une volière ? Il n'y avait pas de zoo dans la région. Patrick l'avait dit, et Olivier l'avait lui-même vérifié dans le dictionnaire de la salle d'étude : les grouses sont des oiseaux sédentaires qui ne descendent pas en Europe au-dessous d'une ligne qui va de la Scandinavie à l'Irlande. Elle n'était pas une invention de son esprit irlandais. Il l'avait vue en plein jour. Elle ne se sauvait pas. Elle n'avait pas peur. Elle avait fait longtemps ses simagrées de bec et de plumes comme si elle voulait dire quelque chose à Olivier. Peut-être, s'il l'avait osé, il aurait pu la toucher. Il se rappelait son chant, en s'envolant elle avait dit : Kok-ok-ok !

Il y a lu un nouveau signe, un cadeau de son père répondant à ses appels et revenant sécher ses larmes. Ce n'était pas le hasard. Il a vu la grouse parce qu'il l'attendait. Sans doute le petit H n'y aurait-il trouvé qu'un bizarre oiseau exotique.

À partir de ce jour-là, il s'est endormi d'un sommeil sans chagrin, frissonnant d'ailes, d'anges, de grouses, dans le trop vaste dortoir parcouru de courants d'air et des plaintes des pensionnaires endormis.

12.

Il a été reçu premier du canton au certificat d'études avec les compliments du frère Guillement, le directeur de Saint-Joseph. Les candidates étaient nombreuses autour de lui, dans la salle d'examen, ce jour-là, et il les a toutes trouvées exquises.

Il s'est rendu compte, aux vacances suivantes, combien Marie avait changé. Ce n'était pas seulement parce que c'était l'été et qu'elle s'était dépouillée de sa carapace de chandails, de bas et de jupes de laine. Beauvoir bruissait des projets de restauration des digues et de la reconquête des polders inondés par la tempête. Les gouttes jaunes des iris tachaient les berges des étiers. Mme Blanchard avait entraîné son mari dans un long voyage en Provence et ils en avaient rapporté deux peintures criardes auxquelles Jeanne Roy ne trouvait ni queue ni tête, qu'ils avaient accrochées au-dessus du canapé et des fauteuils en satin doré du salon Louis XVI.

M. Jean était revenu avec des bonnes couleurs et un sourire qui rangeaient au rayon des mauvais souvenirs les inquiétudes et les privations de sa captivité. Et voilà qu'ils s'étaient décidés à acheter l'*Orion*, un voilier pointu en bois verni, qui avait passé la guerre au fond d'un bassin du port de Croix-de-Vie. Marie et Olivier faisaient la navette à vélo sur la route du Port-du-Bec où M. Jean avait remonté le bateau.

Était-il possible que Marie ait été aussi grande à Pâques et qu'il ne s'en soit pas aperçu ?

— Combien mesures-tu ?

— Un mètre soixante-dix.

Il atteignait péniblement un mètre soixante en étirant ses jambes et son cou !

— Vous avez de la chance, vous les filles !

Bridget lui affirmait qu'il n'avait pas à s'inquiéter, il grandirait. Elle n'était pas petite et Patrick dépassait tout le monde. Marie se dressait sur les pédales, la poitrine au vent, plus grande encore. Ses reins s'animaient d'un séduisant mouvement de balancier tandis qu'elle pédalait en danseuse. Elle s'arrêtait soudain de pédaler. Le vélo filait en roue libre et elle restait ainsi, debout. Elle fixait Olivier de son regard franc. Son sourire s'ourlait sur ses dents blanches et il enviait son aisance.

Le voilier était amarré à l'un de ces longs pontons de bois qui faisaient ressembler le port du Bec à un port chinois. M. Jean, en cotte et casquette bleues, grattait le bois pour enlever le vieux verni qui le noircissait, ponçait, brossait, et retrouvait les belles couleurs blondes et brunes d'origine, qu'il vernissait ensuite. Il ne prévoyait pas de reprendre la mer avant d'avoir redonné sa splendeur à l'*Orion*. Cela prendrait plusieurs mois.

— Ce sera tout de même avant la rentrée d'octobre ? demanda Marie, frottant les cuivres de l'accastillage avec Olivier.

Un bandeau jaune lui ceignait la tête et elle avait enfermé son énorme chignon de crin noir sous une résille de velours empruntée à Jeanne Roy. Olivier aurait aimé avoir sa couleur de peau, son teint mat de bohémienne.

— Tu viendras avec nous, Olivier ?

La mer était grise, malgré le beau temps. La seule idée

de se trouver sur l'étendue remuante soulevait le cœur d'Olivier depuis la tempête. Bridget l'avait interrogé sur ses sorties pendant qu'elle travaillait au château.

— Tu ne peux pas rester à la maison ? Tu n'as pas de copain à voir ? Tu es beaucoup avec Marie.

— Pourquoi me dis-tu ça ?

— Tu sais bien pourquoi. Marie a grandi. Il ne faudrait pas que tu t'attaches. Elle n'est pas faite pour toi.

— Qu'est-ce que tu imagines ? grommela-t-il. (Et puis aussitôt :) Est-ce que papa était fait pour toi lorsque vous vous êtes rencontrés dans l'église de Sligo ?

Bridget en resta muette, elle rougit.

— Je ne pensais pas qu'on vous apprenait à juger vos parents, au collège !

— Pardonne-moi, c'est sorti comme ça.

— C'est bien ce que je te reproche. Patrick était comme ça. Il n'envoyait pas dire ce qui lui passait par la tête. Ce que je ne voudrais pas, c'est que tu souffres, Ollie.

Il avait haussé les épaules.

M. Jean avait avec son bateau des comportements d'enfant fasciné par son jouet. Il s'affairait en espadrilles sur le pont. Ses yeux riaient quand il s'accordait une pause pour allumer une cigarette.

— Regardez comme il sera beau quand ce sera fini.

Il montrait la surface qu'il avait remise en état. Il semblait un grand vieil adolescent déguisé dans sa cotte bleue. Les drisses neuves cliquetaient le long du grand mât de bois brun.

— L'entreprise Jadaud de Noirmoutier va y mettre des voiles neuves en coton d'Égypte, couleur cachou...

Jusque-là, il n'avait considéré Olivier pour rien d'autre que ce qu'il était : le fils d'une domestique qu'ils aidaient. Cette fois il s'adressait à lui autant qu'à Marie comme à un complice.

— Je vous apprendrai à conduire l'*Orion*. Vous verrez comme il file ! Vous goûterez au plaisir de déployer la voile, le matin, quand les premières flammes s'embrasent et se répandent sur les mille crêtes de l'océan.

Ils allaient à la pêche dans les marais ou sur le Gois. Ils s'enfoncèrent jusqu'aux cuisses dans les étiers qu'ils fouettèrent avec des gaules, et piégèrent des anguilles et des mulets. Marie remontait ses jupes et les enroulait jusqu'au haut des cuisses. Ils prirent des grenouilles, fouillèrent le sable à la recherche de coques et de palourdes.

Ils mirent au point un système pour s'écrire d'un pensionnat à l'autre. Ils soudoyèrent Albert et Louise, deux jeunes domestiques de la ferme des Fort à peine plus âgés qu'eux, qui acceptèrent d'être leurs correspondants. Olivier écrirait à Albert, qui enverrait la lettre à Marie, de la part d'une prétendue Alberte. De la même façon Louise changerait de sexe et deviendrait Louis. Le stratagème fonctionna.

Olivier put écrire à Marie.

J'ai sous mon cahier la photo de toi dans le poulailler des Fort où tu balançais une poule pour l'endormir. La moitié de ton visage est dans l'ombre, mais tu ris, et la malheureuse poule, elle, « ron-ron ». Imagines-tu que j'ai dû prendre dix centimètres depuis le mois de juin ! C'est ce qui a été vérifié à la visite médicale. Il se pourrait que tu ne me reconnaisses pas aux prochaines vacances ! Je ne loge plus dans mes chemises et mes pantalons. Le frère Guillement m'a convoqué pour me proposer d'entrer au juvénat après le brevet. Je m'y attendais un peu. Devenir frère résoudrait tout. Je n'aurais plus besoin de l'argent de tes parents. Maman n'aurait plus à se soucier de moi. Je lui ai répondu d'attendre encore un peu. Je ne croyais pas avoir la vocation mais, à la réflexion, c'est peut-être la voie la meilleure pour moi. Enseigner ne me déplairait pas. Le frère directeur m'a dit qu'après le brevet je pourrais préparer le BE ou le baccalauréat pour devenir instituteur ou professeur, d'anglais par exemple, puisque c'est ma seconde langue maternelle. Qu'en penses-tu, Marie ?

Marie répondit :

N'aie crainte, même grandi comme une asperge, je reconnaîtrai mon Ollie ! Tu ne vas pas te sauver chez les frères, dis ? Alors je perdrais mon meilleur ami, mon complice ? Tu n'es pas fait pour être frère ! Tu crois que tu supporterais de vivre, comme ça, tout seul, toute ta vie ? Dès que tu sortais de l'école, tu courais à travers le parc pour me retrouver, comme moi d'ailleurs. Tu es trop vivant ! Crois-tu que peintre soit un métier de fille ? Papa le voit comme la broderie, un loisir pour occuper le temps. De toute façon une fille n'a pas besoin de métier ! Je crois que si je voulais faire les Beaux-Arts, je provoquerais un scandale. Sœur La Neige a peint des Vierges et un chemin de croix. Elle m'apprend à me servir de l'huile et je signe Marie Blanc. Qu'en penses-tu ? Moi, je voudrais réussir à peindre la vie ordinaire. Je voudrais, en peignant une femme qui porte ses bidons de lait autour de sa bourrine, exprimer son mystère et l'amour de ceux qu'elle n'a guère caressés, la table et le feu de bouses dans sa maison obscure, les lits à quenouille et les portraits de ceux qui ne sont pas encadrés sur ses pauvres murs. S'il te plaît, n'abandonne pas Marie Blanc.

Olivier lui répondit :

Non, je n'abandonnerai pas Marie Blanc. Il me semble, tandis que je t'écris, que nous sommes assis à la même table et que nous écrivons à nos pères. Tout à l'heure nous allons nous lever et courir sous les arbres du parc... Tu ne me croiras pas : j'aurais presque la nostalgie des tabliers de moire et des mouchoirs de velours noir des vieilles femmes à l'ancienne mode que je détestais. J'ai lu La terre qui meurt *et, excuse-moi, je trouve ridicule l'attachement du métayer Lumineau, comme un vieux chien, à ses maîtres. Heureusement, il y a la belle Roussille qui ne s'est pas laissé faire et a tenu tête à tout le monde.. Je te verrais bien comme elle en bas fleuris, moi je serais Jean Nesmy, coiffé du chapeau rond...*

Elle répondit, mais leurs lettres étaient rares, pas plus d'une par mois. Ils savaient qu'ils prenaient des risques, en les écrivant d'abord, parce qu'elle pouvaient être interceptées, et qu'ils faisaient aussi courir des risques à leurs intermédiaires. Elles n'en étaient que plus précieuses et plus attendues. Chaque mot comptait.

Tu es un poète, mon cher Oliver ! J'ai lu ta lettre à la chapelle entre les pages de mon livre de messe. C'est un péché dont je ne pourrai pas me confesser ! Les bruits arrivent ici filtrés et rendent mélancolique. Les cloches de Saint-Louis répondent à celles du Sacré-Cœur. Une auto klaxonne dans la rue, un train siffle en entrant dans la gare toute proche. Nous passons notre temps à rêver à la vie qui court au-dehors. Moi, tu vas rire, j'ai en ce moment la nostalgie toute bête de la soupe de fèves de La Motte. Je ne pouvais pas l'avaler lorsque j'étais petite. L'odeur de la soupière fumante me dégoûtait. Maintenant j'imagine les mains de Jeanne Roy en train d'enlever la première peau des fèves avec son couteau. Elles cuisent et forment une onctueuse purée verte avec des petits pâtés. Une seule cuillerée sur la langue me donnerait le goût du marais et de la maison.

Olivier répondit :

Tu as raison, je dois être un peu poète. C'est normal, mon père disait qu'il y a autant de poètes en Irlande que de buveurs de whisky ! Il faudra qu'un jour je te confie des secrets que je n'ai pas osé t'avouer et qui me tiennent à cœur. J'ai craint que tu ne les considères comme des fantaisies de poète. Il y est question de vent et d'oiseau. À ce sujet, j'aimerais te poser une question : à ton avis, lequel est le plus vrai, l'oiseau ou son symbole ?

Marie lui répondit :

J'adore tes énigmes, petit ami ! Tu m'écris en poète, je te répondrai en peintre que le symbole de l'oiseau dépasse ce dernier. La vie de l'oiseau est courte. Il suffit qu'un vilain garçon s'approche avec son lance-pierres et détruise son nid !... L'oiseau c'est le roi du ciel, c'est la liberté, la paix, le Saint-Esprit. Je te joins une peinture d'oiseau. J'ai demandé à cet oiseau de voler autour de toi et de te parler de moi.

Olivier et Marie obtinrent leur brevet.

Les vacances qui suivirent ne se passèrent pas tout à fait comme les deux amis les avaient rêvées. Ils eurent peu l'occasion d'être ensemble. Anne Blanchard avait invité une cousine de Marie à passer quinze jours de vacances à La Motte en juillet, puis Marie partit à son tour chez elle. À son retour une camarade de Jeanne-d'Arc vint la rejoindre. Elle venait jouer au tennis en jupe blanche plissée, corsage à volant et chandail de cachemire sur les épaules. Elle prétendait ne pas vouloir jouer avec un garçon – Olivier ajoutait : fils de domestique. Il enrageait que Marie se soit entichée de cette prétentieuse qui n'avait que des vanités en tête et considérait comme des jeux enfantins et dérisoires tout ce qui avait été leurs plaisirs. Marie prétendit qu'elles s'adressaient à peine la parole au couvent. L'invitation avait été lancée sans elle à l'occasion d'une rencontre de leurs parents et elle avait été mise devant le fait accompli.

Il comprit qu'on faisait le nécessaire pour les éloigner.

Au mois de septembre, alors que l'*Orion* avait retrouvé tous ses vernis, les Blanchard mirent la voile avec Marie et partirent caboter pendant une semaine le long des côtes bretonnes. Au bout du compte Marie et Olivier ne partagèrent que quelques heures, qu'ils gâchèrent en se faisant la tête et en se lançant des reproches.

Olivier occupa une partie des vacances et gagna un peu d'argent en travaillant à la ferme des Fort. Il s'embaucha pour la moisson et les battages. La terre du marais était généreuse. Les maraîchins étaient fiers de ses rendements supérieurs à ceux du bocage. Il s'éreinta si bien qu'un soir, en rentrant de la ferme de la Cossonière, il s'endormit en marchant alors que la peau trop claire de son cou et de ses épaules exposées au soleil le brûlait.

Il accompagna ses anciens camarades d'école qui l'invitèrent à leurs sorties du dimanche. Ils commençaient à courir les filles, buvaient surtout et fumaient. Il les suivit à l'Hôtel du Cheval blanc où les filles maraîchinaient. Les amoureux montaient à l'étage. Les filles riaient fort et criaient en précédant les garçons dans l'escalier. Elles commandaient d'apporter des liqueurs et des verres de café.

Mais aux beaux jours, le maraîchinage se pratiquait plutôt près des fossés, derrière un grand parapluie bleu. Olivier participa aux « chasses aux galants » de ses nouveaux amis qui yolaient à travers le marais à la recherche des parapluies épanouis au soleil. Ils avaient des fouets et, lorsqu'ils voyaient un parapluie, ils s'approchaient sans bruit avec la barque. D'un coup de fouet ils envoyaient rouler le parapluie et découvraient avec des cris excités et des rires moqueurs les amoureux honteux qui se cachaient.

Ils furent trahis par l'odeur de l'huile.

Marie s'était risquée à glisser dans son enveloppe un croqueton à l'huile représentant du pain et un couteau, pour l'anniversaire d'Olivier, au printemps. Le frère directeur trouva curieuse cette odeur qui empestait tout le courrier du collège. Il décacheta la lettre et fut surpris de découvrir une enveloppe dans l'enveloppe. La piste fut remontée et les coupables découverts. Il est certain que s'ils n'avaient pas été la fille et le protégé du logis ils auraient été renvoyés.

Marie dut s'agenouiller sur le velours du prie-Dieu de la mère supérieure devant une image du Sacré-Cœur portant la légende : *Mon cœur saigne pour toi*. Elle dut confesser depuis combien de temps et avec quelle fréquence elle entretenait cette relation avec Olivier en lui laissant espérer on ne savait quel avenir.

— Un fils de domestique ! réagit Marie, provocante.
— De domestique, oui ! Faites la sotte, un peu !

Elle fut punie par où elle avait péché. Toute activité de peinture lui fut interdite jusqu'aux vacances.

La Neige l'attendait en faisant les cent pas sur le parquet ciré du couloir. Elle entraîna Marie.

— Venez avec moi !

Elle guida Marie qui se révoltait vers la chapelle.

— Taisez-vous !

Elle tira la capuche de sa longue cape noire sur sa tête, poussa la coupable devant la Sainte Vierge.

— Faites comme moi, agenouillez-vous ! Plus bas ! Pliez ce dos qui reste trop droit.

Marie obéit, en rechignant, à la religieuse qu'elle aimait.

— Abaissez-vous. La révolte aggravera votre cas. Peut-être que si vous devenez sage et obéissante, la sanction sera ramenée à six ou quatre semaines.

Marie comprit que La Neige voulait l'aider. Elle se plia davantage, en pleurant.

Le frère Guillement relativisa l'histoire de ces deux enfants qui avaient grandi ensemble et avaient du mal à s'éloigner. Il y vit même un signe de caractère et de bonne santé.

Pourtant il expliqua sévèrement à Olivier qu'il l'avait déçu. Il ne pourrait plus lui accorder comme avant sa confiance.

Il priva Olivier de promenade un jeudi après-midi et un dimanche, et aussi du billet d'honneur. Le blâme envoyé à sa mère fut solennellement lu dans la salle des exercices, le coupable debout, bras croisés, au pied de la tribune.

L'explication officielle eut lieu dans les fauteuils de satin doré du salon du logis. Anne Blanchard fit asseoir Bridget sur le canapé près d'elle. M. Jean fumait un cigare. Marie et Olivier étaient arrivés pour les vacances de Pâques, la veille.

Jeanne Roy apporta du café et des petits gâteaux. Mais l'humeur n'était pas à la dégustation, même le visage de Jeanne exprimait la tension. Marie se montrait la plus audacieuse. Elle gardait la tête levée et ses yeux noirs ne s'abaissaient pas quand ils croisaient ceux de sa mère.

Anne Blanchard goûta son café et reposa tasse et sous-tasse.

— Vous savez pourquoi nous sommes là. Nous ne rappellerons pas les faits qui ne nous ont pas été très agréables.

Elle prit Bridget à témoin et ajouta :

— Il ne nous ont même pas été agréables du tout. Mais parlons de l'avenir...

M. Jean, jambes croisées, tirait sur son cigare en semblant laisser les femmes se débrouiller.

— ... Vous n'êtes plus à l'école primaire. Je veux bien supposer que vous avez pensé que le mal n'était pas si grand en vous écrivant, en fraude...

— Est-ce que le mal était si grand ? l'interrompit Marie.

Il y eut un bref échange de regards entre la mère et la fille. Celui de la mère signifiait : « Pour l'instant, c'est moi qui parle ! »

— Je ne m'oppose pas à ce que vous vous voyiez, loin de là, continua-t-elle, mais vous n'êtes pas frère et sœur...

— On le sait..., murmura Marie.

— Par conséquent, poursuivit Mme Blanchard, exaspérée, il serait désormais malsain que cette relation continue comme ça !

Le silence plana sur le salon où scintillait le lourd balancier de la pendule dans son coffre de noyer sombre.

— Ce qui veut dire ? demanda Marie, la voix étranglée.

— Qu'il faut que cela change ! Il sera bon que pendant un temps vous preniez vos distances. Vous avez d'autres amis, d'autres connaissances, vous êtes jeunes ! Il y a des tas de choses, que vous ignorez, à découvrir. Sortez de votre enfance qui a été agréable, ensemble, bien sûr, mais vous ne pourrez pas rester repliés sur vous deux toute votre vie. Ouvrez les fenêtres ! Prenez l'air !

— Vous aurez davantage de plaisir à vous retrouver ! ajouta Bridget.

Ainsi, elles s'étaient mises d'accord. Olivier en voulut à sa mère. Il avait déjà parlé avec elle de ce qui s'était passé, et elle lui avait semblé compréhensive. Elle avait décidé, elle aussi, de les séparer.

— Et si nous ne sommes pas de cet avis ? demanda Marie.

— Vous le serez, répondit fermement sa mère, c'est raisonnable. Nous ferons tout pour vous aider.

Elle fronça les sourcils.

— On n'entend d'ailleurs que toi, Marie. Olivier n'a encore rien dit.

Le cœur d'Olivier battit plus vite. Ses mains devinrent moites. Il ne savait pas s'il allait contenir la lave de ses sentiments qui bouillonnait. Ses nouvelles grandes jambes et ses grands bras l'embarrassaient. Il avala sa salive et lança vivement :

— Si je n'étais pas Oliver Gallagher, est-ce que vous exigeriez la même chose ?

— Ce serait exactement pareil, Olivier. Ce n'est pas ce que tu crois.

— Je crois que je suis le fils de l'Irlandais.

— Olivier ! s'exclama Bridget.

— Tu as tort, intervint M. Jean en faisant tomber la cendre de son cigare. Il me semble que depuis assez longtemps nous t'avons montré que nous ne faisions pas ces différences et que tu étais un peu de la famille...

— Eh bien, s'il est de la famille, répliqua Marie, pourquoi faites-vous toutes ces histoires ?

— Vous ne voulez pas comprendre ! poursuivit Anne Blanchard. Alors, appelons un chat un chat : il n'est pas question qu'il y ait pour l'instant d'amourette entre vous !

— Vous êtes d'ailleurs bien trop jeunes ! ajouta Bridget.

Marie éclata de rire, et ses yeux se remplirent de larmes.

— Il n'y a pas d'amourette !

— Il y a deux ans ou trois ans, dit Olivier, nous étions tous les jours ensemble, et personne n'y voyait d'inconvénient, au contraire. Maintenant il faudrait que tout soit fini !

— Il n'est pas question que ce soit fini. Il s'agit seulement de prendre des distances.

13.

L'accident de Mme Blanchard eut lieu le soir du 23 décembre de cette année-là, dans la courbe de la route de Bouin à Beauvoir qu'elle connaissait par cœur. Elle conduisait la traction avant, quinze chevaux, toute neuve qu'ils venaient d'acheter pour remplacer la Delahaye vieillissante. La traction était réputée pour sa tenue de route. Le président de la République circulait en traction et le gang des Tractions illustrait la voiture avec ses sinistres exploits.

Anne Blanchard avait l'habitude de rouler vite. Les gens levaient les bras au ciel sur son passage. Sa voiture quitta la route à l'entrée du virage et plongea tout droit dans l'étier de la Censerie. Il devait être aux alentours de 19 h 30, si on en croit l'heure à laquelle elle quitta ses amis de Bois-de-Cené à qui elle avait rendu visite.

À 21 heures, comme elle n'était toujours pas rentrée, M. Jean commença à s'inquiéter. Il téléphona à Bois-de-Cené, où on s'étonna. Il attendit encore un peu avant d'alerter la gendarmerie.

Le temps était mauvais. Le crachin épais, fouetté par le vent du large, rendait la chaussée glissante. Les phares de la gendarmerie n'éclairèrent le toit noir de la traction émergeant de l'étier qu'à 3 heures du matin. La température de l'air était de huit degrés. La température de l'eau de dix. Anne Blanchard était assise à l'intérieur de la voiture. Le médecin de Beauvoir constata qu'elle ne portait aucune marque de blessure grave. Il écrivit qu'elle était morte de noyade, coincée par le volant.

La route ne montrait aucune trace de freinage. *A priori* la conductrice n'avait pas vu venir l'obstacle. À moins qu'un animal ou quelque chose n'ait traversé la route et qu'elle n'ait donné un brutal coup de volant. Rien sur le terrain ne permettait de confirmer cette hypothèse.

La nouvelle de cette mort tragique, la veille de Noël, stupéfia Beauvoir et le marais tout entier. Les célébrations de la Nativité furent marquées par ce deuil. Les riches propriétaires avaient leur banc au premier rang dans l'église. Le banc demeura vide à la messe de minuit et aux messes du jour. Les enfants des écoles avaient reçu des oranges et des brioches de la main même de Mme Blanchard, le jour du départ en vacances.

L'enterrement eut lieu le 26 décembre par un temps lugubre. Des nuées ténébreuses couraient au-dessus du parc. Les cèdres et les ormeaux agitaient leurs rames avec des bruits d'oiseaux de mauvais augure. La girouette de la tour pleurait sur son axe.

Le corbillard de Beauvoir s'avança dans l'allée au pas lent du cheval gris drapé de noir et d'argent.

M. Jean arrivait après, tête nue, seul, dans son grand manteau, la mèche de cheveux sur son crâne chauve ébouriffée par le vent. Sa figure cireuse portait les stigmates du deuil. Il ne dormait pas et ne se nourrissait pas depuis trois jours. Tout le monde connaissait sa passion pour sa femme, qu'il avait épousée contre la volonté de son père, et sa détresse faisait pitié. Jeanne Roy et les Fort murmuraient qu'il avait hurlé à la mort.

Ils disaient qu'il s'était précipité vers son cadavre lorsqu'on l'avait ramenée au logis. Il l'avait soulevée dans ses bras et l'avait portée comme une mariée jusqu'à son lit où il s'était effondré.

Marie venait ensuite, soutenue d'un côté par une cousine et de l'autre par sa tante, la sœur de sa mère. Le manteau de deuil la vieillissait. Elle ressemblait aux innombrables femmes du pays, toujours en noir. Elle avait rejoint la théorie des pleureuses.

Elle n'avait pas voulu, pourtant, mettre le chapeau et le long voile noir derrière lequel se cloîtraient les endeuillées. Comme son père allait tête nue, elle marchait derrière le corps de sa mère à visage découvert. Un châle de laine sur la tête, dont les pointes lui enveloppaient le cou, elle montrait son visage blême, ses yeux cernés à la foule qui se découvrait sur le passage du corbillard.

Son regard surtout impressionnait Olivier. Ses yeux fixaient un point au-delà de tout et ne voyaient rien. Il se tenait avec Bridget sitôt la famille. Leurs places étaient réservées dans la nef. Une foule énorme venue de toute la Vendée était massée sur la place. Il y avait bien plus de monde à l'extérieur qu'à l'intérieur de l'église.

Ils entrèrent dans l'odeur des cierges et les relents amers des fleurs de cimetière, chantèrent le *Dies irae*, tandis que les flammes frissonnaient autour du catafalque, et Olivier, choqué, revécut une fois encore le cauchemar de l'infiltration implacable de l'eau par tous les interstices du plancher, des portières et des vitres.

Les destins de son père et de la mère de son amie les réunissaient par leur mort. Il en avait voulu à Mme Blanchard au cours des semaines passées. Il avait même détesté cette femme qui avait toujours été généreuse avec sa mère et lui. Ces pensées n'étaient plus à l'ordre du jour. Il se joignit à la prière de l'assemblée qui avait sorti les mouchoirs parce que le prêtre, en chaire, venait de dire que le bon Dieu avait rappelé à lui « un modèle de femme, d'épouse, de mère ».

Olivier se souvient de l'impression douloureuse du logis refermé comme un tombeau après l'enterrement. Les gendarmes et les assureurs allaient et venaient pour les formalités. La tante de Marie avait décidé de rester quelques jours pour remettre de l'ordre et combler un peu le vide des lendemains de sépulture. Olivier n'avait aperçu que de loin la tache noire de la robe de Marie sortant sur le perron et montant dans la voiture de sa tante pour aller au cimetière. Un brouillard dense et froid poissait les derniers jours de cette triste fin d'année, des barbes de gelée blanchissaient l'herbe, les cèdres et les lauriers.

Il traînait dans le parc mélancolique, les mains dans les poches de sa canadienne, l'après-midi du premier de l'an, levant à peine les yeux vers la crête du chêne vert noyé dans les flots de brume quand Marie arriva droit sur lui et se jeta dans ses bras en gémissant. C'était la première fois qu'il la tenait ainsi. Elle était toute chaude. Il sentait le poids de sa poitrine contre la sienne. Elle pressa sa joue mouillée de larmes contre sa joue froide en fermant les yeux.

Il éprouva malgré lui une bouffée de joie sauvage, recula la tête pour la regarder. Elle ouvrit les yeux. Il lut une détresse si grande et un appel au secours.

— Tu as coupé tes cheveux..., murmura-t-il.

Elle parut ne pas comprendre, puis elle hocha la tête. Ce n'étaient pas seulement ses vêtements noirs et ses traits tirés par une semaine de deuil qui la faisaient paraître si différente. Ses cheveux sans fantaisie, coupés à la garçonne juste en dessous de l'oreille sous son béret de pensionnaire, lui rendaient le visage plus nu. Il s'excusa de sa maladresse. Elle dit :

— Papa est fou de chagrin.

— Veux-tu que nous allions au Gois ?

Elle hésita, et puis :

— Je te rejoins chez toi !

Il la suivit lorsqu'elle passa sur son vélo devant les lauriers du pavillon. Elle avait serré autour de sa gorge son châle noir de deuil. Ils traversèrent Beauvoir immobile dans ses rideaux de brume. L'animation habituelle du village était arrêtée en ce premier jour de l'an. Les gens mangeaient dans leurs cuisines et jouaient aux cartes. La porte du Cheval blanc s'ouvrit quand ils passèrent et ils entendirent des cris et des rires.

La densité du brouillard les surprit à la sortie du bourg. Ils ne voyaient guère plus loin que les roues de leurs bicyclettes. Leurs lumières n'éclairaient rien. Un écart aurait suffi pour les plonger dans les étiers profonds du bord de la route.

Ils pédalaient en silence, l'un derrière l'autre, respirant l'odeur du vent qui sentait la marée.

Ils étaient déjà décidés à faire demi-tour lorsqu'en arrivant au Gois ils virent la brume s'éclairer devant eux. Ils s'engagèrent dans la descente du passage sous un soleil voilé, jaune, sans chaleur. La mer était basse. Ils roulèrent sur les pavés mouillés. L'île aussi était dans la brume. Eux se trouvaient au milieu, seuls au monde, dans ce passage éclairé par une lumière poudreuse.

Ils continuèrent à rouler un peu, côte à côte, hésitants. Ils freinèrent en même temps lorsqu'ils passèrent devant une balise, laissèrent leurs vélos sur le sable près d'une flaque au bord de la chaussée, marchèrent vers le socle de pierre. Le sable vaseux collait à leurs semelles. Ils s'assirent sur les marches humides. Et Olivier parla du trésor. Il aurait aimé voir les sourcils de Marie se soulever et ses yeux s'arrondir de curiosité. Il évoqua l'ambre et les hauts fûts des forêts hercyniennes dont la résine, en se durcissant, avait produit, après des millions d'années dans la mer, ces perles couleur de miel que les vagues abandonnaient sur les plages des mers scandinaves. Mais

Marie y resta insensible. Elle l'écouta en silence et ne posa pas de question.

Ils regardèrent longtemps, sans parler, l'étendue de vase et de sable luisante, cherchant au loin la mer. Des petites nuées solitaires traversaient, comme des moutons échappés du troupeau sur les rives. Ils se tenaient épaule contre épaule, leurs bras entourant leurs jambes.

Elle finit par dire :

— Je ne croyais pas qu'on pouvait autant souffrir...

Elle continua, un peu après :

— Quand on m'a annoncé la mort de maman, j'ai eu mal au ventre à hurler... J'ai encore mal. Je n'arrive pas à croire que c'est arrivé, tout d'un coup, comme ça... Je ne m'étais pas imaginé qu'un jour elle pourrait ne plus être là.

Sa main se crispa sur son ventre.

— Toi, tu peux me comprendre !

Ses lèvres tremblaient.

— J'ai mal au cœur aussi !

Et, emportée par un flot de larmes, elle enfouit son visage dans le pardessus d'Olivier, comme une petite fille bouleversée et épuisée. Il la tint contre sa poitrine, ému et maladroit, et il essaya de la consoler.

— J'ai vu l'eau monter dans la canardière, mais ce n'est pas pareil. Les gens disent que ta mère n'a pas souffert. Elle a congestionné tout de suite. Écoute...

Alors il lui raconta tout, sa fugue à la canardière, le vent, le bruissement des feuilles, l'odeur de tabac de son père. Il donna les détails pour essayer de la convaincre que c'était bien lui. Il s'aperçut qu'elle ne pleurait plus et l'écoutait. Il la sentait quelquefois incrédule, elle bougeait la tête. Alors il s'efforçait d'être plus éloquent, plus précis. Il goûtait ces instants où Marie était blottie contre lui et où il la protégeait. Il était bien, et il était tenté de penser qu'elle aussi.

Il raconta la grouse. Et quand il eut fini, comme elle ne bougeait pas, comme elle ne disait rien, il lui demanda :

— Tu me crois ? Tu crois que c'est possible ?

Elle releva le front. Ses yeux noirs vernis de larmes le touchèrent d'une caresse insondable.

— Comme je le voudrais ! dit-elle.

Alors il la serra plus fort, et il ajouta :

— Je vais même te dire quelque chose : il m'arrive de penser que peut-être il fallait que mon père meure pour que je devienne ce que je suis !

Elle se raidit.

— Moi, je ne dirai jamais ça !

— Pas aujourd'hui, bien sûr... Demain, peut-être...

Il embrassa au ras des cheveux sa tempe froide qui se trouvait près de sa bouche. Elle redressa le buste, le regarda.

— Tu crois que ma mère pourrait me faire signe ?

— Peut-être qu'ils nous font des signes que nous ne voyons pas.

Ils se levèrent. Il la serra encore, frissonnante, dans ses bras. Ils descendirent sur le sable et se mirent à marcher en poussant leurs bicyclettes, côte à côte, sur le Gois.

Ils n'étaient pas seuls au milieu de la mer. Un homme s'avançait au loin sur la vase, un seau à la main, un râteau sur l'épaule. Sa silhouette tremblait dans la lumière du soleil mûr, jaune comme une poire. Il venait de pêcher des coquillages.

— Est-ce que ma mère avait une odeur particulière ?

— Je ne sais pas. C'est toi qui le sais.

Le brouillard continuait de stationner sur les terres et de laisser dégagée la langue de mer. Ses falaises mouvantes de bourre grise se dressaient devant eux. L'air immobile mêlait ses relents fades et salés. Marie et Olivier s'arrêtèrent, les vélos à la main, au seuil de la brume dont les vagues mouraient à leurs pieds. Ils se retournèrent. L'homme s'était arrêté et il fouillait à nouveau le sable avec son râteau.

Ils montèrent sur leurs bicyclettes et s'enfoncèrent dans le brouillard.

Marie quitta le couvent à la fin de l'année scolaire. Son père ne se remettait pas de la mort de sa femme. Il ne se nourrissait que de grands bols de café noir et de pain trempé. Il avait retrouvé la maigreur de son retour de forteresse. On le voyait souvent au port du Bec dans son grand pull noir à col roulé, à bord de l'*Orion*, où il restait des heures à tourner sur le pont. Quelquefois il larguait les voiles.

— Un beau jour, il pourrait bien ne jamais revenir ! disait Jeanne Roy avec des airs d'oiseau de mauvais augure.

Ses amis l'encourageaient à s'occuper de ses terres.

— Je n'ai plus envie de rien !

— Engage un régisseur !

— Si vous le voulez, lui proposa Marie, je m'occuperai des terres. J'ai vu maman à l'œuvre, pendant que vous étiez à Colditz.

Elle prit le prétexte qu'elle n'avait pas l'âge de conduire pour solliciter son père et arpenter avec lui les marais et les fermes dans la traction neuve qui avait remplacé la voiture accidentée. Elle portait une jupe-culotte comme sa mère. Aussi grande que son père, elle se tenait en retrait quand ils débarquaient dans une cour de ferme. Mais les paysans ne s'y trompaient pas, l'œil du maître manquait, tant il avait l'air d'avoir l'esprit ailleurs. Elle posait des questions sur tout, les champs, le temps, les travaux, les engrais, les bêtes. Elle faisait le tour des bâtiments, s'intéressait aux femmes et aux enfants, ne refusait pas de prendre un café à la table de ferme.

Elle avait chaussé des bottes en caoutchouc. Sa jupe

lui permettait de monter à l'aise aux échelles et de sauter les barrières.

— J'aime ça, disait-elle à son père qui tirait sur sa cigarette. Ça m'intéresse, ce qu'ils pensent, leur vie.

Elle consacrait autant que possible ses après-midi à la peinture. Elle avait installé son chevalet, ses tubes et ses pinceaux dans la tour.

— Je suis dans mon mirador. Tranquille, à l'écart, je guette. C'est toi qui m'as appris à regarder le monde de haut, Olivier !

Olivier avait repris ses travaux de journalier d'été à la ferme des Fort. Il rentrait souvent tard, le soir, après le souper, dans le pavillon. Bridget l'attendait en reprisant, en cousant. Elle s'était acheté un petit poste où elle écoutait des chansons. Et certains soirs, en entendant la musique de l'accordéon ou du violon, elle tournait le bouton du poste pour monter le son, puis le baissait, vaguement confuse, comme si elle craignait qu'un improbable passant dans l'allée n'ait surpris les débordements de la veuve joyeuse.

Olivier avait décidé de poursuivre vers le baccalauréat. Les frères lui offraient un poste d'élève-surveillant qui lui permettait de préparer l'examen sans frais. Grand, large d'épaules, son éternelle mèche de cheveux rouges tombant sur son vaste front, il n'avait plus rien à voir avec l'enfant gringalet et maladif d'autrefois. Il se coltinait les sacs de blé à la batteuse.

Il rejoignait Marie dans son atelier, les dimanches. L'air sentait la peinture. Les coups de pinceau sur la toile ébranlaient les pieds du chevalet. Il essayait de lire pendant qu'elle peignait, mais ses pensées étaient sans cesse détournées de sa lecture. Elle lui parlait de ses visites dans les fermes. Ils comparaient les rendements des moissons, la qualité des terres et des paysans. Elle évoquait le gros nez rouge du père Maligorne et éclatait de rire. Il aimait l'entendre rire, car, depuis la mort de sa mère et le quotidien sinistre avec son père, elle semblait l'avoir oublié. Elle glissait un œil au bord de la toile, l'interrogeait en silence, comme prise en faute. Elle tendait l'oreille en se demandant si on l'avait entendue à l'intérieur du logis.

Bridget avait interrogé Olivier plusieurs fois lorsqu'elle l'avait vu sur le point de sortir.
— Où vas-tu encore ?
Elle connaissait déjà la réponse...
— Ne t'inquiète pas. On ne fait rien de mal !
— Heureusement !
Il comprenait sa mère. Marie devenait la patronne de La Motte. Elle n'était pas pour lui. Bridget ajouta un jour :
— Je suis sûre que tu l'embêtes !
— C'est toi qui m'embêtes !
Une autre fois, il croisa Jean-Louis Fort, qui l'interpella :
— Alors, tu vas maraîchiner ?
Il en fut humilié.

Marie enfilait, pour peindre, une grande blouse bleue à reflets verdâtres, boutonnée dans le dos, qui la faisait ressembler à un maquignon sur les foires. La blouse gonflait sur sa poitrine et lui donnait de l'ampleur.
— Ne regarde pas pour l'instant, je te montrerai tout à l'heure ! lui dit-elle un dimanche.

Elle cachait sa toile d'un plus grand format qu'à l'habitude. Olivier s'installa pour lire. Elle appliquait parfois la peinture avec vigueur comme si elle maçonnait. Elle hésitait, soupirait, et puis s'activait avec une ardeur fébrile comme un nageur pris dans des tourbillons. La toile vibrait. Olivier écoutait, distrait par cette agitation et imaginant les couleurs.

Et puis elle lui dit :

— Tu peux venir voir.

Elle avait peint des barques sur le marais.

L'ensemble de la toile était dans les tons gris. Une femme en noir était assise à l'avant de la première barque à côté d'une boîte mortuaire. Un prêtre en aube venait dans la seconde avec son enfant de chœur et la croix suivis d'une grappe de fidèles. Le ciel était presque noir. La lumière cendreuse, métallique, glissait sur les eaux.

Olivier resta sans voix. Il eut l'impression de revivre la scène avec une intensité aussi vive que dix ans plus tôt. L'émotion l'étrangla. Ses oreilles se mirent à bourdonner. Marie avait tout enregistré de ce qui s'était passé ce jour-là.

— J'ai peint seulement un enterrement dans le marais.

Il secoua la tête plusieurs fois pour se débarrasser des bourdonnements mais n'y arriva pas. Il soupira et, en s'obligeant à sourire :

— C'est vrai, tu ne m'as pas mis à côté de ma mère.

— Tu veux que je t'y mette ?

— On croirait entendre sonner le glas.

Elle voyait à quel point il était bouleversé. Elle s'excusa.

— J'ai surtout pensé à l'enterrement de ma mère.

— Mais tu as peint un enterrement en yole.

— J'ai transposé. C'est ma manière à moi d'être en relation avec ceux qui nous entourent.

Elle posa ses pinceaux, le prit par le cou, lui par la taille.

Il aima la chaleur de ses doigts. Il frissonna à son souffle tiède dans son oreille. Il sentit la moiteur de ses lèvres glisser sur sa joue et chercher sa bouche. Il ferma les yeux. Elle se serra très fort contre lui.

— Je peux être pire que mon père, souffla-t-elle. Je crois que si un jour tu ne m'aimais plus je mourrais.

Il la crut. Ils s'embrassèrent encore. Il reconnaissait sa bouche. Un jour, en jouant, alors qu'ils avaient huit ou neuf ans, ils s'étaient embrassés comme ça. Ils avaient approché leurs langues et s'étaient léchés. Le contact de leurs lèvres, de leurs langues les avait surpris et ravis. Leur douceur les avait étonnés. Il avait trouvé à la bouche de Marie un goût de framboise.

À chaque demi-journée de libre, pendant l'année suivante, il effectua le trajet de Machecoul à Beauvoir à vélo ou en car.

Dès qu'il faisait beau, il préférait avaler à vélo les vingt-deux kilomètres qui le séparaient de La Motte. La route tournait entre les canaux, dangereuse, étroite, déformée souvent sur les relevées de terre qui s'affaissaient sans cesse. Les autos roulaient vite. Mais quand Olivier apercevait les cabanes de pêcheurs au carrelet sur le Dain, il se disait qu'il n'était pas loin et ses jambes retrouvaient de la vigueur. Sa joie, au bout du compte, n'était guère différente de celle du gamin qui courait à travers le parc de La Motte pour aller escalader le grand chêne. Il avait seulement grandi, et Marie aussi.

Bridget, contente de le voir, lui disait en l'embrassant :

— Tu es encore là, mon Ollie ! Tu n'aurais pas pu en profiter pour faire tes devoirs ? Je ne suis pas sûre que tu penses beaucoup à ton examen.

— Tu ne vas pas me reprocher d'être venu embrasser ma maman !

— Ta maman ? Est-ce bien pour ta maman que tu es venu ?

Il eut son deuxième bac, à la session de juillet 1952, qui lui ouvrait les portes de l'enseignement. Il s'était secrètement juré, en cas de succès, d'entreprendre la traversée vers l'Irlande.

Il proposa à Bridget de l'accompagner. Le voyage était cher, mais il avait mis assez de côté et il était décidé à travailler encore aux moissons avant de partir. Bridget refusa et Olivier était bien placé pour savoir que son *no* prononcé avec douceur avait la fermeté des pierres du Connacht.

Elle n'avait plus envie. C'était trop tard. Elle ne souhaitait plus remuer tout ça. La tombe de Patrick était dans le cimetière. Olivier était né ici. Elle s'était habituée à la voix des cloches de Beauvoir. Elle avait toujours l'Irlande dans son cœur. Elle pensait en irlandais, elle parlait irlandais toute seule, elle rêvait en irlandais. Elle priait tous les jours le bon Dieu pour la malheureuse Irlande. Elle en resterait là. La page était tournée. Elle l'avait tournée définitivement le matin où elle avait fui la maison de sa tante et où elle s'était assise entre les bras de Patrick sur le cadre de son vélo.

— Je t'aurais proposé le voyage plus tôt...

— Ç'aurait été trop tôt ! répliqua-t-elle, bras croisés, résolue. Je me demande même quel besoin tu as d'aller dépenser ton argent dans ce voyage, alors que tu n'en as pas beaucoup.

— Je l'ai promis à papa dans la canardière.

Elle rougit, réfléchit longuement en regardant Olivier sans le voir. Il crut qu'elle allait changer d'avis.

— J'ai bien peur que tu ne sois déçu du voyage, dit-elle en se tournant vers la vieille carte fixée au mur du pavillon. Je vais t'écrire toutes les adresses. Tu rapporteras des photos.

Il avait reçu un Kodak en récompense de son succès à l'examen.

Marie réserva, à l'avance, le billet de train de Challans à Roscoff où il devait prendre le bateau. Mais plus la date de départ approchait, plus son évocation l'assombrissait. Elle souriait tristement quand il venait la voir, les dimanches, pendant les brûlants jours de battage. Plus tard, il se rappellerait son regard inquiet, et il se demanderait avec angoisse si elle n'avait pas déjà imaginé tout ce qui allait suivre.

— Qu'as-tu ? lui demandait-il. Il y a quelque chose qui ne va pas ?

Elle secouait la tête. Ses cheveux flottaient contre le satin de ses joues. Elle tendait vers lui sa bouche à embrasser.

— Je n'ai rien, disait-elle sans se dérider.
— C'est parce que je vais partir ?
— Ne t'occupe pas !
— Je ne serai absent que deux semaines, *mavourneen mean*, mon amour. C'est un pèlerinage, pour moi.
— Je sais.

À quelques jours de son départ elle commença à peindre une toile qu'elle refusa de lui montrer.

— Tu ne la verras qu'à ton retour.

Il sentait à quel point cette toile avait de l'importance pour elle et lui. Il était très désireux de la voir.

— Tu peux me la montrer en chantier ?
— Non !

Contrairement à son habitude, elle s'était procuré un drap dont elle recouvrait la toile lorsqu'il arrivait.

Elle pleura, le soir du 16 août, veille du départ d'Olivier, dans le salon aux fauteuils de soie dorée.

— Je suis terriblement jalouse ! dit-elle en se précipitant dans ses bras.

Son père avait déjà regagné sa chambre. Elle se pressait de tout son corps contre Olivier comme elle ne l'avait jamais fait.

— Je suis idiote ! C'est ton premier grand voyage. Je me dis que tu ne reviendras pas le même !

— On n'est jamais le même. La Marie que j'embrasse aujourd'hui n'est pas celle d'hier. Est-ce que ce n'est pas moi qui devrais avoir peur ? Je ne suis qu'un petit Irlandais, un petit prof.

— Tu peux avoir envie de rester en Irlande.

Elle le fixa des yeux, et une ligne verticale se creusa à la racine de son nez.

— Je ne veux pas que tu t'en ailles !

Elle le tira convulsivement à elle. Elle s'assit sur ses genoux comme si elle avait voulu le garder prisonnier.

Elle palpa ses cheveux rouges, ses joues, ses lèvres.

— Caresse-moi !

Il vit se dresser le fin duvet de ses bras. Ils jouèrent avec le feu comme ils ne l'avaient jamais fait. Le premier qui aurait flanché aurait entraîné l'autre. Mais ils savaient les risques. Ils se quittèrent sur les marches du perron, brûlants de désir, n'arrivant pas à se séparer. La nuit était tombée. Une nuit sans lune, cloutée d'étoiles. Marie avait éteint les lumières du salon et de l'entrée. Il s'éloigna de quelques pas. Elle l'appela.

Il rebroussa chemin sur les graviers. Et ce furent à nouveau un long baiser et des caresses.

Bridget dit à Olivier, sur un ton de reproche, lorsqu'il rentra :

— Tu n'as pas envie de te réveiller demain matin ?

Le marchand de bestiaux de Saint-Philbert, qui partait à la foire de Challans à 4 heures, avait proposé à Olivier de l'emmener à la gare, où son train était à 5 heures. Elle ajouta :

— Je pensais que tu allais passer la soirée avec moi.

Elle fit, une nouvelle fois, l'inventaire de sa valise qu'elle avait préparée comme s'il partait au bout du monde.

Sligo

14.

Quand le bateau remonta l'embouchure de la rivière Lee, Olivier huma le parfum de la fumée de tourbe qui emplissait la vallée. Il avait laissé sa valise sous la banquette de la salle commune de troisième classe où il avait dormi, et s'était appuyé au bastingage.

La mer avait été de plus en plus formée en montant vers le nord. Il n'avait pas été malade. Il s'était déjà aperçu sur l'*Orion* qu'il avait hérité du pied marin de Bridget. Et, quand le choc des vagues avait fait grincer la membrure d'acier du bateau en donnant des couleurs livides aux passagers, il avait sorti un sandwich de son sac.

Il avait retrouvé sur le pont un vieux loup de mer breton qui allait rendre visite à sa sœur mariée à un Irlandais du côté de Galway. Le Breton lui avait raconté sa vie et offert des cigares. Il aurait aimé se recueillir tout seul et se passer des commentaires de son encombrant compagnon à la respiration bruyante tandis qu'il voyait s'approcher les murs gris des falaises dressés à pic face à la mer, et puis les hautes collines toutes vertes qui descendaient en pente douce jusqu'au rivage, leurs prairies léchées par la mer. Ils avaient franchi la barre en face du phare de Roche's Point et le bateau avait tangué au sommet de la lame comme s'il allait se renverser. Et puis il avait été posé sur une eau soudain lisse et calme entre les deux rives de l'estuaire de la Lee. Il n'y avait quasiment plus d'air. La température avait monté et il avait senti ces effluves odorants qui s'échappaient des cheminées noircies de plus en plus nombreuses sur les berges.

Les îles se succédaient, les criques, les ports. Les bateaux qui descendaient et montaient se saluaient avec leurs sirènes.

— C'est là, expliqua le Breton qui s'appelait Le Guen, que six millions d'Irlandais misérables ont embarqué pour l'Amérique ou l'Australie depuis cent ans.

« Et pour le marais de Beauvoir, un couple... », songea Olivier.

Les derniers rayons du couchant rougissaient la rive est. Les passagers sortaient des cabines avec de grands yeux ahuris. La lumière du soir ajoutait des couleurs à leurs figures encore malades. Les valises commençaient d'encombrer les passerelles et le pont. Olivier pensait qu'il aurait dû aller chercher la sienne mais il ne bougeait pas, heureux d'être à la proue du bateau comme il l'avait été souvent pendant la traversée.

Enfin le bateau lança un long mugissement de corne. Le chenal s'était rétréci. Ils arrivaient à Cork.

Les entrepôts, les hangars, les élévateurs se succédaient et les maisons montaient de plus en plus haut sur les pentes. Le moteur du bateau gronda. Des matelots attendaient sur les quais. Des gens, derrière eux, adressaient des signes de la main aux passagers. Le bateau fila sur son erre et finit sa course sans heurt au bord du quai où des hommes avaient déjà amarré ses cordages.

Olivier descendit pas à pas l'échelle de coupée, fit quelques pas sur le dur. Le plancher ne tanguait plus, mais ses jambes se ramollirent. Il s'assit sur sa valise un moment pour reprendre ses esprits. Ainsi il était en Irlande ! Il en avait tellement rêvé ! Ses parents avaient marché sur ces mêmes quais, vu ces mêmes docks, ces maisons sur la colline étaient là pour les regarder partir. Bridget lui avait parlé de cette église qui tendait sa flèche tout près. Un cavalier terrassait un dragon ailé au sommet d'un porche à colonnes. Il reprit sa valise et suivit le courant des voyageurs dans le grouillement des camions, des taxis, des autobus, sur la vaste esplanade. Des enfants aux pieds nus offraient leurs charrettes à bras pour le transport des bagages.

— Méfie-toi d'eux, l'avait prévenu le Breton. Ils se servent au passage.

Il lui avait proposé de l'accompagner au petit hôtel Ivory où il avait ses habitudes. Olivier l'avait remercié. Il avait une adresse tout près, indiquée par sa mère. La valise à la main, il traversa le premier pont aussitôt après les docks, puis le second, exactement comme elle le lui avait expliqué. Il entendait sa voix : « Fais attention. Ça circule dans le quartier du port. Et le trafic est sans doute encore plus important aujourd'hui qu'à notre époque ! »

Il vit tout de suite le Sextant Bar, rouge sang de bœuf, à deux étages, les parements bleus de ses ouvertures, à l'angle de la rue. Patrick et Bridget en avaient tellement parlé. Il avait l'impression de le reconnaître.

On venait à l'évidence de repeindre à neuf les murs avec le rouge qu'il avait dans la tête. Il s'en réjouit. Il eut envie de sortir son Kodak, mais la lumière était insuffisante.

Il s'approcha de l'enseigne bleue qui se balançait doucement en grinçant dans le soir, poussa la porte et une bouffée de chaleur odorante pleine de fumée et de vapeurs de bière l'assaillit. Un brouhaha de rires, de chansons, couvrait les notes d'un violon. Il s'avança dans la pénombre éclairée par la porte à double battant du fond, grande ouverte. Il vit des visages en sueur se relever sur son passage. Il demanda une chambre. Un jeune homme en tablier de cave lui fit traverser la cour de derrière, le précéda dans un escalier étroit dont les marches tournantes sentaient la vieille poussière, lui ouvrit la porte avec la clé qui portait son numéro de chambre sur une planchette.

Rien n'avait changé ici, probablement, depuis le passage de Patrick et Bridget. La chaux badigeonnée sur les murs était grise. Des restes de moucherons étaient prisonniers du verre de la gravure représentant un steamer dans le port de Cork. La peinture du lit de fer où Olivier se jeta était écaillée. Sa rouille tachait le coton jaune du couvre-lit. Bridget avait parlé des odeurs de gargote qui filtraient à travers le plancher.

Il se leva, vit par la fenêtre un homme traverser la cour dans les ombres de la nuit qui tombait. Bridget avait évoqué le défilé des clients aux cabinets du fond de la cour. Le défilé continuait depuis vingt ans.

Il ouvrit la fenêtre, respira les odeurs de saumure et de fumée du port. Le plancher de la chambre tanguait encore doucement après quarante-huit heures de traversée. Peut-être Patrick et Bridget avaient-ils occupé cette même chambre en attendant d'embarquer pour la France. Peut-être s'étaient-ils aimés sur cette cretonne. Il n'imaginait pas ses parents en train de s'aimer. Il se rappela les baisers de Marie la veille de son départ. Il en eut le désir. Ses parents étaient à peine plus âgés qu'eux. Ils étaient restés trois jours au Sextant. Peut-être avaient-ils conçu Olivier ici ?

Il resta longtemps dans le noir, bouleversé, à imaginer comme il ne l'avait jamais fait ses parents en fuite, son père courant dans le port sous la pluie à la recherche d'un bateau. Ils lui avaient dit qu'il tombait des cordes. Il regretta presque qu'il fît si beau. Il eût aimé pouvoir parler à Bridget et lui crier : « Maman, je suis dans une chambre du Sextant ! »

Il s'allongea sur le lit et vibra à tous les bruits de Cork qui entraient par la fenêtre.

Il tendit l'oreille au bourdonnement des voix qui s'élevaient du bar. Il y avait de la rocaille dans leur accent. Ces hommes parlaient, en roulant les *r*, un patois dépourvu d'aigus et de graves mêlé d'anglais et d'irlandais qu'Olivier avait du mal à comprendre. Mais il en reconnaissait l'accent, celui de ses parents. On est d'une langue comme on est d'un pays. La musique lui en était familière. Il pensa *ceol*, la musique, et se laissa porter par cette musique. Il y avait, bien sûr, la musique du violon, mais c'était surtout la musique des mots qui l'émouvait. Il entendit fuser des insanités d'une grossièreté énorme, barbare, intraduisible, qu'il eut plaisir à comprendre. Il se rappela en souriant le juron favori de son père : *Omadhaun* ! débile ! andouille ! connard ! cinglé ! Et la phrase célèbre que Bridget citait en l'adaptant : *Nil aon tintean mar do thintean fein !* « Il n'y a pas de coin de feu plus agréable que le nôtre ! » Ses jambes se mirent à vibrer comme lorsqu'il était descendu du bateau, parce que, d'une autre façon, il enfonçait profond le pied dans la terre de ses ancêtres.

Il n'osa pas descendre goûter sa première *stout*. Il se contenta des restes de pain dans son sac et de l'eau tiédie au fond de sa gourde. Le halo jaune et tremblant de l'ampoule à abat-jour de tôle sur le mur de la cour éclairait les silhouettes des buveurs qui traversaient à pas prudents. Il écouta la conversation de deux clients à la voix éraillée qui attendaient leur tour devant le cabinet. Ils philosophaient sur la douceur de la nuit et la clarté du ciel, le nez dans les étoiles. Il faillit se relever et les rejoindre aux *lithreas* pour le simple plaisir de la langue, la *ceol*.

Quelques lumières scintillaient parmi les maisons sur

la colline, confondues avec les astres. Il s'endormit en entendant la sirène d'un bateau.

Quand il s'éveilla, le lendemain matin, il tombait une pluie battante. Il rejoignit la gare, tout près du port, en rasant les murs, et eut envie d'une casquette de tweed comme en portaient les Irlandais.

Il aima cette pluie qui tombait à seaux et refusa d'entendre les lamentations de Le Guen, qui avait pris le même train que lui pour Galway. Patrick et Bridget avaient tellement ruminé ces ciels chargés d'Irlande. La musique de la pluie contre la voiture s'harmonisait avec les accents de la langue dans le bocal du compartiment aux vitres couvertes de buée. Il ne voyait rien. Les sièges étaient moites d'humidité. Des gouttes de condensation se formaient sur les boiseries et coulaient sur les parois comme des pleurs. Sa vareuse mouillée ne séchait pas.

Ses compagnons de voyage paraissaient insensibles aux arrêts et aux soubresauts du train dus au mauvais temps contre lequel Le Guen s'impatientait. Une jeune fille au chemisier à col Claudine cousait des motifs de patchwork sur un coussin de laine. Un vieux monsieur, à côté d'Olivier, lui tendit en souriant son journal, *The Independent*, qu'Olivier se mit à lire.

Ils changèrent de train à Limerick Junction. Une cataracte en furie dégringola des collines, au ras de la voie, et bondit sur le ballast où le train roula au pas. Le Guen sortit son paquet de ninas, en offrit à Olivier et à ses voisins qui fumaient la cigarette. La fumée âcre et tiède se mêla aux effluves d'humidité. Leurs cendres tombaient parmi les souillures du plancher.

La pluie s'arrêta quand ils descendirent à Galway. Olivier avait pensé filer vers Sligo, mais il était trop tard, les correspondances n'étaient plus possibles. Il accepta l'invitation à passer la nuit chez la sœur de Le Guen, un peu plus loin dans la crique de Barna. Et, comme leur voiture rejoignait la corniche sur la mer, le ciel imbibé de vapeur d'eau se déchira. Un pan de bleu se découvrit, aussitôt embrasé par les derniers feux du jour. Olivier, ébloui, essaya de prendre une photo mais, surtout, son œil émerveillé capta les explosions de couleurs qui illuminaient toute la baie. Des lueurs roses dansaient sur les vagues. Les touffes de bruyère scintillaient sur la roche grise. Les clochettes rouges des fuchsias frissonnaient parmi les houx vernissés de pluie. Des îles vertes et montagneuses, cernées de colliers d'écume, jaillissaient de la mer, là-bas, du côté de l'Amérique. Un mouton broutait à genoux à l'entrée d'une barrière.

Il mangea à la table de famille de ses hôtes O'Neill, dans la petite maison qui avait du mal à contenir leurs cinq grands garçons. Un Jésus-Christ en robe blanche dans un cadre, bras ouverts, fixait leur grande tablée. Il murmura la prière en lettres gothiques au-dessus de sa tête : « Christ, sois le bon berger de mon troupeau ! »

Olivier fut sensible aux grands yeux gris de Jeanne O'Neill, la sœur Le Guen, assise toute seule au bout de la table, le dos à la porte ouverte, qui regardait son monde d'hommes alignés de part et d'autre. Un frisson de plis tendres animait son visage et son sourire semblait dire : « Est-il possible que la plupart de ces grands corps soient sortis de moi ? » Peter O'Neill, le père, était un grand escogriffe aux favoris longs et ébouriffés comme des pattes de lapin. Il dévissait sans cesse le bouchon de la bouteille de Powers, d'un geste négligent, en parlant avec son beau-frère, et il remplissait leurs verres.

Le lit qu'Olivier partagea avec l'aîné des fils jouxtait la grange dont il n'était séparé que par une cloison de bois blanchie à la chaux. Il sombra très vite dans le sommeil en respirant avec un ravissement exalté par les ardeurs du whisky les odeurs de foin sec gorgé de soleil où il flaira un parfum de chèvrefeuille.

Il partit pour la gare, le lendemain matin, au petit jour, dans la brume blanche qui bouchait la vue sur la mer, sur la motocyclette de son compagnon de lit qui le déposa à l'heure à son train. Il regrettait de partir déjà. Il aurait aimé partager avec eux les sorties de pêche en mer et les parties de chasse dans les montagnes évoquées autour de la table. Il se dit que son voyage serait fait de rencontres trop brèves et de paysages vite aperçus.

Comme il n'y avait presque personne dans son compartiment, qu'une femme en noir, à chapeau cloche et lunettes cerclées de fer, le nez dans un livre qui ressemblait à un missel, il apprécia d'être enfin seul comme il ne l'avait jamais été depuis son départ. Il écrivit à Marie qu'il aurait aimé partager ce voyage avec elle, qu'elle lui manquait. Il ne mentait pas. En même temps il se disait qu'il comprenait mieux maintenant sa crainte de le voir partir. Il avait déjà l'impression d'être un voyageur qui rentre chez lui après une longue absence. Ses cheveux rouges n'étaient pas une curiosité, ici. Et ces tourbières, ces landes de bruyère, ces murets qu'il avait déjà vus en songe l'éloignaient à chaque tour de roue du petit garçon émigré qui courait dans les allées du parc.

Les averses et les éclaircies lumineuses se succédaient, accompagnées d'une floraison d'arcs-en-ciel. Les moins bien formés diffusaient quelques traînées irisées au-dessus d'un lac. Les plus majestueux dressaient des arcs triomphants d'une montagne à l'autre.

Il entra en gare de Sligo au milieu de l'après-midi. Il éprouva le même émoi sur le marchepied, le même tremblement des jambes que sur l'échelle de coupée du bateau à Cork. Son regard se perdit parmi les fumées de la locomotive transpercées par les trompettes d'un soleil éclatant. Des voyageurs poussaient derrière.

Il posa enfin le pied sur le quai. « Cette fois, papa, ça y est, la boucle est bouclée ! »

Il alla s'asseoir sur le banc du quai près d'une grosse femme coiffée d'un chapeau de paille noire qui avait une odeur d'herbe fraîche sous les grandes lettres d'une publicité Bovril. Il se sentait fourbu comme s'il avait mis toutes ces années à parcourir ce chemin à pied. Il était arrivé. Il entendait la voix de Patrick lui dire dans la canardière : « Promets-moi que tu feras le voyage à l'envers et que tu iras voir ce foutu pays ! »

« Voilà, p'pa, je suis là ! Merci, mon Dieu ! »

Il souffrait de douleurs dans les reins et les épaules, peut-être à cause de la mauvaise paillasse en paille de fèves des O'Neill. La femme bougea. Elle tourna vers lui sa figure ridée de vieille et lui demanda :

— Savez-vous à quelle heure est le car pour Roscomon ?

Il eut envie de lui répondre qu'il était étranger, qu'il ne savait pas qu'il existait un car pour Roscomon qu'il ne connaissait pas, mais il se réjouit qu'elle le prenne pour un autre. Elle avait déplacé ses pieds et, le buste tourné vers lui, elle le fixait de ses yeux blanchis par l'âge en lui souriant comme à un voisin ou un ami. Il n'eut pas envie de la décevoir et il interpella un cheminot qui passait.

Il avait tellement rêvé de Sligo qu'il fut déçu de découvrir une petite ville irlandaise ordinaire. Il s'attendait à de hautes façades peintes, à des églises aux clochers vertigineux.

Il descendit vers le port, s'accouda au pont sur la Garavogue. Il avait chaud. Sa valise était lourde. Sa vareuse n'y logeait pas. Son sac en bandoulière lui sciait l'épaule.

Un poisson ondulait parmi les chevelures d'herbe de la rivière. Olivier croyait la plage plus proche. Il hésita à s'installer à la terrasse d'un bar. Il aperçut une fontaine circulaire, s'assit sur sa margelle et but dans le creux de sa main sans être certain que l'eau soit potable.

Il repéra le lourd clocher de granit de l'église et se décida à se diriger vers elle. Bridget lui avait dit :

— Je ne sais pas si ça existe encore, mais il y avait, à côté de l'église et du presbytère, une pension tenue par les religieuses du Bon-Pasteur. Ça te coûterait moins cher. Elle est bien placée, près du port. J'en ai couru les couloirs aux réunions des Jeunesses chrétiennes.

Il s'approcha de la grande maison de pierre, lut l'inscription sur un carton à travers la vitre de la porte d'entrée : « Pension Sainte-Anne ». Il tira sur l'anneau de la clochette, le cœur battant, entendit des pas et un froissement de robe. Il n'était pas à son avantage, en sueur, en chemise, ébouriffé, fatigué.

La porte s'entrouvrit sur la coiffe d'une religieuse à la large figure rouge. Elle le dévisagea d'un œil méfiant, lorgna l'état de ses bagages, et se décida à ouvrir. Elle avait au moins la soixantaine. Elle était petite, large. Elle recula pour le laisser entrer avec sa valise.

Elle lui demanda qui il était, d'où il venait. Il ne lui apprit rien de plus que ce que ses papiers révélaient : il s'appelait Oliver Gallagher, il passait par Sligo au cours d'un périple en Irlande d'où ses parents avaient émigré pour s'installer en France.

Elle se dérida en découvrant qu'il était français. Des sœurs de leur congrégation vivaient à Paris mais elle n'avait pas eu cette chance. Elle n'était qu'une sœur portière qui aidait à la lingerie. Elle lui servit un verre de grenadine fraîche très sucrée. Olivier voyait qu'elle était curieuse d'en apprendre davantage sur lui, qui restait discret, parce qu'il y avait des risques. Bridget l'avait répété. Des chambres étaient disponibles en cette fin de mois d'août. Beaucoup de vacanciers étaient partis et les pensionnaires à l'année n'étaient pas de retour.

Le tintinnabulement du chapelet de la religieuse accompagna Olivier jusqu'au deuxième étage où elle l'aida à porter son sac. De lourds lambris de bois sombre couvraient les murs jusqu'au plafond. Des odeurs de cuisine, de détergent et de sueur se mêlaient aux relents d'eau croupie des vases qui fleurissaient partout des statuettes de la Vierge, du Sacré-Cœur et de saints inconnus, partout, sur des consoles et des tablettes. Olivier se pencha à la fenêtre.

— Elle donne sur le jardin du presbytère, lui dit la sœur.

Les allées se rejoignaient au pied d'une lourde pietà en pierre blanche. Il se dit qu'il lui faudrait faire une photo à partir de là pour Bridget. Le jardin était à l'ombre en cette fin d'après-midi. Des petits nuages blancs aux contours bien dessinés flottaient dans le ciel. La sœur était probablement là, vingt ans plus tôt, et elle avait connu Bridget.

— Le dîner est à 19 h 30.

Il n'osa pas pousser la porte de l'église ce soir-là. Il attendit la fin de la matinée du lendemain. Il était allé s'acheter une casquette en tweed ornée du *shamrock* dans le magasin conseillé par la sœur portière, qui s'appelait Benedict.

Il entra dans l'église par le portail du narthex. La pénombre le surprit. Il se signa. L'église lui sembla vide. Il s'avança dans l'allée centrale, la casquette à la main.

« Alors, c'est là, devant l'autel de la Vierge, que votre histoire a commencé ! »

Il s'assit sur un banc face au chœur. Une vieille charrue, un panier de briquettes de tourbe, une gerbe de blé, un bidon de lait, un agneau en peluche étaient disposés sur les marches autour de l'autel. Et ces outils, ces produits du travail des hommes prenaient dans ce chœur un caractère sacré qui le toucha. Il allait s'approcher pour regarder de plus près lorsqu'en se tournant vers le râtelier où brûlaient des cierges devant l'autel de la Vierge il aperçut, dans la lumière de la rosace du vitrail, une femme agenouillée.

Elle était inclinée, un voile clair sur la tête, telle qu'il s'imaginait que son père avait vu Bridget vingt ans plus tôt. Elle ne bougeait pas, tout à sa dévotion, les coudes sur le prie-Dieu. Le rayon de soleil rouge et bleu tombait droit sur elle. Olivier était plus ému qu'il ne voulait l'admettre. Des milliers de femmes étaient venues faire leurs dévotions à la Vierge depuis Bridget. Mais c'était une chance que cette femme se soit trouvée là. Il le dirait à sa mère. Il resta immobile et silencieux pour s'en emplir les yeux. Les lueurs des flammes faisaient frissonner la robe blanc et bleu de la Vierge aux mains jointes.

La femme à genoux n'était pas une statue. Elle devait être assez grande et fine. Il se décida à toussoter pour signaler sa présence. Elle pivota un peu la tête.

Une figure maigre aux joues profondément ridées se profila dans le rai de soleil bleuté. Il sourit.

« Celle que tu as vue n'avait pas ce visage-là, papa ! »

Il regretta qu'elle ne fût pas jeune et jolie. Il se releva, rejoignit le fond de l'église. La femme était toujours en prières.

L'après-midi, il alla voir les hauts murs de la clôture du séminaire. Il aurait bien aimé apercevoir des séminaristes mais c'étaient les vacances. Les lourdes portes de bois de l'entrée restèrent closes. Comment imaginer en soutane, le crâne rasé, son père au rire sonore et à la voix puissante qui chantait, la cigarette à la bouche, des airs traditionnels pour faire danser sa mère les soirs de vin gai ? Le carillon du clocheton joua les notes du cantique *Ave, ave, ave Maria.* Puis l'heure sonna. L'hymne marial nostalgique avait accompagné chaque heure de la vie de son père pendant son enfance et sa jeunesse, et Olivier en eut le cœur serré.

Le soir, au dîner, sœur Benedict traversa la salle à manger de la pension avec son chariot et, posant le plat devant Olivier :

— Vous, je crois que je vous ai déjà vu quelque part !

Il secoua la tête :

— Ce n'est pas possible, puisque c'est la première fois que je viens à Sligo !

— Vous n'avez pas de la famille, des oncles, des cousins ?

Elle lui avait appris qu'elle était au Bon-Pasteur depuis qu'elle était religieuse. Il nia encore.

— Non, personne.

Elle garda rivées sur lui ses prunelles opaques avec une sévérité qu'il n'avait pas perçue jusque-là. Il sentait d'ailleurs dans les railleries des convives, en majorité des prêtres, autour des tables, une dureté surprenante chez des hommes d'Église, à laquelle son pensionnat Saint-Joseph à l'atmosphère bon enfant ne l'avait pas habitué. L'Irlande n'en avait pas fini avec ses souffrances. Les prêtres avaient l'autorité. Les Irlandais étaient aux mains de leur Église, unique gardienne de leurs consciences et de leurs volontés. Il craignit d'être découvert et décida de ne pas prolonger son séjour dans la pension Sainte-Anne.

Il s'enfonça, le lendemain matin, dans les ruelles étroites aux pavés disjoints du port. Le soleil avait du mal à pénétrer entre les murs des venelles où le vent salé se ruait en ronflant. Il s'arrêta pour photographier un grand et vieux marin voûté que ses bottes de caoutchouc noir aidaient à tenir debout devant son mur où séchaient ses poissons. Puis il fut sûr d'avoir trouvé la rue que Bridget lui avait décrite et où elle avait vécu avec la tante Lucy. Il ne pouvait pas repartir de Sligo sans avoir essayé de voir la maison, et la tante, si elle était vivante.

Il s'approcha de la maison aux ouvertures d'un vert terni, passa devant le portillon dégondé de la cour envahie de mauvaises herbes. Un banc était appuyé au mur près de la porte ouverte à la peinture écaillée devant laquelle il passa une première fois, hésita, revint sur ses pas et s'enhardit à frapper, le cœur battant. Un bruit de savates traînées sur le carrelage lui répondit. Il vit paraître une tête aux cheveux gris un peu ébouriffés tirés en chignon, un corps puissant informe.

— Je cherche Mme Lucy O'Sullivan.
— C'est moi.

Elle avait du mal à respirer et se cramponnait au chambranle.

— Je suis étudiant. Je fais une étude sur le passé de Sligo...

Elle secoua la tête.

— Le passé ne m'intéresse pas. Il a été assez malheureux comme ça !

Olivier la voyait, bouche ouverte. Il entendait son souffle pleurer dans sa poitrine. Il eut pitié de ses traits fatigués, de ses bas noirs dans des savates de feutre éculées. Il s'attendait à une mégère et découvrait une pauvre femme qui n'était probablement ni meilleure ni pire que les autres, le tricot de laine informe mal boutonné. Il faillit rebrousser chemin et la laisser tranquille. Il dit cependant, en esquissant le mouvement de s'en aller :

— Votre mari était un marin ?

Elle avança le buste.

— Oui... Qui es-tu, toi ?

Il recula. Le soleil l'éclairait de plein fouet. Il vit les

paupières sans cils de la vieille tante Lucy se rapprocher et ses yeux pâlis le scruter.

— Tu me connais ?

Elle s'agrippa des deux bras à l'encadrement et haleta :

— Tu n'es pas...

Elle était maintenant sortie sur le seuil. Elle tendait son nez fort et pointu à la peau gaufrée.

— Est-ce Dieu possible que tu sois...

Il ne bougeait pas. Il se sentait fouillé par ces prunelles avides qui ne devaient pas bien y voir. Il les vit lancer un éclair.

— Tu es le fils de Bridget !

La tante était sortie de sa maison.

— Je savais qu'un jour tu viendrais !

Elle s'appesantit sur son banc. Elle scrutait encore Olivier de la tête aux pieds.

— Comment t'appelles-tu ?
— Oliver.
— Est-ce qu'elle est venue avec toi ?
— Non.
— Comment va-t-elle ?
— Bien.
— Et lui ?
— Qui ?
— Le séminariste !

— Mon père est mort. Elle a dit que vous seriez encore capable de la faire enfermer...

La poitrine lourde de la tante se soulevait difficilement. Elle y avait porté la main.

— C'est possible, haleta-t-elle.

Et puis :

— Tu vois dans quel état je suis... Je ne suis plus très dangereuse...

Elle ferma les yeux, le chignon appuyé au mur.

— Tu lui diras que tu m'as vue moribonde, elle sera contente.
— Non, elle ne sera pas contente.

Elle rouvrit les yeux, le regarda. Elle le laissa s'asseoir à côté d'elle. Elle vit sa casquette dans ses mains.

— Tu as acheté une casquette d'Irlandais ?
— Oui.
— Mets-la.

Il mit la casquette. Elle le regarda. Elle ne souriait pas. Elle ne devait plus en être capable. Ils étaient en plein soleil. Il y avait un vieux chapeau à la paille noircie et déchirée au bout du banc.

— Donne-moi le chapeau !

Elle le coiffa.

— Bridget m'a écrit pour me dire que tu existais. Je ne lui ai pas répondu. Elle ne m'a pas écrit pour m'avertir de la mort de ton père...

Elle se tut. Sa vieille figure grise creusée de rides était dans l'ombre du chapeau. Les soufflets de sa poitrine pleuraient.

— Tu as les cheveux rouges. Ils ont eu beau se sauver, tu ne peux pas cacher que tu es irlandais ! Quel travail fais-tu ?

Il vit qu'elle regardait ses mains.

— J'ai été étudiant. Je vais être professeur.
— Où ça ?
— En France.

Il vit une larme glisser le long de la peau molle de tante Lucy. Il était prêt à tendre la main et à serrer dans la sienne celle de Lucy qui tremblait sur son sarrau.

— Tu lui diras comme j'ai souffert et ce que je suis devenue à cause d'elle. Rien n'a été oublié. Et Dieu qui voit tout saura récompenser et punir pour ce qui a été fait.

Il comprit alors que vingt années n'avaient pas suffi pour pardonner. Elle pleurait sur elle. Elle voulait mourir avec sa colère et sa haine, et elle ne s'intéressait pas à lui. D'ailleurs elle soupira.

— Il fait trop chaud.

Elle enleva son chapeau de paille qu'elle posa sur le banc, se leva, s'approcha de l'encadrement de sa porte.

— Je ne te fais pas rentrer dans mon bazar.

Elle resta une seconde accrochée au chambranle, le dos tourné.

— Adieu.

Il hésita à lui répondre. Il était congédié. Elle disparut dans l'ombre de sa maison. Il murmura :

— Adieu.

Il attendit, écouta en se demandant si elle n'allait pas revenir, se leva. Un bruit de moteur montait du port dans le contrebas, et on entendait des piaillements de mouettes. Les rosiers de la cour étouffés par les mauvaises herbes n'avaient pas de fleurs. Il marcha vers le portillon de l'entrée en se retournant encore vers la maison dont la porte restait ouverte et silencieuse comme une bouche d'ombre. Un couple de guêpes y bourdonnait.

Il sortit dans la rue et se retourna avec son Kodak. Il prit, très vite, comme un voleur une succession de clichés. À qui irait la maison de la tante quand elle ne serait plus là ? Il dit à son père : « Vous avez bien fait de voler la boîte de son trésor avant de partir ! »

Il prit le car pour Ballina en début d'après-midi. La route sinuait sur les sommets des falaises de la baie. La mer immobile réverbérait la lumière aveuglante. Le car s'arrêtait dans tous les petits villages et l'odeur nauséabonde du diesel se mêlait à celle du caoutchouc et du cuir brûlant. Le chauffeur n'avait pas voulu mettre la valise d'Olivier dans le coffre et tous les passagers qui montaient et descendaient la heurtaient dans l'allée.

Il sortit le petit carnet où il prit quelques notes pour

Marie. Mais les cahots de l'autocar faisaient sautiller le carnet et le crayon entre ses mains et l'empêchaient d'écrire.

Une jeune fille en robe claire vint s'asseoir auprès de lui. Il n'avait fréquenté que des hommes, des bonnes sœurs et des vieilles depuis son départ. Il apprécia l'odeur de brillantine dans ses cheveux noirs. Il lui demanda en souriant :

— Comment s'appelle le village où nous sommes ?

Elle parut gênée et surprise. Elle tourna la tête autour d'elle pour vérifier si on la voyait lui parler et lui donna rapidement le nom. Elle serrait un cardigan léger dans sa main blanche tachée de son. Elle descendit au village suivant et d'un mouvement de tête elle le salua en attardant son regard vert sur lui.

Le car fila ensuite un peu plus vite sur une route plus droite entre des murets de pierre grise qui délimitaient des champs. Olivier pensa que son père avait contemplé la même mousse jaune et les lichens blancs sur les pierres quand il rentrait de son séminaire pour aller en vacances chez lui. Le car attendit une heure à Ballina et Olivier descendit errer au bord de l'estuaire de la rivière Moy si merveilleuse pour ses saumons, selon Patrick.

Il n'y avait que quelques petits bateaux dans le port endormi à cette heure de grande chaleur. Les vaguelettes venaient mourir sur les graviers de la jetée en silence. Les rues du village étaient désertes. Seuls, trois enfants jouaient pieds nus au football sur la place de l'église. Leurs souliers rassemblés au pied d'un arbre étaient ressemelés avec des bandes de vieux pneu.

Il demanda au contrôleur qui promenait sa boîte à tickets autour de son cou combien de temps il faudrait pour arriver à Pontoon.

— Oh ! un quart d'heure, vingt minutes.

Il hésita quand le car le laissa devant les baies vitrées

du grand hôtel des Lacs dont les fenêtres donnaient à la fois sur le Lough Conn et le Lough Cullin. Les chambres, destinées aux riches chasseurs et pêcheurs, devaient coûter cher. Mais le soleil allait bientôt se coucher. Bridget ne lui avait pas donné d'adresse puisqu'elle n'était jamais venue à Pontoon. Olivier était dévoré par l'envie d'une Guinness.

Il poussa la porte de l'hôtel. Un grand saumon aux yeux de verre, magnifique dans sa vitrine, le regarda entrer.

15.

Olivier s'est souvent rappelé le matin suivant. Quelques gouttes étaient tombées avant le jour et la lumière, lavée par la pluie, était d'une rare pureté. Les roseaux jaunissants et les rochers bruns se miraient dans les eaux immobiles du Lough Cullin étincelantes comme de l'étain. Mais à quelques mètres au-dessus, une dense buée bleue flottait, recouvrant les versants du lac jusqu'aux sommets des montagnes.

— Le Lough Cullin fume, dit le réceptionniste derrière son comptoir de sapin verni, c'est mauvais signe.

Olivier s'est dit, depuis, qu'il aurait dû y entendre un avertissement qui n'avait rien à voir avec le temps. Il aurait changé son programme, rien de ce qui s'est passé ne serait arrivé. Mais comment aurait-il pu s'en douter ?

Il sortait de l'hôtel des Lacs, en costume et cravate, la casquette sur la tête. Les cloches de l'église appelaient à la grand-messe. Entendre les noms du Lough Conn et Lough Cullin suffisait à lui donner chaque fois un coup au cœur. C'était comme si on avait lancé une pierre dans un puits profond dont l'écho extraordinaire se répétait à l'infini.

Il prit le chemin qui montait du lac vers le village de Pontoon. Il suivait une jeune fille, un missel de cuir à la main, qui se retourna pour traverser, et il reconnut sous sa mantille de dentelle noire la fille qui lui avait apporté l'omelette de son petit déjeuner. Des autos les dépassaient, pleines de familles endimanchées. Des portes de maisons s'ouvraient sur leur passage. Des gens en sortaient, se saluaient et prenaient la direction de l'église. Des petits groupes se formaient, d'hommes, de jeunes, d'enfants avec les femmes.

Les cloches lancèrent un dernier appel lorsqu'ils débouchèrent sur la place plantée d'érables. Olivier hésita un moment au fond de l'église qui achevait de se remplir. Des hommes, debout autour de lui près de la porte, se serraient la main et discutaient du temps, de la pêche, des pommes de terre, comme au pub. Il se risqua vers un banc qui lui semblait moins plein. Ses occupants, surpris, se reculèrent sur leur siège pour le laisser passer devant leurs genoux et rejoindre la dernière place au fond contre le mur. La jeune fille de l'hôtel avait rejoint le groupe des filles de la chorale.

La pluie crépita contre les vitres lorsque la messe commença. La lumière s'assombrit. Les flammes des chandeliers dans le chœur parurent plus vives. Olivier s'asseyait, s'agenouillait, et regardait avec curiosité les figures bosselées et les profils anguleux de ses voisins. « Ce sont peut-être des cousins, ou des oncles ! »

Il avait devant lui deux cous d'hommes au vieux cuir craquelé, creusé par une géométrie de damier et de losanges, plantés de longs poils gris. Il s'efforçait de se faire tout petit, parce qu'il se doutait qu'on se demandait ce qu'il faisait là.

Et puis il entendit le prêtre annoncer en chaire : « Je recommande à vos prières le repos de l'âme de Jack Gallagher, décédé brutalement hier, et dont la messe de sépulture aura lieu mardi prochain à 10 heures et demie en cette église. »

Il se demanda si l'accent, la fatigue ne l'avaient pas

trompé. Il avait mal dormi. La tante Lucy revenait sans cesse le hanter avec ses airs de harpie assise sur son banc. Il s'était tourné et retourné, exalté d'être couché au bord des fameux lacs Lough, tout près de l'embouchure de la rivière Moy frétillante de saumons dont lui parlait son père.

Le prêtre avait-il bien dit Jack Gallagher ? Un Gallagher à lui ? Jack ? Patrick avait-il un frère, qui s'appelait Jack, dont Olivier ne se souvenait pas ? Était-ce possible que, par un incroyable concours de circonstances, on annonce l'enterrement d'un proche de sa famille le jour où il arrivait à Pontoon ? En tout cas le prêtre avait bien annoncé un décès. Un murmure emplissait l'église. Les gens s'inclinaient pour chuchoter. Les têtes se tournaient, et convergeaient dans la même direction. Vers des Gallagher ?

Olivier eut envie d'interroger son voisin à la figure rouge, aux larges pommettes et aux cils blancs sur des yeux très clairs. Il resta à ressasser les paroles du prêtre dont la voix grave sonnait désormais comme un glas à ses oreilles et ne pria pas beaucoup pendant la seconde partie de la messe, essayant de se souvenir des prénoms de ses oncles, les frères de Patrick, où il ne trouvait pas de Jack.

Les grosses gouttes orageuses qui tombèrent à la sortie de l'église précipitèrent la dispersion des fidèles. Olivier avait pensé faire le détour par le cimetière, mais il s'élança à la première éclaircie suivie aussitôt d'une nouvelle averse. La porte d'un pub s'ouvrit devant lui dans la descente vers le lac et lui lança au visage sa bouffée chaude et odorante. Un buveur accoudé au bar, la pinte à la main, faillit le décider à entrer. Mais il avait l'esprit trop préoccupé par les Gallagher pour se laisser distraire.

Il arriva trempé à l'hôtel des Lacs, où il avait obtenu une chambre modeste, au rez-de-chaussée, près du couloir des cuisines. Sa fenêtre ne donnait pas sur le Lough Conn ou Cullin, mais sur une palissade derrière laquelle on rangeait les poubelles. Cette chambre était réservée au personnel en période haute.

Il se changea, désolé d'avoir mouillé son beau costume qu'il suspendit à un cintre, rejoignit la table de son déjeuner où il reconnut sa serviette. Les premières gorgées de Guinness le rassérénèrent. Des hommes en cravate, des femmes portant collier et talons hauts emplirent la salle à manger. Un pâle soleil essayait de se glisser entre les nuages plombés.

— Il pourrait bien faire chaud cet après-midi !

La jeune fille qui était à l'église lui apporta une assiette de mouton avec des légumes variés. La variété de légumes était en fait une variété de préparation de pommes de terre, frites, bouillies, et des *boxty*, des galettes comme les cuisinait Bridget. La fille portait un diadème blanc dans ses cheveux châtains, un étroit tablier de serveuse ourlé de dentelle sur une jupe noire. Un discret sourire frissonna sur la peau de pêche de ses joues rondes et roses. Il sut qu'elle l'avait vu aller à l'église. Elle lui souhaita bon appétit, la voix un peu rauque.

Il oublia son costume mouillé, les Gallagher, et il se sentit un dévorant goût de vivre. La jeune fille lui sembla plus gracieuse que sur le chemin. Elle lui tournait à peine le dos qu'il eut envie de la rappeler pour lui demander ce qu'avait vraiment dit le prêtre à l'église.

Il l'attendit longtemps. Un garçon vint desservir et lui apporter une part de cake très sec. Elle traversait la salle avec des couverts sur un plateau et, comme il désespérait de la revoir, elle se trouva soudain devant lui.

— C'était bon ? demanda-t-elle avec cette voix de gorge qui étonnait Olivier. Vous voulez autre chose ? Un café ?

— Je voudrais savoir si vous avez retenu le nom de la

personne que le prêtre a recommandée aux prières, à l'église, ce matin.

Elle fixa sur lui ses grands yeux marron, son assiette dans la main.

— Jack Gallagher, pourquoi ?

Olivier sentit que l'émotion le faisait rougir.

— Je m'appelle aussi Gallagher !

Elle se rapprocha, lança un regard derrière elle pour vérifier qu'on ne la voyait pas s'attarder avec un client. Elle parlait avec un débit rapide, tête baissée, les yeux à la hauteur des siens.

— Jack Gallagher est de votre famille ?

— Je ne sais pas. Vous le connaissez ?

— Oui. Il est de Pontoon. Il avait cinquante ans.

— Qui étaient ses parents ? Ses frères et sœurs ?

Elle regarda encore derrière, comme si elle avait craint d'être surprise. Un serveur s'affairait à une autre table. Il leva les yeux vers eux. Elle feignit d'enlever les miettes de la table d'Olivier.

— Il était le fils de John et Jane, dit-elle très vite. Ses frères sont Peter et Joe.

— Il était alors mon oncle, souffla Olivier.

Elle acheva de nettoyer sa table, rangea la carafe d'eau, prit le verre de Guinness vide.

— Alors, tu serais le fils du prêtre ? demanda-t-elle en le dévisageant.

La sueur ruissela sur les tempes d'Olivier.

— Je ne suis pas le fils du prêtre. Mon père n'a jamais été prêtre.

— C'est tout comme. C'est comme ça qu'on dit ici. Moi, je suis aussi de la famille de Jack Gallagher !

Ils échangèrent un regard. Elle était restée trop longtemps devant la table d'Olivier. Elle fit demi-tour, s'apprêta à s'éloigner, puis revint, et lui dit, très vite, en remuant à peine les lèvres :

— Je vais à la maison du mort, ce soir. On y va ensemble, si tu veux. On peut se retrouver à 6 heures à la sortie de Pontoon, après l'église.

La pendule de l'église sonnait le sixième coup dans la torpeur de la fin de l'après-midi lorsque la jeune fille surprit Olivier qui débouchait d'un chemin étroit après la dernière maison de Pontoon. Elle lui fit signe de rester de son côté et continua de son pas décidé.

Elle ne le rejoignit qu'après le tournant.

— Les murs ont des yeux et des oreilles !

Elle marchait d'un pas rapide. Elle était un peu moins grande qu'Olivier mais elle avait de longues jambes.

— Je m'appelle Helen.

— Et moi, Oliver.

— Je sais. Je l'ai vu sur le livre de l'hôtel.

Elle lui serra la main comme un garçon, ôta son chapeau de paille orné d'un ruban vert de la couleur de sa jupe et s'en servit pour s'éventer.

— Il fait chaud. J'ai marché vite.

La sueur collait ses cheveux sur son front, elle était essoufflée. Elle continuait à marcher d'un bon pas. La route sinuait parmi les aubépines au flanc de la colline. Les eaux du lac brillaient dans les trouées en contrebas. Des hirondelles pépiaient au-dessus d'eux en fondant sur les colonnes de moucherons qui tourbillonnaient comme de la fumée.

Ils marchaient vers le couchant. Elle dit :

— Ce n'est pas très loin. On sera bien vite arrivés.

Elle montrait de la main devant, vers le bas.

— Mon père ne m'a jamais parlé d'un frère qui s'appelait Jack. C'est étonnant. Du moins, je ne l'ai pas retenu.

— Jack était son nom de baptême. Tout le monde l'appelait Johnny, comme son parrain à qui il ressemblait.

Olivier hocha la tête.

— Alors, c'est lui le fameux chasseur et pêcheur que mon père admirait... De quoi est-il mort ?

— D'une angine de poitrine. Comment je vais te présenter ? Comme le neveu du mort, le fils de... comment s'appelle ton père, déjà ?

— Il s'appelait... Patrick. Le mieux serait que tu ne me présentes pas.

— Ils voudront savoir. On sera obligés.

— Qui es-tu, toi, par rapport au mort ?

— Je ne m'appelle pas Gallagher, je suis une McKenna. Mais le père de ma mère et le père de ton père étaient frères. Nous sommes cousins.

— Eh bien, tu diras que je suis ton cousin !

— Si tu veux.

Ils montèrent sur l'herbe du bas-côté parce qu'une voiture arrivait. La route devenait plus étroite. Un long mufle d'automobile d'avant le déluge les dépassa.

— Seigneur Jésus ! Peter Mitchell ! Tout le monde saura que j'étais sur la route, avec un inconnu !

Elle coiffa son chapeau.

— Je m'en fiche !

Elle dévisagea Olivier.

— Dire que tu es mon cousin ne leur suffira pas.

Elle le regardait fixement, sans gêne, dans les yeux, comme si elle voulait savoir ce qu'il avait derrière la tête.

— Il faudra que tu me parles de toi !

Elle rit.

— Je suis curieuse !

Elle tendit le bras.

— Nous sommes arrivés.

Elle montrait la maison devant elle, à la limite d'une vaste tourbière où étaient couchés des blocs de rochers noirs.

— C'est là.

Le chemin qui partait de la route et menait au cul-de-sac de la maison était encombré de voitures de chaque côté, des automobiles, mais surtout des véhicules à cheval, de toutes formes et de toutes dimensions. Des chevaux étaient attachés en grappes aux aulnes du bord du chemin. Les animaux, énervés par les moucherons, hennissaient. On se serait cru à une fête patronale. Du crottin chaud fumait. Les arrivants saluaient ceux qui partaient. Des enfants jouaient dans la cour, aux derniers rayons dorés du couchant.

— Tu vas prendre ton premier bain de famille, Oliver ! murmura entre ses dents sa cousine, qui baissait maintenant pieusement la tête et les yeux.

— Oui, Helen !

Ils entrèrent quasiment inaperçus dans la pénombre de la salle commune. La chaleur était étouffante malgré la porte ouverte. Les visages étaient rouges. On avait arrêté le balancier de la pendule. Les gens se pressaient autour de la grande table garnie de sandwiches au pâté, d'assiettes de boudin et de saucisses en tranches, de saumon et de brochet fumés. Une femme versait du thé dans les mugs avec une grande bouilloire. Ça sentait la bière et le whisky. Des cris et des rires mal contenus fusaient. De la cendre de cigarette tombait parmi les plats.

Tous les visages se tournèrent vers Helen et Olivier quand ils entrèrent dans la salle mortuaire silencieuse. Il ne vit rien, d'abord. Il sentit les yeux sur les bancs, les chaises au milieu et contre les murs, braqués sur lui. Il laissa Helen s'avancer vers la lumière des cierges et le bénitier, et puis il vit le mort, livide, en costume noir sur l'oreiller et les draps blancs.

Jack Gallagher n'avait rien de commun avec le héros des lacs et des landes qu'il imaginait. Il était un pauvre homme au crâne fuyant et dénudé, presque un vieillard aux mains épaisses sur son chapelet, déformées par le travail. Olivier gardait le souvenir d'un père de trente ans, grand, fort, jovial, aux cheveux blonds drus et bouclés, qui n'avait pas vieilli et ne ressemblait pas à ce cadavre exsangue aux joues creuses et au nez busqué. Il cherchait en vain un air de famille avec ce Gallagher rabougri comme un vieux corbeau, au point qu'il se demandait s'il ne s'était pas trompé ou s'il ne s'était pas laissé convaincre trop vite par les certitudes d'Helen.

Il prit conscience, à l'insistance des regards, qu'il avait assez stationné au pied du lit et se recula. Des gens s'inclinèrent et chuchotèrent. Une femme parla à Helen. Un rire d'homme, comme un gloussement, jaillit de la pièce à côté. Un chapelet fut agité. Une femme s'agenouilla et proposa la récitation d'une dizaine. Les hommes se levèrent, les femmes s'agenouillèrent.

Olivier regarda la femme éplorée au chevet du défunt et supposa qu'il s'agissait de son épouse. Elle aussi était une vieille chose sans comparaison avec Bridget plus jeune. Mais n'était-ce pas aussi à cause de la vie paisible de sa mère au pavillon ? Elle était infiniment plus belle que cette vieille aux traits lourds et au corps déformé.

L'odeur douceâtre de la mort se mêlait à la fumée des cierges et aux relents de sueur des vivants. Un drap blanc masquait un grand miroir sur le mur. Après le silence du Gloire au Père, le brouhaha de la salle d'à côté parut plus bruyant. Des visiteurs s'avancèrent pour bénir le corps avant de partir. Olivier suivit Helen.

— On va manger quelque chose, dit-elle quand ils rentrèrent dans la salle bruyante. Ça te fera ça de moins à payer à l'hôtel.

Un homme mûr, à l'épaisse chevelure grise mal peignée, se pencha en éteignant son mégot dans sa canette de *stout*.

— Alors, tu es un cousin de la petite cousine, *boy* ?
Olivier hocha la tête.
— D'où tu viens ?
— Je suis venu avec elle à pied de l'hôtel de Pontoon.

Il profita de ce que quelqu'un posait la main sur l'épaule de cet homme et lui parlait pour s'éloigner. Il avait une furieuse envie de partir et en même temps il était curieux de prolonger ce bain de famille. Une bouteille de sherry circulait. Helen leva sa tasse fumante à sa santé en articulant dans le bruit, à distance : « Prends un verre ! » Il s'approcha. Ses deux voisines en noir le dévisagèrent. Il se demanda si Helen n'avait pas déjà trop parlé. Il avait soif. Il prit une canette.

Helen tendit sa tasse sous son nez. Il respira une chaude vapeur de whisky.

— Tu ne connais pas ? C'est bon ! C'est du thé chaud au Tullamore.

L'homme aux cheveux gris choqua sa canette contre la sienne.

— À ta santé, cousin !
— Ce n'est pas cousin, qu'il aurait dû dire, souffla Helen à l'oreille d'Olivier, c'est mon neveu... C'est ton oncle, Peter. Il habite dans la maison de famille, où ton père est né, de l'autre côté du lac.

Le cœur d'Olivier cogna dans sa poitrine. L'oncle Peter, l'aîné de la tribu ! Il tendait le cou et semblait le chercher dans l'agitation de la salle. Ses petits yeux cernés de plis le trouvèrent, et il lui sourit en buvant et en écoutant parler ceux qui l'entouraient. L'avait-il reconnu, plus ou moins vaguement ? Ou se faisait-il d'autres idées ? Le prenait-il pour le petit ami d'Helen ? Olivier se demandait s'il n'aurait pas dû se précipiter et lui dire : « Mon oncle, je suis le fils de Patrick ! » Mais il ne fallait pas aller trop vite. Il était venu visiter l'oncle

Johnny. C'était déjà une incroyable introduction dans la famille. Aurait-il pu imaginer, la veille, qu'il allait se retrouver devant le lit de mort du plus grand chasseur de bécasses et de grouses du comté ?

Il sortit le premier dans la cour où les ombres de la nuit avaient commencé à se déployer. Des hommes y fumaient et parlaient de leurs affaires. Il tira une cigarette de son paquet, croisa le regard de deux jeunes gens et pensa qu'ils étaient peut-être des cousins. Le tas de fumier fumait. On s'était occupé des bêtes. La vie continuait.

Il avait levé le nez au ciel qui, à cette heure, lui paraissait immense. La bière qu'il avait bue ajoutait à son exaltation. Les premières étoiles s'allumaient. Quelques nuages faufilaient leurs silhouettes discrètes dans l'ombre de la nuit. L'étain du lac, dont le métal réverbérait les derniers éclats du jour, approfondissait l'espace. Un héron passa en battant lourdement des ailes dans son vieux costume de cérémonie. Il faisait encore chaud et lourd. Olivier souleva sa casquette qui lui collait au front et s'adressa à son père : « Ce serait bien si tu me répondais ici. »

Ce fut Helen qui lui répondit.

— Qu'est-ce que tu disais ? Tu parlais tout seul ? Tu as vu un *teaghlach lan-ghaelach*, un foyer irlandais typique. On s'en va ?

Il y avait déjà moins de véhicules. Elle connaissait tout le monde et elle chuchotait les noms à Olivier. Il avait du mal à s'y retrouver dans les embranchements de l'arbre Gallagher qu'il découvrait. Elle riait. Ses reniflements amusés n'étaient probablement pas sans lien avec les vapeurs du whisky dans le thé chaud.

Ils durent encore se ranger dans l'herbe pour laisser passer une voiture. Les phares des autos saupoudraient de jaune le paysage. Elle lui demanda dans le noir :

— Tu aurais une cigarette pour moi ?

Il sortit son paquet de Victoria et elle en prit une en tâtonnant. Elle tira le poignet d'Olivier vers elle pour approcher la flamme du briquet. Ses yeux luisaient comme du caramel brûlant. Il sentit son souffle sur ses doigts et son visage.

— Mon frère, Frank, va pêcher le brochet demain sur le lac, ça te plairait d'aller avec lui ?

Elle appuyait familièrement sa main sur son bras.

— Bien sûr.

— Méfie-toi, c'est un ours. Je lui dirai de passer te chercher.

Ils entrèrent dans Pontoon. Des portes étaient ouvertes sur la rue à cause de la chaleur. Les tintements de couverts et d'assiettes se répétaient d'un seuil à l'autre, entrecoupés de bruits de voix. Des nuées de moucherons virevoltaient, attirées par les flaques de lumière sur les seuils. Un chien les suivit quelques mètres en silence et s'en retourna. Quelqu'un les salua, qu'ils n'avaient pas vu, assis sur une chaise derrière le massif d'hortensias de sa maison. Une voix feutrée et douce de femme chantait à la radio *Eireann*, une chanson d'amour interrompue par les craquements du poste.

La nuit était maintenant complète. La lune était une toute petite faucille dans le grand champ du ciel où les nuages passaient.

— Imagine qu'en ce moment ma mère, en France, est peut-être en train de regarder cette même lune.

Helen chantonnait la chanson qu'ils avaient entendue à la radio.

— Connais-tu la chanson de Molly Malone ?

Helen entonna lentement le refrain :

> *Alive, alive-O !*
> *Crying cockles and mussels...*

Sa voix rauque et vibrante convenait à la poignante nostalgie de la ballade. Ils chantèrent doucement ensemble

I first set my eyes on sweet Molly Malone...

jusqu'à ce qu'ils rejoignent les lumières de l'hôtel des Lacs.

Frank passa prendre Olivier au début de l'après-midi du lendemain. Sa barque bleue était tout près, dans les roseaux du Lough Conn. Il pêchait le brochet au vif et avait emporté sur son vélo un seau frétillant de petits poissons. Il chargea son matériel de lignes et d'une épuisette et grogna à Olivier de s'asseoir sur le banc.

Il avait ôté ses chaussures et retourné les jambes de son pantalon. Il poussa la barque dont la quille racla les graviers, sauta lestement à bord.

Sa rame effleurait l'eau lisse comme pour éviter de la rider. La barque provoquait un friselis de sillage qui remuait le reflet du ciel et s'évanouissait dans le miroir blanc. Il faisait beau. Quelques filaments de nuées flottaient dans les hauteurs. L'embout des rames pivotait sans bruit dans les tolets.

Frank McKenna n'avait adressé que des mots utiles à Olivier depuis son arrivée, comme s'il était mécontent de sa présence. Il lui avait dit :

— Bonjour. Je suis le frère d'Helen. C'est toi qui veux venir à la pêche ?

Et puis il lui avait commandé, lorsqu'il était monté dans la barque :

— Bouge pas. Reste assis !

Helen l'avait prévenu : son frère était un ours. Il regardait vers la crique et la rive de rochers à pic, devant, comme si Olivier n'avait pas été là. Sa longue figure pointue semblait avoir été écrasée sous une presse. Des épis de cheveux, couleur de roseau, rebiquaient dans tous les sens hors de sa casquette de toile bleue.

Il désigna la roche noire vers laquelle ils glissaient.

— Si tu veux nous tenir !...

Olivier tendit le bras. La barque vibra. Frank McKenna sortit de sa boîte une longue aiguille qu'il enfila sur le dos d'un poisson auquel il fixa un hameçon avec un gros bouchon rouge à l'extrémité du fil. Il commanda à Olivier :

— Tu peux lâcher.

Il poussa doucement la barque vers les algues vertes au ras de la rive, posa dans l'eau le poisson cousu par le dos qui se mit aussitôt à nager. Le bouchon rouge frissonna, remué par les mouvements du petit poisson. Franck forma ainsi un maillage régulier sur tout le cercle de la crique.

Et puis ils s'éloignèrent comme ils étaient venus, sans bruit. Ils allèrent vers la berge plus déclive où la tourbière fleurie de bruyère venait mourir. Il sortit sa canne et ses cuillers et les lança autour de lui. Il le faisait avec la même adresse que pour les rames, comme si la ligne avait été le prolongement de son bras. Il envoyait la cuiller à quelques centimètres du bord et enroulait sans provoquer une ride. Il recommença, incessamment, les sourcils joints, la visière sur les yeux pour se protéger du soleil. Chaque fois qu'il lançait la ligne, ses lèvres s'entrouvraient et découvraient ses dents pointues. Pas une fois il ne demanda à Olivier de prendre les rames, pour lui éviter d'avoir à poser sa ligne.

Le silence bruissait de grésillements d'insectes, de cris effrayés de poules d'eau, de vols de corbeaux et de mouettes qui filaient en poussant leurs cris hideux d'un bord à l'autre du lac. Les cloches de Pontoon sonnèrent l'heure. Des moteurs ronronnèrent sur la route qui montait au village. Olivier se brûlait les yeux à fixer l'étendue plane écrasée de soleil. La brume de chaleur tremblait sur les tourbières. Et les montagnes, derrière, semblaient vibrer. Il essaya d'interroger Frank.

— Tu ne pêches pas le saumon ?
— Il n'a pas assez plu.
— Il faut beaucoup de pluie pour les saumons ?

Frank lança sa cuiller et ne répondit pas.

Olivier imagina Patrick, son père, sur le Lough Conn. Il comprenait pourquoi conduire la yole à la ningle dans les marais de Beauvoir avait été un jeu d'enfant. Il se demanda s'il n'aurait pas mieux fait d'aller poursuivre ses recherches autour de Pontoon plutôt que de s'isoler avec ce taciturne qui faisait comme s'il n'existait pas.

Et puis, alors que Frank rembobinait, l'extrémité de la canne ploya. L'eau fut brassée par un remous. Le fil vibra. Frank rembobina plus lentement en laissant la canne agir à droite, à gauche, là où l'entraînait le fil, sans rien lâcher.

Olivier vit surgir un mufle plat, des dents féroces.

Le dernier combat de la bête se livra à quelques mètres de la barque. Elle jaillit hors de l'eau en se débattant, amorça un demi-tour vers le large. Olivier avait approché l'épuisette. Frank la glissa sous le poisson, le souleva et le renversa dans la barque.

Les ouïes du brochet crachaient le sang. Les rayures jaunes sur son dos ruisselant scintillaient au soleil. Frank défit, sous la menace, l'émerillon qui reliait la ligne à l'hameçon planté dans la gueule.

— Combien fait-il ?
— Neuf livres.

Il reprit les rames.

— On va voir les vifs !

Il revinrent vers la crique. Le brochet gonflait son ventre et s'agitait sur le plancher. Trois bouchons rouges s'étaient retournés du côté du blanc. Deux vifs avaient été dévorés sans rien prendre. Un brochet était pris à l'hameçon du troisième. Le fil était robuste. Frank laissa

Olivier soulever la bête, sensiblement plus grosse, avec l'épuisette.

Les deux poissons, la gueule béante sur les planches, le fil d'hameçon entre les dents, avaient détendu Frank, devenu presque volubile.

— Celui-là, il faudra lui ouvrir le ventre pour récupérer l'hameçon.

Il montrait le brochet qu'Olivier avait sorti de l'eau.

Olivier lui offrit une cigarette. Frank chercha dans sa boîte, en sortit une canette et s'adjugea une longue lampée.

— Tu n'as rien à boire ? demanda-t-il.

Il tendit sa canette à Olivier. Et, tandis qu'Olivier goûtait la bière tiède :

— Veux-tu que je te montre la maison de ton grand-père ?

Ils remontèrent plus loin sur l'eau lisse comme du verre. Olivier crut reconnaître la maison de Johnny. Ce que Frank confirma. Et puis il tendit la main de l'autre côté un peu après. Olivier se dressa. Alors c'était la maison de son père ?

Elle était à mi-pente, tournée vers le lac, très basse, comme si elle avait voulu rentrer dans la montagne.

— Elle n'est pas haute.

— C'est normal, à cause du vent et de la pluie. Des jours comme aujourd'hui sont rares.

— C'est pourquoi on a pris des brochets ?

— Justement, non.

Est-ce qu'il l'imaginait plus grande ? Sûrement, dans ses rêves d'enfant, parce qu'ils y vivaient nombreux. Ses pierres se confondaient avec celles de la colline et des murets, mais les encadrements des deux portes et des deux fenêtres peintes en rouge étaient badigeonnés à la chaux. Elle devait être constituée de deux petites pièces, plus l'appentis sur le côté.

— Tu crois que les portes étaient déjà rouges ?
— Je ne sais pas. Je les ai toujours connues rouges.
— C'est Peter qui habite là maintenant ?
— Avec sa femme et ses enfants.

Les moutons marqués à l'encre violette, qui paissaient l'herbe verte derrière les murets, devaient être à lui. Des poules couraient dans la cour. Un gros chien noir était allongé sur le seuil. La grange, perpendiculaire à la maison, tournait le dos à l'ouest et servait de coupe-vent. De vieux pommiers moussus dégringolaient sur le côté. Les saules rabougris de la tourbière montaient vers eux comme à l'assaut. Les joncs mangeaient les prés bas.

Le cœur d'Olivier se serra. Il pensait à la misère, aux pommes de terre dévastées par les doryphores, à la famine, et à son père réfugié par chance dans le séminaire de Sligo. Il contemplait les larges buissons d'aubépines, violets et rouges de digitales et de fuchsias, les bruyères bleues sur la tourbière, le toit de tôle de la construction de pierre décatie qui devait servir de bergerie. C'était beau et triste. La richesse n'était toujours pas venue. La misère affleurait encore, menaçante.

Une femme parut sur le seuil. Peut-être les avait-elle aperçus. Le chien se leva.

— Kate, dit Frank, la femme de Peter.
— Le chien de chasse de grand-père, formidable pour la bécasse, s'appelait Cromwell !

Frank sourit, surpris qu'Olivier lui apprenne quelque chose sur le pays.

— Cromwell ?
— Apporte, Cromwell ! Bon chien, gentil toutou !
— Allez, il faut s'en retourner !

Olivier resta tourné vers la petite maison où flambaient les rayons dorés du couchant, jusqu'à ce que le bateau oblique et qu'elle disparaisse.

Il se demandait comment Frank allait s'y prendre pour

transporter ses brochets sur sa bicyclette. Frank l'accompagna à l'hôtel. Il vendait sa pêche à l'hôtel des Lacs.

L'enterrement de Jack-Johnny Gallagher était prévu à 11 heures, le lendemain, mardi. Olivier monta au village avec Helen. Ils attendirent l'arrivée du corbillard au milieu des gens qui se rassemblaient autour du porche de l'église.

Des hommes qui sortaient du pub-alimentation au bout de la rue en rajustant leurs chapeaux et leurs casquettes se dirigeaient vers les lauriers du bord du cimetière. Olivier avait mis sa chemise blanche, sa cravate et son costume. Helen portait un long gilet de laine grise qui descendait jusqu'au bas de sa jupe. Le temps menaçait. Le vent nerveux poussait de lourdes nuées. Elle avait pris un parapluie.

Le cheval arriva, tirant le corbillard à plumets. Le curé sortit sous le porche avec ses enfants de chœur et la croix. La lourde chape noire l'écrasait. Il enleva et remit sa barrette, ouvrit son livre et lut, mais le vent emporta ses paroles. Quatre hommes sortirent le cercueil de bois clair et le portèrent sur leurs épaules. Olivier se chercha une place parmi les hommes. Helen lui fit signe de monter plus haut avec la famille. Il vit Frank et s'approcha de lui.

C'était la deuxième fois qu'il venait dans cette église en trois jours. Il se demanda avec angoisse si la mort ne le poursuivait pas à la trace. Le prêtre agitait son encensoir autour du cercueil. L'harmonium accompagnait les chants latins funèbres : *Dies irae, dies illa...*

Les cierges du catafalque éclairaient l'inscription en lettres gothiques sur le mur de l'arche au-dessus du chœur : *God is good*.

Les quatre hommes portèrent le cercueil dans le cimetière sous une bruine de moins en moins fine que le vent cinglait. L'allée centrale était garnie de graviers blancs, mais les souliers collaient dans les allées latérales de terre nue. Les gens s'abritèrent du vent et de la pluie contre les lauriers. Olivier prit la file qui s'avançait pour bénir le cercueil et murmurer les condoléances à la famille. Il se pencha pour regarder le trou dans la terre noire et le rocher. Le mouvement l'entraîna malgré lui, la gorge nouée, vers l'alignement des parapluies de la famille.

Il serra la main de la veuve de l'oncle, continua avec ses enfants et comprit qu'ils savaient tous qui il était. Helen et Frank avaient parlé. Ils le regardaient avec méfiance. Même les jeunes lui prenaient le bout des doigts comme s'il était porteur d'une maladie contagieuse. Il ne s'attendait pas à des débordements d'affection dans ces circonstances, mais il eut mal de défiler, sous la pluie, devant ce long alignement de la famille qui le scrutait avec curiosité en silence.

L'oncle Peter, pourtant, retint sa main et lui demanda :
— Alors tu es le fils de Patrick, *boy* ?
— Oui.
— Comment t'appelles-tu ?
— Oliver...
— Oliver Gallagher, répéta l'oncle avec des plis de sourire au coin des yeux. Veux-tu que je te montre la tombe de la famille ?
— Oui.

Il sortit de dessous les parapluies, accompagné de l'oncle Joe, qui serra à son tour la main d'Olivier. Celui-là ressemblait davantage à Patrick. Il était grand, les pattes de ses favoris blancs frisaient au bord de sa casquette. Ils l'accompagnèrent devant une croix de fer rouillée. Des plaques portaient les noms du grand-père et de la grand-mère Gallagher gravés au poinçon avec les dates.

— Le père est mort il y a un peu plus d'un an, dit Peter en se signant.

— Je lui ai écrit. Il ne m'a pas répondu. Vous avez vu les lettres ?

Peter, gêné, bougea, d'un pied sur l'autre. Il soupira :

— Non... Le père n'était pas du genre à écrire.

— Est-ce que votre petite sœur Molly est enterrée là ?

Les deux frères se regardèrent et sourirent.

— Patrick t'a parlé d'elle ? Oui, elle est là. Il faudrait que nous mettions une plaque. Tu loges à l'hôtel des Lacs ? Où Patrick est-il enterré ?

— À Beauvoir, en Vendée, où nous habitons avec ma mère.

— Ça se passe bien, là-bas ?

— Ça va.

— Qu'est-ce que tu fais ?

— Je vais être professeur.

Ils hochèrent la tête. Olivier se crut adopté. Les mains de l'oncle Joe, vrillées de veines violettes, ressemblaient à celles de Patrick. Un rosier nain, aux fleurs rouges en boutons, presque sauvage, poussait sur la tombe. L'herbe qu'ils piétinaient exhalait un parfum de menthe. Les femmes de Peter et de Joe s'approchèrent avec leurs parapluies.

— Vous venez ? Vous allez être trempés à rester comme ça !

Elles les prirent sous leurs parapluies noirs. Les deux oncles lancèrent à Olivier des regards gênés. Toute la famille prenait la direction de la sortie. Olivier se retrouva tout seul. Le fossoyeur et son acolyte, armés de leurs pelles, avaient déjà commencé de refermer la fosse de Jack Gallagher, comme s'ils craignaient qu'elle ne se remplisse d'eau. La cloche de l'église s'agita, sonnant l'angélus.

Olivier redescendit le village de Pontoon en s'écartant des murs à cause des gouttières. Son beau costume allait être un peu plus fripé. La pluie avait vidé la rue, sauf devant les pubs où des véhicules stationnaient, les longes des chevaux à l'anneau. Une voix le héla. Il ne se retourna pas. Helen le rattrapa avec son parapluie.

— Mets-toi à l'abri ! Tu vas être mouillé jusqu'aux os !

— C'est trop tard ! C'est fait ! Je m'en fous !

Elle prit son bras.

— Tu n'es pas content ?

— Ils sont durs. Je suis le fils de l'enfant prodigue.

Il avait envie de pleurer.

— Je partirai demain !

Sa gorge lui faisait mal. Helen serra son bras.

— Ils sont comme ça ! La vie est difficile. Les familles sont grandes. Ils ont assez de leurs enfants et petits-enfants.

— Ils sont partis sans me dire au revoir, sans un mot, parce qu'il pleuvait.

— Ils sont tous partis chez Johnny où ils vont manger et boire, et ils ne t'ont pas invité !

— Tu étais invitée, toi ? Pourquoi tu n'y vas pas ?

— Quand j'ai vu qu'ils se sauvaient comme des voleurs, j'ai compris. Tu peux être sûr que tout le monde à Pontoon sait maintenant que le fils du défroqué était à l'enterrement de Johnny.

— Mon père n'est pas un défroqué !

— Il portait la soutane !

— Mais tu n'as pas peur, toi, de t'afficher à côté de moi ?

Elle éclata de rire, le regarda dans les yeux avec sa grande franchise si impressionnante.

— Moi !...

Des gouttes perlaient à la visière de la casquette d'Olivier. Elle la toucha.

— Tu es comme un chat mouillé ! Enlève ta casquette. Elle est gorgée comme une éponge !

Olivier l'enleva.

— Ma belle casquette irlandaise !

— J'ai mon après-midi, aujourd'hui, à cause de l'enterrement. Si tu veux, je t'emmènerai dans la montagne à Windy Gap. Tu sais pédaler ? Je te prêterai le vélo de mon frère...

— Il voudra me le prêter ?

— Il ne le saura pas. Il est au repas d'enterrement ! Ce n'est pas plat. Ça monte. Il ne va pas pleuvoir toute la journée !

La main d'Helen lui faisait du bien. Il la sentait vivante et chaude sur son bras, et sa chaleur chassait le froid de la mauvaise pluie et l'indifférence et les préjugés de la famille. Elle tourna vers lui son nez mouillé d'une perle de pluie et le fixa avec un sourire malicieux.

Une pinte de Guinness lui fut servie à table avant qu'il l'ait commandée.

Helen vint avec son diadème et son tablier blanc lui apporter une assiette de poisson fumant.

— Je croyais que tu ne travaillais pas ?

— Ce n'est pas au menu, chuchota-t-elle. Le chef l'a préparé pour toi. C'est le brochet que tu as pêché hier.

— Et la Guinness, c'est toi ?

— C'est le cadeau de l'oncle Johnny que la famille ne t'a pas invité à prendre chez lui !

Il pleuvait encore. Les nuages rabotaient les eaux du Lough Conn et du Lough Cullin. Les gouttes étaient serrées, l'horizon bouché.

— Le temps peut changer très vite. Je passerai frapper à ta porte dès que le ciel s'élèvera.

À 3 heures, les vagues de nuages se bousculaient toujours sur Pontoon. Helen frappa à la porte d'Olivier. Son regard curieux balaya sa chambre. Elle avait mis de grosses bottines, un caoutchouc à capuchon sur ses épaules.

— Qu'est-ce qu'on fait ?

Elle approcha le nez de la fenêtre.

— On dirait que le soleil veut percer !

Elle se retourna.

— Ta chambre n'est pas grande. J'espère qu'ils ne te la font pas payer trop cher. La mienne est mieux située !

Elle logeait sous le toit, dans une chambre mansardée. Ses parents habitaient Pontoon, mais ce n'était pas prudent de rentrer chez elle à la fin de son service tard dans la nuit.

— Qu'est-ce qu'on fait ? On peut prendre les vélos et pédaler dans la montagne, on n'est pas en sucre. Mais on ne verra rien, si on reste tout le temps dans les nuages !

Elle avait laissé la porte entrouverte. Olivier la ferma.

— On peut attendre encore un peu.

Il lui offrit son unique chaise, s'assit sur le lit.

— Tu veux une cigarette ?

Ils fumèrent en silence.

— Si on allait seulement marcher un peu au bord du lac ?

— Si tu veux, dit-elle.

Ils sortirent. Le vent, qui soufflait par brusques rafales glacées, retourna le parapluie d'Helen.

— Hier on était en été et aujourd'hui presque en hiver !

Elle prit le bras d'Olivier dès que les fenêtres de l'hôtel eurent disparu. C'était comme un geste habituel et spontané. Tout, d'ailleurs, semblait spontané dans les gestes d'Helen. C'était ce naturel qui était si plaisant chez elle.

Ils eurent très vite l'impression de se trouver au bout du monde sur la route étroite et mouillée du lac parmi les fumées de nuages que le vent précipitait sur eux. Ils étaient seuls. Le temps bouché dissuadait de circuler et ils ne rencontrèrent pas une voiture. Ils criaient pour se parler. Ils évitaient les bruyères gorgées d'eau qui poussaient presque sur la route. Des ruisseaux couraient sur la terre noire et traversaient le chemin devant eux, suivant la pente vers le lac.

Des masses sombres surgirent soudain de la brume, des dos noirs, des épaules de rochers énormes sortis du lac et venus s'endormir d'un repos éternel sur la lande. Le rideau des nuages s'était entrouvert et ils découvraient, saisis, les eaux du lac, froissées comme de la moire par les souffles désordonnés du vent.

— C'est un paradis noir ! murmura Olivier, troublé.

Helen glissa son bras plus profond sous le sien.

— Je t'adore, petit cousin !

Ses cheveux défaits et mouillés collaient à ses oreilles et ses joues sous la capuche.

— Je suis content de faire cette promenade avec toi !

— Moi aussi !

Elle se serra encore plus près et, en marchant, il sentit sa hanche bouger contre la sienne.

Ils firent demi-tour. Ils croyaient qu'ils auraient le vent dans le dos. Mais le vent tourbillonnait et les gênait autant. Tout doucement l'eau s'était mise à ruisseler du pantalon d'Olivier dans ses chaussures. Il avait enfoncé sa casquette jusqu'aux oreilles.

16.

Helen vint frapper à la porte de sa chambre avec une théière, des tasses, alors qu'il était encore nu-pieds sur le plancher. Il rougit. Elle fit comme si elle n'avait rien vu, posa le plateau sur le guéridon. Elle s'était changée très vite. Elle avait mis sa longue veste de laine sur ses épaules.

Elle ressortit. Il s'empressa d'enfiler ses chaussettes. Elle revint avec une bouteille de Tullamore et une lueur espiègle scintilla dans sa prunelle.

Elle s'affaira à verser l'eau chaude sur le whisky sucré auquel elle avait ajouté des clous de girofle, tourna avec la cuiller et le donna à Olivier.

— On appelle ça un *night cap*, un bonnet de nuit. C'est ce qu'il y a de mieux pour se réchauffer avant de dormir.

Elle prépara la même mixture pour elle et, le nez dans les vapeurs du whisky chaud :

— À la santé de tous les Gallagher passés, présents et à venir !

Ils burent ensemble de longues gorgées silencieuses. Elle était assise sur la chaise et lui sur le lit. À mesure qu'elle buvait, ses yeux s'aiguisaient, s'animaient. Il sembla à Olivier qu'ils s'élargissaient, devenaient plus pénétrants, plus profonds, et qu'ils n'avaient plus qu'un seul centre, lui.

Le jour violet avait baissé. L'unique ampoule du plafonnier était suspendue au-dessus du guéridon où elle avait posé la théière et la bouteille. Il l'alluma.

Ils parlaient de la chasse. Olivier disait qu'il aurait aimé aller chasser autour des lacs. Son grand-père et Johnny étaient, paraît-il, les meilleurs fusils du pays. Son père avait trouvé la mort en l'emmenant à la chasse un jour de tempête. Olivier aurait aimé chasser la bécasse, et même la grouse. Helen n'y connaissait rien. Elle avait quelquefois accompagné ses frères qui chassaient les bécassines. Août, c'était trop tôt. Il faudrait qu'il revienne à l'automne.

Elle avait servi une seconde tournée de whisky chaud. L'or de la lampe ajoutait un éclat ambré à la chair de pêche d'Helen et aux petits cheveux châtains qui moussaient hors de son chignon.

— Viens dans la lumière, lui demanda-t-elle en lui montrant le pied du lit alors qu'il était assis plus loin dans l'ombre, je ne te vois pas !

Il s'approcha. Ils furent face à face.

Ils parlèrent de la musique et des bals irlandais. Olivier dit que son père chantait beaucoup, que sa mère dansait à la maison certains soirs. Helen raconta qu'à Pontoon on demandait les Quatre Évangiles pour les fêtes et les mariages. C'étaient quatre frères, désormais âgés, qui avaient toujours fait de la musique ensemble. Patrick les avait certainement connus. Matthieu jouait du violon, Marc de la batterie, Luc tenait la cornemuse et Jean l'accordéon. Ils étaient *teetotaller pioneer*, « pionniers de la ligue antialcoolique ». Ils portaient un Sacré-Cœur en écusson au revers du veston et, sans jamais consommer une goutte d'alcool, ils accompagnaient en musique toutes les beuveries de la région.

Elle avait toujours la tasse à la main, dont elle suçotait

les bords en parlant, et elle parlait de plus en plus, et de plus en plus fort.

Olivier en vint à lui confier :

— J'ai une petite amie en France, et même beaucoup plus que ça, je la connais depuis toujours...

Helen fixa sur lui ses grands yeux incrédules :

— Mais tu es venu en Irlande en te disant que tu aimerais bien connaître une Irlandaise...

Il y eut entre eux un long silence. Helen lui proposa une troisième tournée. Il refusa.

— Je serai saoul.

Elle sourit, reposa sa tasse.

— Oublie ta Française ! Embrasse-moi !

La tête lui tournait un peu, mais il n'était pas ivre. Il voyait la bouche rouge d'Helen qui lui souriait. Plus tard, il se demanderait pourquoi il avait fait ça en Irlande, sûrement pas parce qu'il avait trop bu, peut-être parce qu'il était loin, simplement parce que c'était Helen.

Il eut la sensation de trahir une promesse et son engagement avec Marie. Il pensa, honteux, qu'elle ne le saurait pas.

Il se déplaça jusqu'à l'extrémité du lit, la gorge serrée, et se pencha vers Helen. Elle était belle et désirable. Ses lèvres s'offraient à lui. Il les prit.

Elle gémit. Était-ce le whisky chaud ? Sa bouche charnue avait un goût de fumée de tourbe.

Après, ils s'embrassèrent encore. Et puis elle leva les bras et elle commença à retirer les épingles de ses cheveux, l'une après l'autre, avec méthode, comme elle l'avait fait pour la préparation du thé. Elle en glissait quelques-unes entre ses lèvres pincées, puis les posait sur le guéridon derrière elle. Sa chevelure roula soudain comme une vague brune sur son cou et ses épaules, jusqu'au creux de ses reins. Olivier se leva. Il voulut la prendre dans ses bras.

— Éteins la lumière.

En tournant le bouton pour éteindre, il se sentit coupable. Mais dans le noir à peine éclairé par les ombres bleues de la nuit qui entraient par l'étroite fenêtre, elle commença à se déshabiller.

Il n'osa plus bouger. Il se crevait les yeux à essayer d'y voir à travers l'obscurité. Il entendait les pulsations violentes de son sang à ses oreilles. Elles assourdissaient la petite voix qui lui répétait de moins en moins fort : « Tu n'as pas le droit ! » Il sentait une force irrésistible le pousser vers elle. Il avait encore sur sa bouche l'ourlet de ses lèvres. Il n'avait jamais été soulevé d'un tel désir avec Marie. À moins que ce soient tous les désirs contenus avec elle qui maintenant se libéraient et devenaient plus forts que lui.

— Fais comme moi, murmura-t-elle.

Il eut peur.

Helen lui faisait peur.

Il y eut un instant où il n'y eut plus de bruit dans la chambre. Ils pensèrent qu'ils étaient nus tous les deux. Un courant d'air entrait par les fentes de la fenêtre disjointe. Olivier frissonna. Helen ouvrit le lit et elle fut contre lui.

— J'ai aussi peur que toi !

Après, ils ne dirent rien. Il eut de nouveau sa bouche sur sa bouche. Elle frotta ses seins fiers contre sa poitrine. Leurs mains craintives caressèrent. Le lit étroit était inconfortable. Helen était brûlante mais ils furent tour à tour secoués par de grands frissons.

Il fut maladroit. Il se laissa prendre par sa voluptueuse cousine, vive et souple comme un saumon de la rivière Moy. Il se surprit à murmurer les mots qu'il n'avait réservés qu'à Marie : *mavourneen mean, mon amour, ma douce.*

Il devait être aux alentours de minuit. La pluie chuchotait comme les vieilles récitant le chapelet autour du lit de mort de Jack Gallagher. Le vent était tombé. Les bruits de l'hôtel s'étaient calmés. Ils avaient allumé et puis éteint pour vérifier que la porte était bien fermée à clé parce qu'ils avaient entendu des allées et venues dans le couloir. Helen avait dit à son patron qu'elle rejoignait la famille au repas funèbre, qu'elle dormirait chez elle, et qu'elle serait le lendemain à l'heure à son poste. Elle avait fait semblant de partir et était revenue en catimini dans la chambre d'Olivier.

— Où avais-tu mis l'eau chaude, le whisky ?

— J'avais tout préparé dans la cuisine. Je n'avais pas d'autre lit que le tien !

— Tu avais tout prévu !

— Et toi ?

Et puis elle s'anima soudain :

— Le curé Conroy dit que le bon Dieu a mis deux seins aux femmes, l'un pour qu'il nourrisse son corps, l'autre pour qu'il nourrisse son âme ! Je hais cette société de curés et de bonnes sœurs ! Tu sais ce que serait devenue ta mère si elle ne s'était pas sauvée en France ? On l'aurait enfermée dans un foyer pour Marie-Madeleine, un couvent où l'on emprisonne les mauvaises filles, les pécheresses, le déshonneur de leurs familles. Personne ne serait venu la chercher. Tu as vu comment ils ont réagi avec toi au cimetière. Elle y serait encore, pire qu'en prison, parce que pour la prison il y a des lois.

— C'est pour ça que tu es venue avec moi ?

— Non, ce n'est pas pour ça !

Elle réfléchit.

— C'est aussi pour ça ! On t'aurait enlevé à ta mère. On t'aurait mis dans un orphelinat. L'Irlande est un pays de prêtres et d'orphelins.

Elle soupira. Il crut qu'elle ne parlerait plus.

Et puis elle s'abandonna contre lui.

— Je pars à Dublin au mois de septembre chez les religieuses du Sacré-Cœur. En octobre, je rejoindrai Nairobi, au Kenya, où la congrégation m'envoie comme coopérante missionnaire.

Olivier pressa la poire de la lumière.

— Ce n'est pas possible !

Un sourire très doux, indéfinissable, un peu mélancolique en même temps qu'ironique flottait sur le visage d'Helen. Son regard ne fuyait pas le sien. Il savait qu'elle disait vrai.

— Mais comment as-tu pu...

— Ils voient le péché partout. Je vais partir sans regret. Je voulais savoir ce que c'est que de tenir un homme dans ses bras et de l'embrasser.

— Ça n'a pas été bien ?

Elle gémit, mit les doigts sur la bouche d'Olivier.

— Je sais que tu pars demain, que tu n'insisteras pas pour me poursuivre.

Il regardait Helen à la lumière jaune de l'ampoule et elle lui apparaissait plus extraordinaire et, peut-être, plus folle qu'il ne l'imaginait. Sa toison odorante de cheveux châtains était répandue sur l'oreiller. Ses yeux brûlaient, tandis que sa bouche, son sourire exprimaient une sérénité qui fascinait Olivier et le gênait.

— Je me sauve de ce monde où l'Église a le pouvoir absolu et je vais en Afrique où je serai libre. Ma mère a eu tellement d'enfants... Je me suis demandé quoi faire face à ce désastre. J'émigre moi aussi. Je soignerai les enfants noirs. Je ne serai pas enfermée chez les sœurs Magdalen avec les pécheresses puisque j'entre chez les religieuses.

— Tu te crois capable, avec ton caractère, de supporter la vie en communauté, le travail, les prières ?

— Parce que tu penses qu'il a été facile pour ma mère

de vivre avec mon père ! J'aime la prière. Les missions en Afrique ne sont pas tout à fait ce qu'on croit ici. On récolte des aumônes pour les enfants païens. Comme si c'était nous qui avions à leur apporter...

Elle gémit, s'étira, sourit.

— La moitié de notre nuit est déjà passée.

Elle ferma les yeux.

— Éteins.

Il se leva le lendemain matin et s'habilla en même temps qu'elle. Elle refit son chignon avec soin, sans miroir, noua ses cheveux, les fixa, épingle après épingle. Elle dit qu'elle viendrait chercher plus tard la théière et la bouteille de Tullamore.

— À quelle heure prends-tu le train ?

— Le car me prend devant l'hôtel dans un peu moins d'une heure.

Il voulut l'embrasser une dernière fois derrière la porte.

— Il faut que je parte.

— Un dernier.

Ils s'embrassèrent contre le mur. Elle eut les yeux remplis de larmes.

— Je vais encore être toute défigurée !

Elle se tamponna le tour des paupières avec la serviette mouillée.

— Ça se voit ? Il ne faut pas que ça se voie !

Son dernier mot, après un coup d'œil dans le couloir pour vérifier qu'il était vide, fut :

— Adieu, *red fox* !

Olivier n'eut pas la force de répondre. Il entendait Bridget l'appeler aussi son petit *red fox*. Pourquoi n'employaient-elles pas le mot irlandais *maidirin* ? Peut-être parce que le mot *fox* était plus court. La Vendée lui semblait tout à coup si loin.

L' Orion

17.

Il effectua le voyage de retour comme un zombie. Il revivait la nuit avec Helen. Il était dans les bras d'Helen. Il s'endormait. Il la voyait. Elle le touchait, lui parlait. Il s'éveillait en sursaut, plein de remords.

Il prit le train, le bateau, comme un somnambule, chaque fois dévoré du désir de faire demi-tour et de revenir la chercher à Pontoon. Mais la voix rauque d'Helen lui répétait : « Je sais que tu n'insisteras pas pour me poursuivre ! »

Il reprit le train à Roscoff et, à mesure qu'il se rapprochait de Nantes et de Challans, il était angoissé par le face-à-face avec sa vie d'avant. Il y aurait désormais dans sa vie un avant l'Irlande et un après. Et ensuite ?

Personne ne l'attendait à la gare de Challans. Il n'avait pas prévenu. Il trouva la voiture d'un poissonnier qui retournait dans l'île et qui le déposa devant la grille de La Motte. C'était au milieu de l'après-midi. Le vent du sud soufflait un air chaud qui avait dû courir sur les déserts d'Afrique. La casquette de tweed était dans la valise. La vareuse sur le bras était lourde. Il avait l'impression d'être parti depuis une éternité.

Il trouva la clé du pavillon à sa place habituelle. Personne ne l'avait vu arriver. Il se coucha. Les cris de joie de Bridget le réveillèrent lorsqu'elle rentra de son travail au château.

— Pourquoi tu n'as pas prévenu ! Tu es rentré depuis longtemps ?

Elle était agenouillée au bord de son lit. Elle l'embrassait.

— Tu es fatigué, Ollie ! Tu ne nous as pas donné beaucoup de nouvelles !

Il s'éveillait. Il ne savait pas quoi lui répondre.

— J'ai encore les trépidations du train qui me bourdonnent dans les oreilles.

Elle fut tout de suite inquiète.

— Tu n'es pas content de ton voyage ? Ça ne s'est pas bien passé ?

Il était mal à l'aise en face de sa mère. Il la serra dans ses bras.

— Tu es la plus belle de toutes les Irlandaises que j'ai vues pendant tout le voyage !

— Et toi, tu es le plus grand menteur d'Irlandais que j'aie entendu depuis que je suis née !

Il se leva, chercha dans sa valise, et en tira une petite chose dans un sac en papier orné d'un bolduc. Elle ouvrit le paquet et sortit délicatement l'objet.

— C'est une vraie, maman. Ce sont les sœurs de la pension de Sligo qui l'ont faite.

Bridget avait les larmes au yeux. Elle tenait une modeste croix de jonc jaunie, comme on en fabrique tous les ans en février pour la Sainte-Bridget. Bridget embrassa la croix porte-bonheur.

Il prit le prétexte de sa valise, de son costume en mauvais état pour remettre à plus tard les commentaires de son voyage. Comment Marie fut-elle informée de sa présence ? Tout d'un coup elle fut là. Elle sauta les marches du seuil, frappa à la porte ouverte et entra. Ils étaient à table.

— Je mangeais la soupe, et j'allais avancer au logis.

Elle parut déçue qu'il ne fût pas venu, d'abord, la retrouver.

— Tu es là depuis longtemps ?

— Juste avant que maman n'arrive.

Il trichait un peu pour ne pas la blesser.

— Quelqu'un t'a vu descendre de la voiture du poissonnier...

Ils sortirent marcher dans l'allée. L'air chaud ruisselait encore dans la nuit des arbres. Des chauves-souris les frôlaient de leurs vols ondulants. Olivier était en chemise, Marie en robe sans manches. Dès qu'ils eurent passé le tournant de l'allée, elle s'arrêta et dit :

— Embrasse-moi !

Elle gémit. Il se rappela les gémissements et les baisers d'Helen. Marie était avide.

— J'ai l'impression de ne pas t'avoir embrassé depuis une éternité.

Elle pressait ses mains, les reconnaissait avec une douce extase.

Ils recommencèrent à marcher. Elle lui disait combien il lui avait manqué, comme elle avait compté les jours, comme elle avait été inquiète d'être sans nouvelles.

Le rez-de-chaussée du logis et les fenêtres de la chambre de M. Jean étaient éclairés. Olivier se rappelait la toute petite maison des Gallagher sur la colline du Lough Conn et la maison de pêcheurs délabrée de la tante Lucy. Il se demandait où était sa place.

Marie n'avait reçu que la lettre postée avant l'embarquement à Roscoff. Olivier lui assura qu'elle recevrait toutes celles qu'il lui avait écrites à Cork, Galway, Sligo, Pontoon. Il n'y avait que sur le chemin du retour qu'il ne lui en avait pas envoyé parce qu'il savait qu'elles ne seraient pas à Beauvoir avant lui.

Marie le raccompagna jusqu'au pavillon et elle se

réjouit qu'ils renouent avec des habitudes d'enfance quand ils n'arrivaient pas à se décider à aller se coucher. Il s'obligea à faire la moitié du chemin inverse, pour lui plaire.

Elle lui dit qu'elle avait fini le tableau commencé avant son départ, qu'elle avait beaucoup travaillé, qu'elle le lui montrerait le lendemain. Il se souvenait à quel point il avait désiré alors voir cette peinture dissimulée sous un drap. Comment l'avait-il oubliée ?

Il accompagna Marie dans l'escalier du donjon à son retour des champs, en fin de matinée, le lendemain. Il avait dormi, mais il éprouvait encore cette sensation étrange de ne pas être là où il était. Elle avait mis une jupe flottante bleue à gros pois blancs et large ceinture qu'il ne lui connaissait pas. Elle se retournait dans l'escalier, le dévisageait dans l'ombre et son sourire presque puéril s'épanouissait sur son visage :

— C'est bien toi, Olivier ? Tu es de retour d'Irlande ?

Il ne savait comment il devait prendre ses questions. Le rire et la voix de Marie résonnaient entre les pierres de la tour. Olivier trouva qu'elle riait fort, comme si elle avait besoin d'en rajouter. Elle souleva devant lui le drap qui recouvrait la toile sur le chevalet. Le soleil de midi, qui entrait à flots par la fenêtre, la frappait comme un projecteur. Elle avait donc peint la grouse. Comment avait-elle fait ? La grouse semblait vivante. Il s'assit sur le tabouret à vis que Marie réglait à sa hauteur pour peindre, et il murmura, malheureux :

— C'est magnifique !

Tout y était : les plumes feu, la crête sanglante, la tête dressée en coq, les gros yeux cachou, et cet orgueil de l'animal qui paradait. La grouse piétait parmi les herbes, baignée par la lumière surnaturelle, gorgée de vermillon, et on sentait flotter autour une odeur de marais.

Marie lui montra sur la table le modèle empaillé aux plumes poussiéreuses qu'elle avait emprunté chez un taxidermiste nantais. Mais la vraie était celle de la toile. Marie lui avait insufflé sa force, son éclat, et lui avait donné la vie.

— Je l'ai peinte pour toi. J'ai travaillé dessus pendant trois semaines. C'est un des tableaux qui m'a donné le plus de mal.

— Il est trop beau. Ne me le donne pas.

— Tu ne le veux pas ?

Son sourire se crispa. Elle le laissa poser ses lèvres sur ses lèvres sans lui rendre le baiser. Il essaya de se défendre, mais plus il parlait, moins il était convaincant. Ils ne se regardaient pas. Ils avaient les yeux fixés sur la grouse qui les regardait. Il la payait mal de sa peine. À moins qu'elle ne se soit trompée, dit-elle, que son tableau ne soit raté.

Olivier dit que non, voulut un autre baiser. Marie se détourna.

— Tu es fatigué, dit-elle, tu n'es plus le même. Tu n'es pas encore revenu de là-bas !

Il allait acquiescer, quand elle fixa sur lui ses yeux noirs.

— On t'a changé !

La ligne verticale creusait son front entre les sourcils. Il tremblait de crainte qu'elle ne lise dans ses yeux sa trahison.

Elle le tira brusquement contre elle et l'embrassa, son ventre pressé contre lui, comme pour se venger de cette chose dont elle devinait qu'elle l'avait trahie.

— Emporte le tableau ! Je t'ai prévenu : je mourrais si tu ne m'aimais plus.

Les jours suivants furent mélancoliques, sans autres heurts. Le visage de Marie était inquiet, sa bouche crispée. Olivier essayait de se cacher derrière une armure, sans doute facile à percer. Elle aurait peut-être dû hurler : tricheur ! menteur ! et le frapper. Et rien de ce qui s'est passé ensuite ne serait arrivé.

Il lui répétait :

— Laisse-moi un peu de temps, que je récupère. Ce voyage a été fatigant. Je t'emmènerai en Irlande.

Une lueur de brève nostalgie traversait les yeux de Marie, un silencieux reproche, comme autrefois lorsqu'ils s'étaient disputés et que chacun s'éloignait pour jouer dans son coin.

Olivier reçut sa nomination de professeur d'anglais pour la rentrée d'octobre à l'institution Saint-Gabriel, une semaine après son retour.

Marie embarqua sur l'*Orion* avec son père deux jours avant les marées d'équinoxe. Il faisait ce jour-là un temps de demoiselle, comme disaient les vieux pêcheurs du Bec. De grands fleuves bleu marine coulaient dans l'océan vert. La brise soufflait juste ce qu'il fallait pour gonfler les voiles.

Le père et la fille étaient partis pour une de leurs balades habituelles sans autres provisions qu'une bouteille d'eau et deux pommes de reinette que Marie avait glissées dans son sac avec son chandail avant de partir. Le père Biron qui traînait parmi les cabanes du port se rappela par la suite qu'elle portait des espadrilles. Est-ce qu'on a en tête de s'embarquer pour une longue traversée quand on est chaussé d'espadrilles ?

L'*Orion* ne remonta pas l'embouchure du Dain en direction de son ponton de bois à marée haute en fin de journée.

Au logis, Jeanne Roy attendit en vain le maître et la maîtresse. Comme ils n'arrivaient pas, elle se décida à retirer son fricot du feu et à éteindre les lumières laissées allumées pour les accueillir. Elle supposa, passablement inquiète, que, contrairement à l'habitude, ils avaient changé de programme sans prévenir et rentreraient au milieu de la nuit.

Le lendemain, au lever du jour, personne n'était rentré. Jean-Louis passa avertir au pavillon. Et Olivier l'accompagna à bicyclette au port du Bec. La traction du logis stationnait devant la passerelle de l'*Orion*, portes fermées à clé. Les eaux grises montaient dans le port en brassant tranquillement la vase au pied des piliers. La mer au bout de la passe était calme, à peine plus nerveuse que la veille. Il n'y avait pas encore de quoi s'alarmer. M. Jean et Marie avaient pu profiter du beau temps pour prolonger l'escapade, et l'*Orion* avait mouillé à Noirmoutier, sur l'île d'Yeu, ou aux Sables-d'Olonne.

— Elle ne t'a rien dit, à toi ? demanda Jean-Louis à Olivier.

Elle n'avait même pas évoqué cette sortie quand ils s'étaient vus la veille. Peut-être l'avaient-ils décidée sur un coup de tête et elle pensait être de retour pour leur rendez-vous. Peut-être la lui avait-elle cachée pour le punir et le faire languir. Il était déjà assez puni et il ne souhaitait pas languir plus longtemps.

La marée commença de descendre et il devint évident qu'ils n'arriveraient pas avant la prochaine haute mer.

Olivier se posta sur le môle du phare, d'où il guetta la voile cachou. Le soleil se coucha dans une orgie de sang, sans avoir éclairé le retour de l'*Orion*.

Les marins interrogés disaient qu'ils avaient vu l'*Orion* partir. Ils l'avaient même suivi jusqu'aux parcs à huîtres où ils s'étaient salués. Puis l'*Orion* s'était engagé dans le goulet de Fromentine et avait pris le large.

— La mer était belle. Le bateau était en bon état.

Les marins tiraient sur leurs cigarettes. Ils déchargeaient leur matériel en parlant avec Olivier.

— M. Jean connaît la mer !

Mais ils n'étaient pas convaincus. Ils passaient leurs grosses mains dans leurs barbes grises et continuaient d'aller et venir de leur bateau à leur passerelle et leurs regards signifiaient que M. Jean était bien mince pour affronter les caprices de la mer avec sa fille.

— Ils se promènent, lança un jeune. Ils cabotent. Ils sont descendus jusqu'à La Rochelle et profitent du beau temps. Ils ont raison !

Les gendarmes appelèrent tous les ports de Vendée, de Charente et de Bretagne, le lendemain. Ils ouvrirent les portes de l'automobile. Olivier supplia le ciel, son père, Mme Blanchard. Il se rappelait les paroles de Marie, plein de remords et d'inquiétude : « Je crois que je mourrais. » Elle était si sensible. Elle percevait des choses qu'on ne disait pas.

Il n'était pas possible que son père et elle soient partis avec l'intention de ne pas revenir ! Est-ce qu'ils avaient eu des avaries ? Le temps était de demoiselle. Marie ne l'avait pas prévenu de son départ alors qu'elle lui disait toujours tout.

Il appela à la rescousse tous les Gallagher qu'il avait visités dans leur cimetière. Il était un foutu *crawthumper*, « tape-gésier bigot » d'Irlandais qui pensait que c'était ainsi que pouvaient se tirer les ficelles du destin.

Mais dans l'après-midi, les vagues de la marée montante apportèrent les premières nuées de la marée d'équinoxe, comme si les tempêtes de septembre étaient lasses d'attendre. Elles se massèrent à l'horizon. La mer devint noire. Il se mit à pleuvoir. Et puis les flots se déchaînèrent. Les bateaux restèrent à l'abri pendant une semaine. La mer s'engouffra dans les brèches de la digue détruite et noya à nouveau les polders.

La Résistance publia à la une « La disparition de l'*Orion* », « Le mystère de l'*Orion* ». Le dernier article, paru après les tempêtes, alors que les bateaux avaient repris la mer et qu'on dressait le bilan des dégâts sur le rivage, fut titré « La mer ne rend pas ses victimes ».

La rumeur courut, vraie ou fausse, partie d'une buvette du port du Bec, que l'*Orion* aurait été aperçu louvoyant sur Rochebonne avant les tempêtes. Un sardinier de Saint-Gilles l'aurait croisé dans les parages. Olivier se rendit à Saint-Gilles et interrogea sur le port. Aucun marin ne confirma. Les hauts-fonds de Rochebonne ont une réputation sinistre. Bien des marins hardis ont senti leurs cheveux se dresser sur la tête lorsqu'ils ont été pris dans le tourbillon de ses eaux où la mer soulevée en même temps que l'écorce rocheuse devient folle, même par beau temps.

Peut-être l'*Orion* est-il allé s'aventurer sur Rochebonne et ont-ils été emportés par le maelström ? Peut-être, confiants dans le beau temps, s'en sont-ils approchés par simple curiosité ?

L'*Orion* n'a jamais regagné le Bec.

18.

Olivier souffrit de violentes douleurs abdominales la semaine suivant la rentrée dans l'institution où il avait été nommé professeur. Le médecin du pays diagnostiqua d'abord une grippe intestinale et recommanda de garder le lit, le ventre bien au chaud. Deux jours plus tard, la température devenant inquiétante et les douleurs plus aiguës, il ordonna une hospitalisation d'urgence, le ventre sous la glace. L'appendicite était évidente avec un risque probable de péritonite.

Olivier, opéré en pleine crise, y échappa de justesse.

Huit jours plus tard, un abcès sous le nombril nécessitait une seconde opération.

Le cycle infernal recommençait avec ce nouveau coup du sort, les maladies à répétition, la détresse, l'idée fixe d'une responsabilité dans la disparition de Marie. La vie était une longue chaîne de désastres entre de courts répits d'espérance et d'illusions. Pourquoi Patrick, pourquoi le ciel avaient-ils laissé faire ça ?

Mais Olivier n'avait plus sept ans. Après plusieurs semaines de convalescence, il partit s'enfermer à l'abbaye de Bellefontaine, où les chants des moines, les agenouillements, les larmes, les longs entretiens dans la cellule du père abbé pansèrent autant que possible les blessures de l'âme. Quand il sortit, les traits tirés, les joues creuses – il avait maigri –, il annonça à sa mère qu'il avait décidé de ne pas reprendre son poste de professeur, il entrait au séminaire. Helen n'avait-elle pas dit qu'en Irlande on produisait des prêtres et des émigrés ? Il serait à la fois l'un et l'autre.

Il fut admis au séminaire des vocations tardives au mois de janvier 1953, fut ordonné prêtre en juin 1957. Les cloches carillonnaient à la volée lorsque Bridget s'agenouilla parmi les autres mères de nouveaux prêtres sur le parvis de la cathédrale pour recevoir la bénédiction de son fils. Elle portait un sobre complet-tailleur noir, un chapeau à voilette, et beaucoup étaient surpris que cette belle femme au teint de lait et aux yeux bleus de vitrail fût la mère d'un ordinand.

— Tu nous rachètes, lui dit-elle, les prunelles brillantes. Tu prends la place laissée vacante par ton père.

Olivier la prit par le bras et la releva.

— Je ne remplace personne, maman. Je prends seulement la place qui est la mienne.

— Je radote, Ollie, s'excusa-t-elle, les yeux maintenant inondés de larmes. Je sais que tu as des tas d'autres raisons qui sont les tiennes.

Elle pressa nerveusement le bras de son fils dans sa soutane. Elle inclina la tête et il traça sur elle le signe de la croix.

Il obtint de son évêque d'aller parfaire sa formation pendant un an à Rome où il officia à la paroisse Saint-Louis-des-Français. Quand il revint, il fut reconnu tout de suite comme un vicaire de choc, proche de la jeunesse. Les économies de sa mère et les siennes lui avaient permis de s'acheter une moto et il sillonnait sa paroisse, soutane au vent, en blouson de cuir, dans un nuage de poussière. Il fut le promoteur et l'organisateur de ces grands rassemblements de la jeunesse, au fort retentissement dans le diocèse, qu'il baptisa « Coupes de la joie ». On le vit sur la scène avec les jeunes, le col romain ouvert.

Il fut très vite nommé curé. Bridget devint gouvernante du presbytère. Elle n'avait pas déménagé du pavillon après la disparition des propriétaires et, sans Olivier, elle y serait sans doute restée.

Une fois, il y avait longtemps, alors qu'il était petit garçon et jouait dans le parc avec Marie, il était entré en courant dans la cuisine. Il avait soif. Et il avait été surpris de se trouver face à un homme. Bridget et lui, assis à table, prenaient le café. Olivier connaissait vaguement ce menuisier de Beauvoir. Au silence qui avait suivi son entrée brutale, il avait compris qu'ils parlaient de choses qu'on n'évoque pas devant les enfants. La pensée de cette rencontre le poursuivit plusieurs jours et, un soir, l'air de rien, il demanda à Bridget ce que cherchait cet homme. Elle ne répondit pas. Et puis, après un moment :

— Il voulait se marier avec moi.

Olivier ne réagit pas, attendant la suite, mais les battements de son cœur s'étaient accélérés. Bridget continua :

— Je lui ai dit que je ne voulais pas. Le mariage avec Patrick me suffisait. Et puis que je t'avais, toi. Que je ne souhaitais pas te partager. Est-ce que tu aimerais que je te partage avec un autre papa, Ollie ?

Olivier lui sauta au cou.

— Non !

Bridget emménagea, radieuse et fière, dans la cure d'Olivier avec son simple mobilier promu celui du presbytère. Elle emprunta l'allée gravillonnée qui sinuait parmi les tombes et les cyprès du cimetière jusqu'à la porte de la sacristie.

— Je n'aurai pas à beaucoup marcher pour aller à la messe le matin !

Il a été envoyé dans les paroisses de La Ferrière, Les Herbiers, Pouzauges. Il a laissé le souvenir d'un homme actif, volontaire, compatissant, priant. On attribuait sa familiarité et sa disponibilité à une énergie singulière puisée dans ses origines. Tout le monde savait qu'il descendait d'Irlandais à cause de son nom et de ses cheveux rouges quand il était jeune, qui ont tourné très vite au blanc de craie aux approches de la cinquantaine. Il a opté alors pour la coiffure en brosse, très courte, à la *croppy-boy* de la résistance irlandaise, qu'il a toujours conservée depuis.

Il n'a pas pris de poids en vieillissant, ce que lui reprochait Bridget, qui l'aurait préféré bardé d'une réserve de gras.

— Tu es toujours à courir, gémissait-elle. Arrête-toi. Pense à toi. Tu n'as pas beaucoup de résistance. Souviens-toi comme tu as été malade quand tu étais petit !

— Mais maman, je me porte bien !

Au bout du compte il s'est demandé si son activisme n'a pas été une façon de se distraire. Car, au fond, tout ce qui aura été essentiel dans son parcours s'est situé pendant son enfance et sa jeunesse. Ce qui est advenu ensuite s'est construit à partir de ce maigre et tragique capital qui ne l'a jamais quitté. Il n'a pas été emporté par les désaffections qui ont décimé les rangs du clergé au cours du dernier tiers du siècle. Il est vrai qu'il n'avait pas connu l'embrigadement et l'enfermement du petit séminaire. Il s'est intéressé aux plus pauvres dans ses paroisses.

— Nous sommes d'abord envoyés vers eux, s'emportait-il. Qui est-ce qui travaillera pour eux si nous ne le faisons pas ?

Les visages de vieux fonctionnaires fatigués de certains confrères ne l'apitoyaient pas. Il comprenait qu'ils auraient aimé retrouver le confort et les certitudes des bien-pensants du passé, et le souvenir des propos révoltés d'Helen contre la théocratie lui revenaient à l'esprit.

Ses commentaires se sont souvent attardés sur cette parole : « Malheur à vous les riches ! Il est plus facile à un chameau de passer par le trou d'une aiguille qu'au riche d'entrer dans le royaume des cieux ! » Non pour encourager les pauvres à rester dans la misère, comme si elle avait été une vertu. Il reprochait aux riches, pas seulement aux riches d'argent, de prendre plutôt que de donner. Il condamnait leur goût de jouir alors que les richesses leur étaient confiées pour le partage.

Peut-être s'en prenait-il d'abord à lui. Il avait commis ce qu'il a appelé sa faute contre l'amour de Marie parce qu'il était devenu riche. Il avait échappé à la misère et à la condition de domestique à laquelle il semblait destiné. Il croyait devoir à sa seule intelligence sa réussite dans ses études et il avait oublié que ces succès étaient le fruit de beaucoup d'amour. Il s'était envolé en Irlande et il avait volé à Marie l'amour qu'il lui avait juré.

Pourtant, même dans les moments de lassitude, il n'a jamais désespéré. Il n'a jamais douté des signes de la canardière. Tout ce que nous avons fait, tout ce en quoi nous avons cru n'est pas perdu, pensait-il.

Plus le temps a passé, plus il est allé dans son église, comme Bridget, pour un rendez-vous avec son père, celui du ciel et celui de la terre, et avec Marie, dont il aurait aimé respirer à nouveau le parfum. Cela ne lui a pas été donné. Mais il croit encore que le ciel peut s'ouvrir.

Ceux qui ont défilé dans son bureau, et ils ont été nombreux, se souviennent du dépouillement du décor, une table, des chaises, des rayonnages pour les livres, une croix de bois noir au mur derrière son dos et, face à lui, une toile sans encadrement. On ne découvrait d'abord que la violence de ses rouges, de ses ocres, en larges taches qu'on aurait dites lancées sur le mur. Pourquoi l'abbé Gallagaire y tenait-il tant ? Ce n'était pas un tableau de chasse. Quand ses confrères l'interrogeaient, il se contentait de répondre qu'il avait hérité de ce tableau qui avait de l'importance pour lui. Ils s'étonnaient qu'il semble accorder un caractère sacré à cette toile profane.

Quelques articles élogieux publiés dans la presse régionale autour de l'œuvre de Marie Blanc levèrent une partie du voile. Un jeune conservateur du musée des Sables venait en effet de découvrir les peintures de cette jeune fille trop tôt emportée. Il avait répertorié un grand nombre de natures mortes et de scènes de la vie quotidienne. L'œuvre méritait, à son avis, qu'on s'y intéresse. Il projetait de la rassembler dans une fondation Marie-Blanc. Les journalistes rappelèrent les circonstances mystérieuses de sa disparition. On aurait dit, écrivit l'un d'eux, qu'elle savait que le temps lui était compté et qu'elle voulait accomplir son œuvre avant son départ.

C'est la question qu'Olivier lui a souvent posée dans le secret de ses prières.

« Tu savais, Marie ? Tu savais que tu allais me quitter ? »

Pendant de nombreuses années, il a continué d'attendre, malgré tout, son improbable retour puisque jamais l'*Orion* n'a laissé sur le rivage la moindre trace de son naufrage. Il a même rêvé, parfois, dans le courrier du presbytère, à un dessin à la plume, qui aurait été un message codé venu du bout du monde.

Il a, sans cesse, guetté un signe. Mais ne le lui a-t-elle pas donné de son vivant ? Il l'a accroché sur son mur. La grouse est son dernier tableau. Et cet œil de diamant noir qui le regarde n'est-il pas celui de Marie ? Parfois, à force de le regarder, il l'a vu s'animer. La perle noire vibrait. Des étincelles d'or y scintillaient. Elles lui confirmaient que Marie était attentive à tout ce qu'il faisait.

Bridget a accompli le plus longtemps possible, presque jusqu'au bout, sa tâche de servante. Et puis un soir, alors qu'Olivier rentrait d'une réunion à l'évêché et qu'il s'apprêtait à ressortir pour une visite à un malade, il a senti une vive odeur de fumée. Bridget était dans la cuisine où elle avait mis le couvert du dîner.

— Qu'est-ce qui se passe ? Il y a quelque chose qui brûle !

Bridget s'est retournée et lui a souri.

— Qui brûle ? Je ne sens rien.

Il est allé dans le couloir, s'est précipité vers la porte de la salle de bains noire de fumée. Heureusement, la pomme de la douche était à portée de main.

— C'est toi qui as fait ça, maman ?
— Fait quoi ? J'ai allumé du feu. J'avais froid.
— Dans la salle de bains, maman ! Où avais-tu l'esprit ?

Elle avait transporté du papier, du petit bois, dans la baignoire, et elle y avait craqué une allumette. Le médecin qui l'a auscultée lui a prescrit un calmant et diagnostiqué une première sérieuse lésion vasculaire avec des risques probables de récidive.

— Demain elle ne se souviendra de rien et reprendra ses activités normalement.

Le lendemain elle s'est, en effet, levée comme à l'habitude, a avalé son petit déjeuner et s'en est allée à l'église pour assister à la messe. Mais quelques semaines plus tard Olivier l'a surprise avec des ciseaux sur la table de la salle à manger. Affairée, silencieuse, elle découpait un de ses pantalons en lanières fines.

— Qu'est-ce que tu fais, maman ?
— Je raccommode ton pantalon.

Elle avait passé toute sa vie en raccommodages. Elle avait repris avec adresse, point par point, la trame des tissus fatigués qu'elle reconstituait patiemment, inclinée dans la lumière pendant de longues soirées. Quand elle avait fini, elle appelait Olivier pour lui donner à contempler son ouvrage. Elle tirait sur la reprise, l'ajustait avec l'ongle.

— Est-ce que ça se voit ?
— Mais maman, lui a dit Olivier ce jour-là, tu ne raccommodes pas mon pantalon, tu es en train de le tailler en morceaux !
— Qu'est-ce que tu dis ? Il n'est pas en mauvais état. Tu peux le porter encore.

Elle continuait de tailler dans la toile à grands coups de ciseaux en levant vers Olivier ses grands yeux azur innocents.

Son état s'est ensuite détérioré très vite. Il a fallu la placer sous surveillance dans une maison spécialisée. Les moments de lucidité entre les crises ont été douloureux. La conscience de sa dégradation la faisait souffrir.

Quand elle est morte, Olivier l'a accompagnée dans le cimetière de Beauvoir où elle a retrouvé Patrick. Les gens sont venus nombreux à l'église, les amis des différentes paroisses et les vieilles familles de Beauvoir qui ne les avaient pas oubliés autant qu'Olivier pouvait le croire.

Et c'est ce jour-là, en serrant les mains d'anciens camarades de classe, que l'idée a germé dans son esprit : pourquoi ne pas revenir, un jour, à Beauvoir ?

Bridget avait économisé sou à sou son petit salaire de bonne de curé. Avec le pécule qu'elle lui laissait à la banque il a acheté une maisonnette dans la venelle qui longe le mur d'enceinte de La Motte.

Le parc n'est plus ce qu'il était. L'afflux du tourisme et le développement du bourg ont rogné ses murs. Le pavillon a été rasé pour être remplacé par une banque. Le grand chêne vert a été abattu par la tempête de décembre 1999. Les volets du logis sont fermés depuis plus de dix ans. Les mauvaises herbes, les broussailles ont envahi ce qui reste d'allée. La communauté de communes envisage de l'acheter pour en faire un centre d'expositions du marais. En attendant, les chênes verts qu'étouffait l'envergure du grand chêne semblent se refaire une santé, et leurs têtes vigoureuses dressent leurs feuillages au-dessus du village et des marais, pour regarder jusqu'à la mer.

Olivier a commencé à venir dans sa maison, les jours de repos. Il y a pris ses premières vacances. Les prêtres se faisant rares dans le diocèse, son évêque lui a demandé de continuer son service au-delà de l'âge de la retraite. Il n'a pas refusé, puisqu'il était en bonne santé. Beauvoir le tentait pourtant de plus en plus. Le moindre prétexte était bon pour y faire le détour et y dormir, ou déjeuner, la porte de la maison ouverte sur la venelle inondée de soleil. Des camarades de la « chasse aux galants » se sont passé le mot et ont frappé chez lui un dimanche après-midi. Ils les a invités à s'asseoir à sa table et ils ont fait ensemble une partie d'aluette.

Et puis il est allé marcher dans le marais un après-midi de juillet. Il a pris la route toute droite de l'Époids. Les maisons ont poussé de chaque côté comme des champignons et on n'aperçoit le marais qu'à partir de l'écluse du Dain. Il a tourné dans la direction du Bossis.

On a construit une digue de pierre et de béton bien en avant de l'ancienne détruite par la tempête de 1940. Les terres n'inondent plus en hiver et le marais blanc devient une légende. Les pluies plus rares, les canaux sont à sec en été. On importe des grenouilles de l'Europe centrale.

Il faisait chaud. Il marchait avec un bâton, même s'il était assez alerte et vigoureux pour se passer de canne. La meule du soleil roulait sur les prairies jaunies et brûlait ses yeux bleus de plus en plus sensibles malgré les lunettes à verres fumés.

Où était le Bossis ? Ses pierres avaient servi depuis

longtemps à remblayer les chemins. Il avait sous les yeux le Pré-Bordeau, plus loin le Gaveau, et la Matte miraculeusement épargnée et maintenant remise en état. Le Bossis devait se situer sur cette parcelle où venait de se poser un couple de cormorans. L'ombre des grandes hélices des éoliennes pivotait au-dessus de l'ancien polder avec des ronflements de dormeur abîmé dans un profond sommeil.

Où se trouvait la canardière ? Il suivit le canal qui partait du Dain, à peine recreusé. Il marcha sur la levée de terre en chaussures de toile. À mesure qu'il approchait, une exaltation faite d'émotions et de sentiments anciens, profondément enfouis, l'envahissait.

Des barbelés entouraient les parcelles. Quelques vaches noires paissaient, des chevaux. Il reconnut l'îlot. Une élagueuse avait en partie broyé les tamaris. Une broussaille impénétrable de ronces et d'épines noires avait envahi tout l'espace. Il posa son bâton dans l'herbe et s'assit sur la terre sèche du bord du fossé. Il distingua des pierres sous les ronces.

« Peut-être qu'en m'adressant aux héritiers je pourrais acheter cet îlot dont ils n'ont rien à faire... »

Il rêva qu'il le nettoyait avec son croissant et sa faucille. Il regarda autour de lui, laissant les souvenirs affluer, si lointains et si proches, les mauvais et les bons, qui avaient accompagné sa vie et devenaient de plus en plus présents à mesure qu'il vieillissait. Les éoliennes agitaient leurs grands bras de moulins modernes au-dessus des prairies. Curieusement, elles s'arrêtaient à tour de rôle, et repartaient.

Un tourbillon agita l'air et Olivier vit s'élever une sorcière au-dessus du polder. Elle avait l'importance d'une volumineuse colonne, la base fixée à la terre et la tête perdue dans le ciel. Elle se déplaçait en se nourrissant des fétus d'herbes et de roseaux qu'elle aspirait dans son tourbillon. Elle s'approcha, franchit le canal en soulevant une gerbe d'eau, ploya les branches des tamaris, secoua les ronces et les épines noires de l'îlot, et découvrit les pierres de la canardière. Elle s'éloigna en direction des éoliennes.

Olivier n'en avait jamais vu d'une telle ampleur. Il en avait le corps grainé de chair de poule. Il la suivit longtemps des yeux, fasciné par le mouvement ascendant des fétus d'herbe sèche, jusqu'à ce qu'elle disparaisse, et se leva.

Dans les jours qui suivirent, il écrivit à son évêque et sollicita une autorisation de mise à la retraite.

Le Gois

19.

Son évêque l'a autorisé à se retirer dans sa maison de Beauvoir et l'a mis à la disposition du clergé du doyenné. Il assure le service religieux du dimanche, dans l'une ou l'autre église du secteur, célèbre des mariages et des enterrements. Il a pris l'habitude de sillonner, autant que possible à bicyclette, l'étendue plate des marais. Les gens regardent passer sa silhouette longiligne de beau vieil homme alerte qui ne craint pas de s'aventurer sur les relevées de terre qui bordent les canaux.

— Un jour, il se foutra à l'eau ! disent avec bienveillance les maraîchins qui apprécient qu'il ait choisi de venir finir sa vie avec eux.

Toutes les semaines, depuis son installation, il est venu à bicyclette, au port du Bec, chercher les huîtres de son déjeuner. Avec le retour du beau temps, le Gois l'attire. Il apprécie d'arriver avant la marée basse quand les derniers bateaux se hâtent. Le niveau de la mer sur les balises indique l'évolution de la marée. Il écoute les vagues, hume l'odeur de sel, d'algue, et de vase. Il dit que, lorsqu'il mange des huîtres, il mange la mer.

Il se reproche quelquefois d'être là. Est-ce qu'il n'aurait pas mieux à faire ? Les agendas de ses confrères sont pleins de rendez-vous.

Il contemple. Il attend. Il ne sait pas ce qu'il attend.

Peut-être s'imagine-t-il que la mer lui rendra ce qu'elle lui a pris. Il rêve parfois au retour d'un nouvel *Orion* par le goulet de Fromentine. Rien n'est jamais définitivement écrit. Les vagues roulent sans cesse sur la grève et se recouvrent.

Il a plaisir à ces rendez-vous avec la mer qui sont plutôt l'occasion d'un face-à-face avec lui-même. Jour après jour le vent salé, le soleil, l'océan, les embruns le frottent, le décapent, le récurent jusqu'à l'os comme du bois flotté. Son cuir se sale un peu. D'un coup de langue au bord de ses lèvres, il le goûte.

Il doute qu'aujourd'hui, en ce dimanche de la mi-juin, quelque chose arrive. L'afflux des touristes, chaque semaine plus nombreux, trouble chaque fois un peu plus la sérénité. Ils crient. Ils sont partout chez eux. Ils font ronfler leurs moteurs. Leurs portières claquent. Ils courent derrière leurs chiens.

Aujourd'hui c'est pire que tout. L'artiste, dans son atelier, a parlé des « Foulées du Gois », des courses à pied contre la mer. Les voitures ne passent pas. Elles lèvent des nuages de poussière pour se parquer dans les prairies derrière la digue. Un énorme arc de triomphe de plastique rouge est gonflé à l'entrée du Gois. Des flammes de toile frissonnent au-dessus des ganivelles où se presse la foule. Les commissaires sur leur estrade surveillent le déroulement des épreuves. Un haut-parleur déverse ses commentaires que le vent emporte jusqu'à Olivier. Le Gois brûle. Des brumes de chaleur montent du sable et des mares de mer. Olivier a fermé les yeux.

Il a dû somnoler. Un jeune couple avec un bébé s'est installé sur les rochers tout près de lui. Le père a ouvert un parasol orange sur la mère et l'enfant. Il sort une bouteille du sac glacière, s'abreuve et s'éloigne en baskets et bermuda en direction de la foule. Le bébé bat des jambes.

Parfois, quand il pousse un cri, la jeune femme tourne le regard vers Olivier et son sourire semble s'excuser.

Les maillots des coureurs éclatent de couleurs sur le passage. Olivier est loin mais, de son promontoire, il suit d'un œil distrait la bousculade des départs, le peloton bigarré qui danse et s'étire à mesure qu'il s'éloigne. Il a vu revenir les premiers, un par un, ou deux par deux, accompagnés des voitures suiveuses et des commentaires enflammés de la voix dans le haut-parleur.

Les courses se succèdent, jeunes, femmes, hommes. Des spectateurs sont montés sur les miradors des balises.

Le trésor des Gallagher n'est plus caché parmi les pierres de la balise-refuge. Olivier l'a presque oublié pendant ses années de séminaire et son séjour à Rome. C'est seulement lorsqu'il a demandé à Bridget de tenir son presbytère qu'il en a parlé avec elle.

— Tu vas quitter Beauvoir, maman. Est-ce qu'il n'est pas temps de le récupérer, s'il est encore où papa l'a mis ?

Ils sont venus au Gois, et ils ont constaté les changements. Les vieux pavés mal carrossables que les vagues arrachaient avaient été remplacés, la descente du continent vers le passage était bitumée. Il s'interrogeait sur l'heure où il pourrait venir entre chien et loup, comme un voleur, pour décoller les joints et fouiller les pierres, et ils se sont installés à la terrasse du Relais du Gois. Olivier, en soutane, a posé son bréviaire près de lui sur la table. Il a demandé au patron qui apportait les cafés depuis combien de temps on avait refait la chaussée.

— Depuis deux ans maintenant. Elle en avait besoin !

Bridget le savait.

— Et les balises ?

— Aussi. La rouille mangeait les barreaux des échelles. Certaines balises devenaient dangereuses.

— Les fondations ont été reprises ?

— En même temps que la nouvelle digue. Les pelleteuses n'ont pas traîné. Les vieilles pierres ont été enlevées et remplacées par des moellons solides qui ne bougeront pas.

Le restaurateur s'est éloigné. Bridget s'est inclinée au-dessus de la table.

Une étincelle malicieuse scintillait dans sa prunelle.

— Tu veux que je te dise : je suis contente. J'étais mal à l'aise à l'idée de récupérer ces bijoux qui n'étaient pas à nous. C'est la seule chose que j'ai regrettée quand on est partis de Sligo. C'était une mauvaise action.

Elle a versé le lait dans sa tasse, en a offert à Olivier, qui n'en a pas voulu. Elle a posé sa main sillonnée de veines et un peu flétrie sur celle d'Olivier.

— De toute façon, aujourd'hui ce trésor ne vaudrait probablement pas grand-chose, de l'ambre...

Elle a souri.

— Envolé ! En fumée, le trésor des Gallagher !

Olivier a tourné le regard vers l'architecture des nouvelles balises-refuges aux sommets en pyramide inversée.

— Papa a eu raison, quand même, il nous a fait rêver...

La dernière course a été celle des champions internationaux. Ils ont pris le départ au moment où la mer allait recouvrir le Gois. Ils sont allés presque à pied sec jusqu'à l'île et ils sont revenus comme des fils de Neptune. Leurs longues foulées soulevaient des gerbes d'écume. La jeune femme s'est levée pour applaudir. Elle a pris à témoin Olivier et il a pensé à son mari aux jambes courtes et aux mollets disgracieux.

Et puis, alors que la manifestation se terminait, que le flot des spectateurs commençait de refluer, que le haut-parleur proclamait le classement une dernière fois, il l'a vu apparaître sur le chemin du bord de la digue. Il n'a pas été sûr de ce qu'il voyait d'abord, à contre-jour. Il a tourné les yeux vers les bouillonnements de la mer grise qui continuait de monter. Des traînées de sang commençaient à tacher le ciel. Il a regardé de nouveau.

Ses oreilles se sont mises à siffler. Il n'entend plus ni la mer, ni la voix dans le haut-parleur. Il ne voit plus rien autour de lui que le jeune homme qui s'approche. Il se lève et fait quelques pas comme dans un rêve. Il ne sait pas qu'il est blanc comme un linge.

Les soixante ans qui ont passé sont comme un jour et il est redevenu le petit garçon qui courait sur le Gois à la recherche des coquillages. Car il a reconnu dans le jeune homme qui s'avance celui qui le promenait dans la remorque derrière sa bicyclette, Bridget sur le cadre. Il murmure :

— Patrick...

Il voit remuer la bouche du jeune homme, mais n'entend pas ce qu'il lui dit. Est-ce possible que ce soit lui ? se demande-t-il. Est-ce que je perds la tête ? Est-ce un ange ?

Soudain ses oreilles se débouchent. Il sursaute au bruit des vagues et de la fête. Et il entend la voix de l'homme qui lui répète, en anglais :

— Je cherche M. le curé Gallagher.

— C'est moi, répond Olivier, la bouche sèche.

Il pense : « C'est sa voix. »

Il tend la main, touche le bras de l'homme. Ce n'est pas un ange. Il est bien réel. Il a un physique d'athlète au teint rose, le front large, les cheveux blonds, frisés, presque blancs, comme la toison des moutons du Connacht. Il porte un survêtement vert, blanc et orange, aux couleurs de l'Irlande. La femme qui s'en va avec son bébé et son mari, car les courses sont finies, s'est retournée sur lui.

Olivier, effaré, a enlevé sa casquette et ses lunettes. Il

sursaute encore au contact de la main du jeune homme qui s'émeut de son trouble.

— Qui êtes-vous ?

Son buste tremble. Il n'a plus de jambes. Le jeune homme l'aide à se rasseoir sur les rochers.

— Excusez-moi.

Il s'essuie le front, les joues, la nuque en sueur avec son mouchoir.

— Excusez-moi, c'est sans doute à cause des couleurs de votre survêtement, je vous ai pris pour quelqu'un d'autre...

Le jeune homme a une bouteille d'eau dans sa main et l'invite à boire une gorgée. Olivier boit. Il a répondu en anglais. Les mots de la langue qu'il n'a pas pratiquée depuis longtemps ont afflué spontanément. Le jeune homme ploie ses longues jambes et s'installe à côté d'Olivier.

— Je suis irlandais.

Il sourit.

Ce sourire bouleverse Olivier. Il l'a cherché partout depuis l'enfance. Il se demande encore s'il ne s'agit pas d'un mirage qui va s'évanouir. Le regard vert changeant sous les sourcils blonds file vers lui.

— Je m'appelle Brendan. Je suis le petit-fils d'Helen McKenna.

— Helen McKenna...

Est-ce parce qu'il l'a dit en anglais que les mots mettent quelques secondes à trouver leur chemin dans l'esprit troublé d'Olivier ? Il hoche la tête et puis il ouvre des yeux éberlués. Sa bouche bée. Il se demande s'il a bien compris.

Le garçon continue.

— Je crois que vous avez connu ma grand-mère à la fin de l'été 1952. Ma mère est née au printemps 53. Vous devez être mon grand-père.

Voilà, les choses ont été clairement dites. Comment pourrait-il douter un instant de ce qui lui a sauté aux yeux ? C'est aussi simple que ça. Ce garçon est son petit-fils, l'arrière-petit-fils de Patrick. C'est pourquoi il lui ressemble.

Des sifflements aigus déchirent à nouveau les oreilles d'Olivier. Il regarde les prunelles vert doré du garçon, happe l'air, parce que le souffle lui manque. « C'est donc toi que j'ai passé ma vie à attendre, pense-t-il. J'ai pourtant l'habitude des émotions fortes, mais celle-là, je ne l'avais pas prévue. Ma vie s'est écoulée au gré des événements comme un ruisseau qui court à travers champs, tantôt dans une prairie verdoyante, tantôt s'acharnant contre des rochers, et j'ai attendu quelque chose, attendu quelqu'un, je ne savais pas quoi, je ne savais pas qui. Il y avait cette voix, ces voix venues d'ailleurs, d'en haut, qui me guidaient, qui ne m'ont jamais quitté. J'y ai cru malgré tout, jusqu'au bout. Je n'ai jamais été seul. Aujourd'hui, je suis comblé. »

Brendan ne dit rien. Il attend comme on laisse passer l'orage. Et il voit Olivier chercher dans la poche arrière de son pantalon. Olivier en sort un gros portefeuille gonflé de papiers, y trouve une photographie qu'il tend d'une main tremblante.

Brendan la prend. Elle est petite, en noir et blanc. Elle a été prise sur une place d'église, celle de Beauvoir. Un petit garçon pose entre ses parents. Il est facilement reconnaissable. Tous les traits qui s'affirmeront à l'âge adulte sont déjà en place, jusqu'à l'épi de cheveux tombant sur le front et, surtout, le regard clair, rêveur, qui semble transparent aux choses, comme celui de sa mère coiffée d'un béret. De l'ongle, Olivier montre son père debout, souriant, qui brandit un chapeau rond où pendent deux rubans de velours. C'est vrai que Brendan lui ressemble, non seulement par les cheveux bouclés, mais par le nez, le sourire, c'est même son sosie. Son père devait être plus petit que Brendan, mais lui le voyait aussi grand.

— Je me demande à qui appartenait ce chapeau qu'il avait emprunté pour la photo. Il n'a jamais porté de chapeau maraîchin.

— Je ne savais pas que je ressemblais à ce point à quelqu'un...

— On est toujours l'enfant de quelqu'un.

Olivier reprend la photo et la range dans son portefeuille.

Ils se taisent et regardent la mer dont le clapotis éclate en écume sur les blocs. Des mouettes passent en poussant leurs cris stridents. Ils se regardent. Et c'est Brendan qui, le premier, s'incline et l'entoure de ses longs bras. La folle envie de pleurer, qui étreignait Olivier, emporte tous ses barrages. Il se laisse aller, sanglote comme un enfant contre l'épaule de Brendan.

— Excuse-moi ! C'est si brutal ! Ce n'est pas du chagrin...

Sa main tâtonne vers les cheveux bouclés, dont il reconnaît la laine serrée.

— Quel âge as-tu ?

— Vingt-trois.

Il hoche la tête.

— Comment m'as-tu retrouvé ?

— Je suis allé à Beauvoir ce matin, mais vous étiez parti. On m'a dit que vous étiez au Gois avec votre vieux vélo. J'ai eu du mal. Je l'ai vu près de la cabane de l'artiste. Le peintre est sorti et il vous a montré sur les rochers.

Brendan sourit.

— Où... est-elle née ?

Brendan a du mal à comprendre de qui Olivier parle, et puis il dit :

— À Nanyuki, au Kenya. Aux missions les choses ne

se passaient pas comme en Irlande. Les mœurs étaient plus libres. Le bébé a été pris en charge par les sœurs qui voulaient toutes s'occuper d'elle. Elle était la seule petite blanche au milieu d'un essaim de négrillonnes. Elle est devenue leur mascotte.

— Libre, murmure Olivier, c'est ce qu'elle voulait être.

— Elle l'a été. Le bébé ne l'a pas empêchée de faire son travail.

— Alors, la petite aura donc eu un père prêtre et une mère dans une mission...

— C'est ce que nous avons découvert lorsque nous avons retrouvé votre trace.

Brendan rit. Son rire découvre des dents blanches à croquer le fer. Olivier sourit aussi.

— Comment s'appelle-t-elle ?
— Maman s'appelle Molly.

Olivier ferme les yeux. Une vague recouvre l'autre, toujours, pense-t-il. Si on veut la lumière, il faut accepter l'ombre, toujours. Il a trop souvent vécu ces années de retirement du monde comme un rachat ou un sacrifice, une pénitence. Il s'accusait d'avoir été trop faible, trop indigne.

— *Omadhaun !* murmure-t-il. Imbécile !

Il n'a pas eu assez de confiance, assez d'amour. Il remercie.

Sa pomme d'Adam remonte le long de son vieux cou tiré par les lanières des tendons. Une larme sourd au coin de sa paupière close. Elle glisse lentement dans le grain de la barbe. Il rouvre les yeux.

— C'est tellement incroyable ! Tout ça, d'un seul coup ! Qu'est devenue ta grand-mère ?

— Elle est enterrée dans le petit cimetière des religieuses de Nanyuki au pied du mont Kenya. Elle est morte des fièvres tropicales.

— Et ta mère ?

— Elle est à Kinsale avec mon père. Elle était médecin à l'hôpital de Nairobi. Parce qu'elle a été bien malade, plusieurs fois, des mêmes fièvres que grand-mère, elle a décidé l'an dernier de rentrer en Irlande.

Olivier regarde sans la voir une voile blanche qui a grandi sur la mer et qui devrait venir croiser tout près.

— Est-ce que l'air sent encore la fumée de tourbe quand on arrive dans le port de Cork ? demande-t-il.

— Je ne sais pas. Nous n'y sommes jamais venus en bateau.

Ils se lèvent. Olivier a du mal à se lever. Brendan fixe la petite croix de métal épinglée à la poche de la chemise de son grand-père.

— Viens, lui dit Olivier en s'appuyant contre son bras, je vais te montrer ma maison.

Sa main palpe l'avant-bras musculeux.

— Et toi, qu'est-ce que tu fais ?

— Je cours.

— Tu cours ?

— Je suis venu courir ici.

— Tu gagnes ta vie à courir ?

Olivier dodeline en souriant.

— C'est vrai que c'est ce qu'ont toujours fait ces fous d'Irlandais. Tu as gagné ?

— J'ai été troisième. Je crois que l'idée de vous retrouver m'a fait perdre.

La main d'Olivier glisse dans le dos de Brendan.

— Et ça ?

Il montre les inscriptions sur le survêtement.

— C'est le sigle d'une organisation humanitaire.

Ils marchent sur le chemin de la digue. Des sacs, des bouteilles traînent sur le sable malgré la présence de poubelles. Un bus essaie de se frayer un chemin parmi la foule qui traîne à repartir parce que la soirée est belle.

Les baraques des buvettes et des marchands de frites sont prises d'assaut. Olivier cherche dans sa poche la clé de son antivol.

— *Mo bhicycle !*

Brendan fouille dans son survêtement et en sort un appareil photo. Il demande à une jeune fille en short, qui a dû courir tout à l'heure, si elle veut bien les photographier.

Ils posent le dos au Gois, de part et d'autre de la bicyclette, Brendan en survêtement aux couleurs irlandaises et Olivier en pantalon bleu et chemise écossaise. Le soleil très penché a atteint la ligne de terre de l'île. La mer est pleine de rivières pourpres. Leurs visages flamboient. Leurs chevelures saignent.

Un garçon du Relais du Gois, là-haut, sur la terrasse, s'arrête net, le plateau à la main, le torchon blanc sur l'épaule. Il observe le couple qui se fait photographier. Il interpelle son collègue : Regarde ! Tous les deux voient les deux hommes reprendre leur appareil photo et rire en se fondant dans la foule avec de grands gestes.

Olivier et Brendan suivent le flot qui peu à peu s'écoule. Il pousse son *bhicycle* fièrement. Il a du mal encore à croire qu'il ne rêve pas. Il a l'impression de marcher à côté de Patrick. Il effleure le bras de Brendan. Il sent que l'émotion le fait à nouveau rougir.

— Tu te rends compte, je me retrouve comme ça avec un petit-fils sur les bras, tout grand, tout fait, qui ressuscite mon père !

— Et une fille ! Je vous montrerai les photos de maman, que j'ai à l'hôtel.

— Molly..., murmure-t-il doucement.

Il dévisage encore Brendan comme une apparition.

— C'est incroyable ce que tu lui ressembles. Tu changes tout. Les fils sont si difficiles à démêler. Je te raconterai, un jour, notre histoire.

Sa gorge n'en finit pas de se nouer. Il pense à Bridget. « Elle n'avait pas tort, j'ai fait ce qu'aurait pu faire mon père. Cet enfant m'arrive comme un miracle, un Jésus. »

Il veut se rappeler Helen et son visage se confond avec celui de Marie. Il les voit toutes les deux comme une seule femme. Il tire Brendan par la manche.

— Viens plus près !

Il le prend par le bras.

— Connais-tu cette expression irlandaise célèbre ? *Nil a fhios agam...*

Brendan ouvre de grands yeux et hausse les épaules.

— Je ne connais quasiment pas l'irlandais.

— Je te l'apprendrai, du moins ce qu'il m'en reste ! *Nil a fhios agam* est une formule magnifique. Elle signifie : « Je ne sais pas... »

Brendan hoche la tête, sourit et se penche.

— Je vais vous ramener avec moi en Irlande !

L'œil d'Olivier pétille. Il acquiesce. Il a encore plein de choses à faire.

— J'ai vécu comme ma mère, qui n'a pas dû passer une journée sans penser au pays et n'en parlait jamais. Je te montrerai la vieille carte qu'elle avait punaisée sur le mur de sa chambre au presbytère. Mais il faudra que vous m'emmeniez aussi en Afrique !

Molly Malone

First verse

In Dublin's fair city, where the girls are so pretty
I first set my eyes on sweet Molly Malone
As she wheeled her wheel-barrow
Through streets broad narrow
Crying cockles and mussels, alive, alive-O !

Chorus

Alive, alive-O ! Alive, alive-O !
Crying cockles and mussels, alive, alive-O !

Second verse

She was a fish-monger but it was no wonder
For so were her father and mother before
And they both wheeled their barrow
Through streets broad and narrow
Crying cockles and mussels, alive, alive-O !

Chorus

Third verse

She died of a fever and no one could save her
And that was the end of sweet Molly Malone
But her ghost wheels her barrow
Through streets broad and narrow
Crying cockles and mussels, alive, alive-O !

Chorus

Molly Malone

Premier couplet

Dans la belle ville de Dublin où les filles sont si jolies,
J'ai rencontré pour la première fois la douce Molly Malone,
Alors qu'elle poussait sa charrette
Dans les rues larges et étroites,
En criant « Coques et moules, vivantes, vivantes, oh ! »

Refrain

« Vivantes, vivantes, oh ! Vivantes, vivantes, oh ! »
Criant « Coques et moules, vivantes, vivantes, oh ! »

Deuxième couplet

Elle était poissonnière mais il n'y avait pas de doute,
Son père et sa mère l'étaient avant.
Et ils poussaient tous les deux leur charrette
Dans les rues larges et étroites,
En criant « Coques et moules, vivantes, vivantes, oh ! »

Refrain

Troisième couplet

Elle est morte de la fièvre et personne n'a pu la sauver,
Telle fut la fin de Molly Malone,
Mais son fantôme pousse sa charrette
Dans les rues larges et étroites,
En criant « Coques et moules, vivantes, vivantes, oh ! »

Refrain

TABLE DES MATIÈRES

Le Gois	11
Sligo	29
Le Bossis	69
La Motte	105
Machecoul	147
Sligo	185
L'*Orion*	237
Le Gois	259

Un corbeau dans le ciel de Charente

(Pocket n° 12598)

Cette bâtisse en ruine du XVe siècle, Renée et Bernard ont décidé de la faire renaître. Mais cet héritage se transforme en cauchemar. Née en 1944, Renée sait que son père était allemand. Elle en a assez souffert. Et voilà que quelqu'un réveille de douloureux fantômes en lui envoyant des lettres anonymes répétant l'insulte trop entendue : « Fille de Boche ! » Pour en finir avec son passé, Renée se rend alors à Berlin, dans cette Allemagne qui, au fond, l'attire depuis toujours. Son histoire, qui devait s'achever sereinement sous le ciel de Charente, ne fait pourtant que commencer...

Il y a toujours un Pocket à découvrir

Hommage à la femme éternelle

(Pocket n° 13737)

Ils sont treize frères et sœurs, heureux, épanouis, libres. Ils ont réussi leur vie. Tous éprouvent la même violente émotion quand on évoque devant eux le souvenir de leur mère. Elle s'appelait Reine… Née dans les années 1920, orpheline à sept ans, élevée par un père aimant et sous la protection affectueuse et vigilante des religieuses, son destin était tout tracé. Mariée à vingt ans à un jeune homme cruel et hypocrite, elle sera une mère Courage soumise à la volonté de Dieu.
Un destin charentais, merveilleusement supporté, qui illuminera la vie de ses enfants…

Il y a toujours un Pocket à découvrir

Les amants contrariés

(Pocket n° 14072)

1937. Lors d'un voyage en train de Saint-Pétersbourg à Moscou, Pierre et Maïa tombaient fous amoureux. Il était français et communiste, elle dansait au Bolchoï. La Seconde Guerre mondiale a broyé leur passion naissante… En 1950, Pierre, qui partage la vie d'Hélène, ne peut résister à l'occasion de retourner à Moscou : il part retrouver Maïa et renoue pour une nuit avec celle dont il était épris. Lorsqu'en 1954, Maïa décide de profiter du passage du Bolchoï à Paris pour fuir l'URSS, Pierre l'aide sans hésiter. Mais il ignore encore que l'Histoire, une fois de plus, va les rattraper…

Il y a toujours un Pocket à découvrir

*Cet ouvrage a été composé et mis en pages
par ÉTIANNE COMPOSITION
à Montrouge.*

Imprimé en Espagne par
Liberdúplex
à Sant Llorenç d'Hortons (Barcelone)
en septembre 2010

POCKET – 12, avenue d'Italie – 75627 Paris Cedex 13

Dépôt légal : novembre 2010
N° d'impression : 20416
S17269/01